Nicola May

Kleine Zweifel, große Liebe

Montlake

Das Buch

Es könnte nicht besser laufen mit Rosas kleinem Laden am Meer. Ihre Mutter und ihre beste Freundin Titch sind in der Nähe, der kleine Dackel Hot weicht nicht von ihrer Seite und Rosa ist verheiratet! Glücklich verheiratet! Mit Josh!

Leider muss Rosas Traummann pendeln und kann nur am Wochenende bei seiner Liebsten sein. Dass sie Angst hat, er könnte sich in eine andere verlieben, würde sie nie zugeben. Um sich von ihren Zweifeln abzulenken, schlägt sie im Pub hemmungslos über die Stränge und flirtet mit dem attraktiven Luke. Es ist fast zu spät, als sie begreift, dass zur Liebe auch Vertrauen gehört – vor allem in sich selbst …

Die Autorin

Nicola May hat bereits mehr als ein Dutzend humorvolle Liebesromane veröffentlicht. Ihr Bestseller »The Corner Shop in Cockleberry Bay« (»Kleiner Laden, große Gefühle«) hat es in Großbritannien bis an die Spitze der Kindle-Charts geschafft.

Die Autorin lebt mit ihrer Katze in Ascot nahe London. Wenn sie nicht schreibt, schaut sie Filme mit viel Herzschmerz, geht zum Krabbenfangen in South Devon oder fiebert beim Pferderennen mit.

NICOLA MAY

Kleine Zweifel, große Liebe

Neuanfang in Cockleberry Bay

Roman

Aus dem Englischen von Stephanie von der Mark

Montlake

Die englische Ausgabe erschien 2019 unter dem Titel
»Meet Me in Cockleberry Bay« bei Nowell Publishing, Ascot.

Deutsche Erstveröffentlichung bei
Montlake, Amazon Media EU S.à r.l.
38, avenue John F. Kennedy, L-1855 Luxembourg
November 2021

Die Übersetzung dieses Buches wurde durch Amazon Crossing ermöglicht.

Umschlaggestaltung: zero-media.net, München
Umschlagmotiv: © Hrecheniuk Oleksii / Shutterstock;
© Csanad Kiss / Shutterstock;
© Chachamp / Shutterstock; © Evannovostro / Shutterstock;
© ian woolcock / Shutterstock;
© Kriengsuk Prasroetsung / Shutterstock; © scubaluna / Shutterstock;
© Sylvia Biskupek / Shutterstock; © Osiris / Alamy;
© ian woolcock / Alamy
Lektorat und Korrektorat: VLG Verlag & Agentur, Haar bei München,
www.vlg.de
Gedruckt durch:
Amazon Distribution GmbH, Amazonstraße 1, 04347 Leipzig /
Canon Deutschland Business Services GmbH, Ferdinand-Jühlke-Straße 7,
99095 Erfurt /
CPI books GmbH, Birkstraße 10, 25917 Leck

ISBN: 978-2-49670-754-0

www.montlake.de

Für Joan B., Joan D. und
Brenda – als Dank für eure
Unterstützung, Hilfe und
klugen Rat

»Am Ende zählt nur, was du von dir selbst hältst.«

Elizabeth Taylor

Prolog

»Oh, Titch, warum hast du keinen Krankenwagen gerufen?«

»Habe ich doch, aber der braucht so lange, um in die Bay zu kommen. Ich dachte, du weißt schon, was zu tun ist. Tut mir leid, Rose. *Au* …«

Hot Dog, der aufgeregte Zwergdackel von Rosa Smith, rannte durch den Eckladen und gab dabei ein winselndes Geräusch von sich, das klang, wie das des jungen Mädchens, deren Wehen eingesetzt hatten.

Ähnlich aufgeregt herrschte Rosa ihn an: »Hot, hör auf!« Sie nahm die Hand ihrer Freundin und sagte sanfter: »Komm, wir müssen dich hochbringen.«

»Nein! Ich kann mich nicht bewegen.« Titch beugte sich vor und klammerte sich am Kassentisch fest. »O Gott, ich glaube, ich muss pressen!«

»Mist! Okay, okay, keine Panik.« Rosa rannte zur Tür, drehte das Schild auf »GESCHLOSSEN«, zog das größte und bequemste Hundebett vom Regal und half Titch vorsichtig auf den Boden. Dann rannte sie in die Teeküche und holte alle Geschirrtücher aus der Schublade, die sie finden konnte.

Während Rosa versuchte, Titch die Hose auszuziehen, ohne ihr dabei wehzutun, erklärte sie, so ruhig sie konnte: »Okay, jetzt machst du einfach das, was du im Geburtsvorbereitungskurs gelernt hast.«

»Das Problem ist nur, dass ich keinen gemacht habe. *Aaaaaaaaaah!*« Titch wand sich auf dem Boden, Tränen liefen ihr über das erhitzte Gesicht.

»Okay, dann halt dich zurück. Der Krankenwagen kommt gleich, und ich habe auch schon genügend Tierfilme gesehen, um dir zu helfen.«

»*Au!* Das ist … gerade … nicht witzig«, keuchte Titch, auf deren Stirn sich Schweißperlen gebildet hatten. Einen Augenblick später erfasste eine gewaltige Wehe ihren zierlichen Körper. Daraufhin gab sie eine Tirade an Schimpfwörtern von sich, die sogar die ortsansässigen Fischer zum Erröten gebracht hätte.

Und kurz darauf – mit einem mächtigen Schrei, den selbst die lauten Möwen nicht übertönen konnten – erblickte an diesem schönen Herbsttag im Eckladen von Cockleberry Bay der kleine Theodore Ronnie Whittaker das Licht der Welt.

Kapitel 1

Rosa atmete die frische Meeresluft ein, als sie die Tür des Eckladens hinter sich zuzog. Hot, der sich aufs Gassigehen freute, fiepte aufgeregt und rannte um ihre Beine herum.

Es war, als wären erst wenige Tage und nicht schon etliche Monate vergangen, seit sie und ihr geliebter Vierbeiner mit einer abgegriffenen Ledermappe und einem Müllsack voller Klamotten damals hier in der Grafschaft Devon aus dem Zug gestiegen waren. Eigentlich fühlte sich vieles von dem, was passiert war, immer noch wie ein fantastischer Traum an. Die Worte des Londoner Rechtsanwalts, der sie über die mysteriöse Erbschaft informiert hatte, waren in ihrem Gedächtnis haften geblieben.

»Sie, Miss Larkin, sind jetzt offiziell die neue Eigentümerin des kleinen Ladens in Cockleberry Bay.«

Der Laden, der fünf Jahre lang leer gestanden hatte, und auch die darübergelegene Wohnung, waren ziemlich heruntergekommen gewesen. Aber Rosa hatte mit dem Geld, das sie zusammen mit der Immobilie geerbt hatte, alles renoviert und wieder hergerichtet. Dann hatte sie Ware gekauft und den Laden neu eröffnet. Sie hatte sich entschlossen, Kleintierbedarf zu verkaufen, weil sie eigentlich nur über Hunde etwas wusste.

Rosa war ohne Eltern im Kinderheim und bei Pflegefamilien aufgewachsen und so hatte sie keine Ahnung gehabt, wer hinter dem Vermächtnis dieser einzigartigen Chance hätte stehen können. Und dann war sie zufällig auf alte Briefe gestoßen, die in der Wohnung versteckt gewesen waren. Die etwas prekäre Lektüre dieser Briefe hatte ihr aber letztlich vor Augen geführt, wo ihr Platz im Stammbaum der Familie war. Es waren die traurigsten Geschichten, die sie jemals gelesen hatte. Aber in Cockleberry Bay hatte Rosa Larkin nun ein Zuhause gefunden.

Während sie und ihr geliebter Zwergdackel den steilen Hügel hinunter zum Strand liefen, kamen sie an pittoresken alten Cottages mit bunten Türen vorbei. Die Schaufenster der anderen Läden waren hübsch dekoriert, aus den kleinen Bistros und Bäckereien duftete es nach verlockenden Köstlichkeiten. Während Rosa an den neuen Auslagen vorbeiging, nahm sie sich vor, ihren Laden ebenfalls für die bevorstehenden Herbstferien vorzubereiten. Neben den Tierbedarfsartikeln, die es im Eckladen zu kaufen gab, hatte sie sich klugerweise auch entschlossen, Spielzeug und kleine Geschenke zum Verkauf anzubieten, die die Kinder liebten. Sie musste dringend neue Ware bestellen.

Hätte ihr letztes Jahr jemand gesagt, dass sie sich in dem kleinen Ort mal so wohlfühlen werde, Rosa hätte es nicht geglaubt.

* * *

Titch versuchte etwas unbeholfen, den gebraucht gekauften Kinderwagen in den Eckladen zu bugsieren. Als sie Rosa sah, legte sie die Hände vor die Augen.

»Rose, was habe ich mir da nur eingebrockt? Ein Baby ist der reinste Albtraum. Er schläft fast nie und wenn er wach ist, saugt er mich leer, was verdammt wehtut.«

»Aber das machen alle Babys, oder?« Rosa lächelte mitfühlend. »Komm, setz dich erst mal. Willst du einen Tee?«

»Ich will was mit *Alkohol*!«

»Titch, es ist erst zehn Uhr. Ich mache uns jetzt einen Tee, okay? Hot und ich vermissen dich sehr, falls es dich beruhigt.«

Als der kleine Dackel seinen Namen hörte, kam er angewetzt und bellte, um seine Freude über Titchs Anwesenheit zu bekunden. Er beschnüffelte ausgiebig den Kinderwagen und wollte schon fast ein Beinchen heben, um an die sandigen Räder zu pinkeln, als er den entsetzten Gesichtsausdruck seines Frauchens sah und es sich anders überlegte. Er trottete zu seinem Schaffellbett in der Ecke, legte sich zwar nieder, richtete jedoch ein Ohr auf, um bloß nichts zu verpassen.

»Bald bin ich wieder öfter hier, Mr Würstchen, keine Sorge«, sagte Titch liebevoll.

»Er hat sich vorhin bei der Möwenjagd am Strand ausgepowert.«

»Ich hätte jetzt auch lieber einen Hund als ein Baby.«

»Quatsch, Titch, das meinst du nicht wirklich so. Bleib doch lieber noch eine Weile zu Hause und genieß die Zeit mit deinem Kleinen. Er ist erst vier Wochen alt.«

»Na ja, also eigentlich bin ich genau deswegen gekommen. Ich wollte dich nämlich fragen, ob ich wieder hier arbeiten darf. Vielleicht schon ab nächster Woche?« Dann fügte Titch schnell hinzu: »Also ich meine, nur, wenn es dir nichts ausmacht, dass ich Theo mitbringe. Ich kann die Liegeschale vom Kinderwagen abnehmen und er könnte oben schlafen. Bei Mum zu wohnen ist schon okay, aber eigentlich war ja mein Plan, irgendwann mit meinem Kleinen eine eigene Wohnung zu haben. Schließlich gibt's die Titchy-Titch-Kasse nicht umsonst, oder?«

»Also, ich könnte tatsächlich wieder etwas Hilfe gebrauchen. Aber wirklich nur, wenn du dir ganz sicher bist.«

»Klar bin ich mir sicher. Wenn ich Teilzeit arbeite, kann ich genug Milch abpumpen und ab und zu kann auch Mum auf ihn aufpassen.«

»Gut, dann schauen wir einfach mal, wie es klappt. Aber vielleicht unterschätzt du auch, wie anstrengend es noch wird.«

»Wann bist du als kinderlose und sechsundzwanzig Jahre alte Ladenbesitzerin plötzlich zur Babyexpertin geworden?«

»Na, immerhin habe ich geholfen, deinen Theo auf diesen Dielen hier zur Welt zu bringen. Ich finde, das macht mich durchaus zu einer Babyexpertin.« Rosa atmete hörbar aus. »Das war schon krass, oder?«

»Und wie!« Titch nahm ihre Hand. »Ich werde dir für immer und ewig dankbar sein. Wenn ich religiös wäre, dürftest du seine Taufpatin werden.«

»Die Rolle übernehme ich trotzdem«, gab Rosa lächelnd zurück. »Dann bin ich halt seine spirituelle Patin. Wie du weißt, werde ich sowieso immer für ihn da sein. Und für dich auch.«

»Jetzt bring mich nicht schon wieder zum Heulen. Vor der Schwangerschaft habe ich nie geflennt und jetzt muss ich sogar manchmal schon Rotz und Wasser heulen, wenn ich nur irgendwelche Zeitungsüberschriften lese.«

Als der kleine Theo ein glucksendes Geräusch von sich gab, schaute Rosa in den Kinderwagen. »Er ist wirklich das süßeste Baby auf der ganzen Welt.« Sie strich ihm über die winzigen schwarzen Löckchen und bewunderte seinen karamellfarbenen Teint. »Zum Glück ist er nicht rothaarig und hat eine helle Haut, wie wir es befürchtet hatten, was?«

»Ja, eine Riesenerleichterung. Ich bin heilfroh, dass er nichts mit diesem Seb Watkins zu tun hat«, sagte Titch, nach Luft schnappend. »Während der Schwangerschaft hatte ich insgeheim schon befürchtet, dass ich nach allem, was mir dieser Scheißkerl angetan hat, mein Baby vielleicht nicht lieben könnte.«

»Da hatte ich auch Bedenken.«

Titch deckte ihren Sohn behutsam zu. »Trotz Schlafentzug, blutiger Brustwarzen und einer wunden Mumu ist Theodore Ronnie Whittaker aber tatsächlich das Beste, was mir je passiert ist. Jetzt weiß ich, was wahre Liebe wirklich ist.«

»Ronnie ist ein ungewöhnlicher Name, aber er gefällt mir.«

»Mein Bruder.«

»Ach richtig, tut mir leid.« Rosa wusste, dass Ronnie viel zu jung gestorben war. »Theo ist echt *so* niedlich«, zwitscherte sie. »Also, wenn Seb nicht der Vater ist, wer dann?«

»Es muss der Junggesellenabschied im Ship gewesen sein. Ich glaube, die Jungs kamen aus Wales.« Titch seufzte laut auf. »Der Kindsvater hat ›All I Want for Christmas Is You‹ für mich gesungen, nachdem er sich eine Christbaumkugel an seinen riesigen Schokoladenschwanz gebunden hat. Und dann haben wir miteinander gepoppt.«

»Titch! So was kannst du doch nicht sagen!«

»Doch, habe ich ja gerade. Heutzutage darf man nichts mehr sagen, ohne dass sich irgendwer beleidigt fühlt. Das ist doch lächerlich!«

»Na, hoffentlich hat Theos Vater auch seinen Humor an sein Söhnchen weitergegeben«, meinte Rosa grinsend. Dann aber kam ihr plötzlich ein Gedanke. »O Gott, bitte sag nicht, dass es der Junggeselle selbst war!«

»Ich bin zwar schlimm, aber so schlimm nun auch wieder nicht … Wobei, früher war ich das vielleicht, aber ab jetzt ist das anders. Ich will, dass mein Süßer ein gutes Leben hat, und darin haben Männer einfach nichts zu suchen.«

»Das sagst du jetzt, während deine entsprechenden Körperteile noch außer Gefecht gesetzt sind.«

»Nein, Rose, es ist mein Ernst.«

Rosa fand es putzig, dass ihre Freundin sie immer noch »Rose« nannte. »Und hast du vor, es dem Vater zu sagen?«

»Selbst, wenn ich wollte – was nicht der Fall ist –, könnte es schwierig werden, denn ich kenne nur seinen Vornamen: Ben. Ein Teil seiner Familie stammt aus der Karibik, und so wie er geträllert hat, singt er wahrscheinlich im Chor.«

»*Big* Ben, wie es mir scheint«, scherzte Rosa. Dann ging sie nach hinten in die Ladenküche, um Tee zu kochen. Sie hörte, dass Titch währenddessen zwei Stammkunden bediente, die Hundefutter und Vogelkörner kauften. Die Kunden liebten die junge Titch, die noch keine zwanzig Jahre alt war.

* * *

Rosa brachte zwei dampfende Teebecher und einen großen Teller mit Keksen für Titch. Die junge Mutter begann sofort, das Gebäck in sich reinzustopfen.

»Ich muss Energie tanken, solange ich die Möglichkeit habe«, murmelte sie, Krümel spuckend. »Bald wacht er wieder auf. Aber jetzt genug über mich, Rose. Erzähl, wie geht's dem frischvermählten Paar, Mr und Mrs Smith?«

»Uns geht's bestens, danke. Ehrlich gesagt, kann ich immer noch nicht glauben, dass wir jetzt verheiratet sind. Es ist alles so schnell gegangen.«

»Und es war so romantisch. Ich will auch die eine große Liebe finden, wie das bei euch beiden der Fall ist.«

»Ja, und mein Josh ist noch dazu so supersexy. Allerdings geht's mir langsam auf die Nerven, dass er unter der Woche immer weg ist. Wir haben noch nicht mal eine richtige Hochzeitsreise gemacht.«

»Bald helfe ich dir hier aus, dann ergibt sich vielleicht was. Übrigens hat mir Mum einen Stillumhang mit Delfinen gestrickt, damit ich nicht allen Kunden hier meine Titten zeige.«

»Was ja mal was ganz Neues wäre«, meinte Rosa grinsend.

»Hey!«

»Du weißt doch, dass ich dich lieb habe, Titch Whittaker.«

»Ich dich auch.« Titch sprang vom Hocker, weil sich Theo bemerkbar gemacht und keine Sekunde später schon aus vollem Halse zu brüllen begonnen hatte. »Und schon wieder ist es so weit.«

»Mit dieser Stimme könnte er der nächste Tom Jones werden. Dann beschwerst du dich sicher nicht mehr.«

Titch brachte das Baby zum Stillen und Wickeln nach oben, während Rosa den Laden aufräumte und die Ware sortierte. Als Titch mit einem satten und sehr zufriedenen Theo wieder zurückkam und sich zum Aufbruch vorbereitete, half Rosa ihr, den Kinderwagen hinauszuverfrachten.

»Ruf mich an!«, rief Rosa ihrer Freundin hinterher, die mit einer übertriebenen Geste tat, als würde sie die kurzen blonden Haare aus dem Gesicht schütteln, und anschließend Rosa zum Abschied den schmalen Hintern entgegenstreckte.

Kapitel 2

»Alles okay, mein Entlein?« Mary Cobb verließ gerade das Seaspray Cottage, als Rosa und Hot vorbeikamen.

»Guten Morgen.« Rosa zeigte auf den Fenstersims vor dem Haus ihrer Mutter. »Neue Kristalle? Sehr schön.«

Früher, bevor Rosa ihre leibliche Mutter kennenlernte, hatte sie sich während vieler einsamer Nächte im Kinderheim oft vorgestellt, sie sei die Tochter einer berühmten Schauspielerin, die ihr Kind nach einer heißen Affäre mit einem arabischen Prinzen hatte weggeben müssen. In Wirklichkeit war Rosa aber die Tochter von Mary, einer abstinenten Alkoholikerin, die in dem kleinen Cottage wohnte und im Co-op von Cockleberry Bay arbeitete. Nicht ganz das glamouröse Märchen ihrer Träume.

Marys Auslage mit Steinen und Kristallen war eine Tradition, die Rosas Urgroßmutter Queenie begonnen hatte. Sie hatte auch im Seaspray Cottage gewohnt, war aber Anfang des Jahres gestorben. Rosa hatte, bevor sie erfuhr, dass Mary ihre Mutter war, die beiden Frauen als Hexenzirkel von Cockleberry Bay bezeichnet.

Obwohl Rosa die uralte Frau nur kurze Zeit gekannt hatte, vermisste sie sie. Mit ihren dreiundneunzig Jahren war Queenie voller Weisheiten und Geheimnissen gewesen. Sie hatte lange schneeweiße Haare gehabt und die Falten in ihrem Gesicht hatten von ihrer Lebenserfahrung erzählt. Rosa würde niemals den Tag vergessen, als ihre Urgroßmutter beschlossen hatte, in Rosas Beisein aus dem Leben zu scheiden.

Rosa würde auch ihren allerersten Besuch im Cottage nicht vergessen. Queenie hatte damals darauf bestanden, ihr aus den Teeblättern zu lesen. Sie hatte Rosa dabei viele Dinge vorausgesagt, die sich später tatsächlich bewahrheitet hatten. Von ihr hatte Rosa auch die goldene Kette geerbt, die sie zum ersten Mal am Tag ihrer Hochzeit getragen hatte. Auf dem Anhänger, einem in Gold gefassten Saphir, war eine Gravur mit dem besonderen Spruch:

»Triff mich, wo der Himmel das Meer berührt.«

Mary nahm einen Stein vom Fenstersims und sagte: »Ja, das hier ist ein Bergkristall, einer deiner Geburtssteine, Rosa.« Hot begann zu bellen, woraufhin Mary sich hinunterbeugte, um ihn zu streicheln. Ihre langen schwarzen Haare berührten dabei fast den Boden. »Wohin seid ihr beide unterwegs?«

»Wir drehen eine kleine Runde. Es ist Zeit für sein Geschäft. Und du?«

»Ich wollte jetzt auch meine tägliche Runde drehen. Meine anderen Geschäfte habe ich schon erledigt.«

Darüber mussten sie beide lachen. Dann sagte Rosa: »Ich bin stolz auf dich mit deinem neuen Fitnessprogramm.«

»Ich muss das ja wegen meiner Lunge machen und es tut mir allgemein ganz gut. Schließlich will ich auch für meine zukünftigen Enkelkinder fit sein …«

»Mutter! Ich habe dir doch gesagt, dass Josh und ich erst mal ein bisschen Zeit für uns haben wollen.« Rosa hakte sich bei Mary unter. »Komm, lass uns zusammen zum Strand gehen. Hot freut sich auf die Möwenjagd.« Bei dem Wort »Möwen« wurde Hot ganz aufgeregt und lief kläffend im Kreis herum.

»Und wir können uns ins ›Kaffee, Tee und Meer‹ setzen und ihn vom Fenster aus beobachten.«

»Ja, das machen wir, solange es noch möglich ist. Es soll nämlich verkauft werden.«

»Ach, echt?«

»Ja, das habe ich heute Morgen erfahren.«

Rosa lachte. »War ja klar, dass du wieder die Erste bist, die so was weiß.«

»Sara ohne H will sich zur Ruhe setzen. Sie möchte das Café verkaufen und sich dafür ein Häuschen in St Ivis zulegen.«

»Was? Sie ist doch erst höchstens fünfzig, oder?«

»Stimmt. Und noch dazu ist das Café eine wahre Goldmine, nicht nur während der Touristensaison. Ich erinnere mich noch, als es damals dem alten Harry Trevan gehört hat. Da hieß es noch Harry's. Und er hat sehr viel Geld damit verdient.«

»Seit ich mal in dem Café in der Nähe von Joshs Haus in London gearbeitet habe, träume ich davon, irgendwann auch mal ein Café zu haben.«

»Aber den Job hast du damals doch an den Nagel gehängt, oder?«

»Ich habe früher jeden Job entweder selbst an den Nagel gehängt oder man hat mich gefeuert. Aber seit ich meine eigene Chefin bin, ist alles anders.«

»Ach, Rosa, sei doch dankbar für den Eckladen. Du hast ihn ja erst seit gefühlten fünf Minuten. Dein Urgroßvater hat hart gearbeitet, damit du finanziell abgesichert bist.«

»Wofür ich auch wirklich sehr dankbar bin. Das weißt du. Aber der Laden ist eher klein.«

»›Der Erbärmlichste unter den Menschen ist der, der seine Träume in Gold und Silber verwandelt.‹«

»Sagt das der liebe Khalil?«, fragte Rosa grinsend, woraufhin Mary nickte. Sie zitierte ständig aus ihrem Lieblingsbuch »Der Prophet« von Khalil Gibran. »Ich weiß, Geld macht nicht glücklich, aber es gibt einem doch eine gewisse Freiheit. Und der Laden ist so klein, dass die Kapazitäten eben beschränkt sind.«

»Du hast jetzt doch auch Josh.« Mary keuchte ein wenig. Sie blieb stehen, um ihr Inhalationsspray zu benutzen. Dann hielt sie, so lange sie konnte, den Atem an, bevor sie mit einem pfeifenden Geräusch die Luft wieder ausstieß.

Rosa wartete, bis Mary fertig war. »Stimmt, ich habe jetzt Josh, Mum. Aber ich will weder von ihm noch von sonst irgendwem abhängig sein. Man weiß nie, was im Leben noch alles passiert.«

»Seit wann bist du so weise, meine Liebe?«

»Ich habe einfach genug durchgemacht. Und ich habe schließlich dich als Mum und Queenie als Urgroßmutter. Und ich wünschte, ich hätte auch deine Mutter kennengelernt.«

»Ich auch.« Mary blickte zum Himmel. Marys Mutter Maria war bei Marys Geburt gestorben. »Komm, lass uns nicht weiter Trübsal blasen. Es ist so ein wunderschöner Morgen und wir dürfen Zeit miteinander verbringen.«

»Du hast recht. Für Oktober ist es heute recht mild. Zum Glück, denn Winterwetter könnte ich jetzt echt noch nicht gebrauchen, vor allem nicht, solange Josh noch in London arbeitet.«

»Sag mir doch bitte noch mal genau, was Josh eigentlich macht. Er hat zwar schon öfter versucht, es mir zu erklären, aber – *schwupps* – ist es sofort wieder aus meinem Kopf verschwunden.« Mary warf die Arme in die Luft, um ihre Aussage zu unterstreichen.

»Ehrlich gesagt, kapiere ich es selbst nicht ganz. Jedenfalls ist er immer noch bei derselben Investmentfirma in London. Und er bekommt jedes Jahr einen Megabonus, weshalb er noch eine Weile dortbleiben will.«

»Bevor du vor Selbstmitleid vergehst, weil er weg ist, musst du dir einfach immer wieder sagen, dass du vorher auch ohne ihn gut zurechtgekommen bist.«

Aber stimmte das denn? War sie das wirklich? Rosa dachte an die unzähligen One-Night-Stands damals in London. Und in Cockleberry Bay hatte sie eine Affäre mit Joe Fox, dem Zeitungsredakteur der *South Cliffs Gazette,* gehabt. Sie seufzte. Joe hatte ihr unzählige Lügenmärchen aufgetischt: Dass er unglücklich verheiratet sei, dass seine Frau ihn betrog, dass er sich gerade scheiden ließ. Erst nach Marys Intervention hatte Rosa gecheckt, was wirklich ablief. Joe war verheiratet und hatte eine Familie – einen Sohn im Teenageralter, fünfjährige Zwillinge und obendrein war seine Frau wieder schwanger. Rosa war am Boden zerstört gewesen. Dann hatte es noch diese rein körperliche Begegnung mit Klempner Luke gegeben, dessen Mutter die hinterhältige Pubeigentümerin des Ship Inn war. Also nein, es stimmte ganz und gar nicht – Rosa war alles andere als gut klargekommen. Sie hatte nur verkorkste Beziehungen gehabt. Das hatte sich erst geändert, als sie schließlich mit Josh zusammengekommen war.

»Bewahr deine Identität, Rosa.« Mary nahm die Hand ihrer Tochter, während sie die steile Straße zum Strand hinuntergingen. »Gebt eure Herzen aber nicht in des anderen Obhut. Und steht zusammen, doch nicht zu nah, denn die Säulen des Tempels stehen für sich, und die Eiche und die Zypresse wachsen nicht im Schatten der anderen.«

»Mary! Genug von Khalil, bitte.«

»Er will damit ausdrücken, dass Abstand für eine Beziehung gut ist.«

»Sagt diejenige, die noch nie eine hatte«, gab Rosa zurück.

Damit verletzte sie Mary, die jetzt Rosas Hand wieder losließ. »Das kannst du gar nicht wissen.«

Rosa merkte, wie Wut in ihr aufstieg. »Aber weißt du, ich brauche deinen Rat nicht«, sagte sie bitter. »Wegen dir war ich so viele Jahre lang allein.«

Mary drückte jetzt die Schulter ihrer Tochter. »Was mir auch von ganzem Herzen leidtut.«

Rosa versuchte, sich zusammenzureißen. »Entschuldigung … ich wollte nicht … Was ich eigentlich nur sagen will … Mit Josh habe ich herausgefunden, was Liebe wirklich ist. Und mit dir. Ich will so viel Zeit wie möglich mit diesem Gefühl verbringen. Ach Mann, es ist alles so kompliziert!«

»Aber es gibt keine Eile. Es wird alles von allein geschehen. Wobei Josh schon einunddreißig ist, oder?«

»Was soll das denn jetzt wieder heißen?«, echauffierte sich Rosa erneut.

»Ich weiß, dass du eine Fehlgeburt hattest, meine Liebe.« Rosa zuckte zusammen, während Mary sagte: »Und wenn du jemals darüber sprechen willst, komm zu mir.«

Rosa musste an die schmerzhafte und sehr lang andauernde Periode kurz nach der Hochzeit denken.

»In guten wie in schlechten Zeiten, meine Liebe«, sagte Mary sanft.

»Ich habe bloß meine Tage verspätet bekommen, mehr war es nicht«, log Rosa. »Und normalerweise erzähle ich Josh alles. Nur hatte ich mich so auf die Hochzeit gefreut, da wollte ich nicht viel Wirbel darum machen und die Freude trüben.«

Als sie zum Strand kamen, erlöste Rosa den Dackel von seiner Leine, woraufhin er sofort losflitzte und ein paar nichts ahnende Möwen aufscheuchte.

»Ich … ich liebe dich, Rosa«, stammelte Mary.

Mit feuchten Augen schenkte Rosa ihrer Mutter ein kurzes Lächeln, dann rannte sie zum Wasser. Fort von den Gefühlen, mit denen Mutter und Tochter kämpften. Offenbar hatten sie beide Schwierigkeiten, ihre Gefühle zu zeigen.

Kapitel 3

»Rosalar!«

Josh stürmte durch die Tür des Eckladens und schloss Rosa, seine zierliche Ehefrau mit den wilden Locken, in die Arme. Vor zwei Jahren hatten sie sich kennengelernt, als Rosa bei Josh als Untermieterin einzog und er ihr Mitbewohner mit gewissen Vorzügen wurde. Sie hatten als Wohngemeinschaft im Londoner East End gewohnt, bevor Rosa aus heiterem Himmel den Laden geerbt hatte. Als Rosa auszog und sie fortan nicht mehr zusammenlebten, hatten beide festgestellt, wie sehr sie sich vermissten. Das war der Anfang ihrer Beziehung gewesen.

Rosa durchströmte ein wohlig warmes Gefühl. Um Hots freudiges Gebell zu übertönen, rief sie: »Du bist einen Tag früher gekommen, du Mistkerl.«

»Na, das nenne ich mal ein herzliches Willkommen! Kaum sind wir den ersten Monat verheiratet, da ist's schon vorbei mit der Freundlichkeit.« Hot sprang an Josh hoch. »Ah, mein Kleiner.« Josh setzte seine Frau wieder auf dem Boden ab und nahm nun den Dackel hoch.

Während Hot seinem Herrchen übers Gesicht leckte, drehte Josh das Türschild auf »GESCHLOSSEN«. Mit einem Fingerzeig zur Treppe sagte er: »Komm, schieb deinen süßen

Hintern nach oben, Mrs Smith. Ich will dich lieben, und zwar sofort!«

»Aber …«

»Komm schon, die Haustierpopulation wird nicht verhungern. Ich brauche ja eh nur zehn Minuten – wenn du Glück hast.«

Rosa lachte laut auf. »Mein Ehegatte, ich liebe dich!«

* * *

In postkoitaler Ekstase ließ Rosa den Kopf aufs Kissen fallen. »Das habe ich gebraucht. Und dich natürlich auch«, seufzte sie.

»Du bist halt auch nur ein Mensch mit Bedürfnissen.« Josh strich ihr liebevoll über den Oberschenkel.

»Ich halte es kaum aus ohne dich, wenn du die Woche über in London bist.«

»Ich weiß. Aber ich schlage dir einen Kompromiss vor: Wie wäre es, wenn ich jede zweite Woche schon am Donnerstag heimkomme? Dann bin ich nur für drei Nächte am Stück weg.«

»Hm, na ja, das ist ein bisschen besser. Aber bilde dir bloß nicht ein, dass du zusätzliche Schlafzimmeraktivitäten erwarten kannst, weil du so ein braver Junge bist.«

Josh lachte und schlang die Arme fester um Rosa. »Ich mache das doch für uns, Mrs Smith. Für unsere Zukunft. Du weißt, dass der Bonus zu hoch ist, um ihn in den Wind zu schießen. Es ist einfach vernünftiger, noch ein bisschen dabeizubleiben.«

»Na gut. Wenigstens ist schon Oktober. Jetzt sind es nur noch ein paar Arbeitswochen und dann hörst du endlich dort auf.«

»Ähm, also …«

»Ach Gott, Josh, was? Nicht noch länger!«

»Wenn ich noch ein weiteres Jahr dabeibleibe, haben wir eine super Grundlage. Wir vermieten das Haus in London und dann könnten wir uns was Schönes in Polhampton Sands kaufen. So wie du es immer wolltest.«

Rosa schnitt eine Grimasse. »Geld ist nicht alles.«

»Das weiß ich, Rosa. Aber Sicherheit schon. Ich habe echt hart gearbeitet, um da zu sein, wo ich jetzt stehe. Dann haben wir eine gute Ausgangsposition. Ich will auch keinen Burn-out kriegen und deshalb meine ich es ernst, wenn ich sage, bloß noch ein einziges Jahr.«

»Ein *ganzes,* langes Jahr?« Sie schürzte die Lippen.

»Stell dir vor, wie es wird, wenn ich wieder zurück bin. Dann kann ich dir mit dem Laden helfen und vielleicht als Berater hier arbeiten. Wenn wir das Haus in London behalten, könnten wir von beiden Welten das Beste haben. Wäre das nicht super?«

»Es klingt alles so organisiert, dass es fast schon zu langweilig ist.«

»Langweilig? Meinst du das im Ernst, Rosa? Es ist wirklich nur noch ein Jahr.«

»Nein, das war bloß ein Scherz. Du weißt doch, wie ich bin.« Dabei kuschelte sie sich in Joshs Arme. Insgeheim aber fragte sie sich, ob sie das wirklich nur im Scherz gesagt hatte.

Kapitel 4

Früh am Montagmorgen, nachdem Josh mit dem Zug nach London gefahren war, ging Rosa zum Co-op, um Milch zu kaufen. Da hörte sie Jacob vom Lobster Pot ihren Namen rufen.

»Hallo, fremde Frau.« Jacob gab ihr links und rechts ein Küsschen auf die Wange. Mit seiner glatten Haut, dem schicken Haarschnitt und den Designerjeans sah er deutlich jünger aus als Mitte vierzig. Aber Rosas Verdacht, dass er sich Botox spritzen ließ, stritt er stets ab und behauptete, sein junges Aussehen habe er seinem um etliche Jahre jüngeren und genauso attraktiven Ehegatten Raffaele zu verdanken. Kurz nach ihrer Ankunft im Ort hatte Rosa das schwule Paar kennengelernt und sich mit den beiden angefreundet. Sie hatte in deren Bar ausgeholfen und war über das kleine Nebeneinkommen sehr dankbar gewesen.

Die beiden Männer hatten vor einigen Jahren alles in London verkauft, um im Südwesten des Landes neu anzufangen. So hatten sie den Lobster Pot in Cockleberry Bay erworben und ihn in eine schicke Restaurantbar verwandelt. Sie besaßen zudem ein wunderschönes Haus auf den Klippen von Polhampton Sands. Jacob arbeitete in der Bar am Tresen, während Raffaele als Koch in der Küche stand.

»Was soll das heißen, ›fremde Frau‹? Ich habe dich doch erst letzte Woche gesehen. Außerdem bin ich eben beschäftigt, weil ich mich um meinen frischgebackenen Ehemann kümmere, verstehst du?« Sie betonte das Wort »kümmern« ganz besonders.

»Ach, ich habe dich eben vermisst, meine Liebe. Und um deinen Ehemann würde ich mich auch gern *kümmern.*«

Rosa lachte. »Er ist meiner, ganz allein meiner!«

»Hast du Zeit für einen Kaffee? Ich warte gerade auf eine Lieferung, dann fahre ich wieder heim.«

»Also gut.« Rosa folgte ihm ins Pub, das ihr mittlerweile sehr vertraut war.

»Meine Schwester und Brad arbeiten heute und morgen. Ich darf daheim in Sands die Füße hochlegen und eine schöne Zeit mit meinem Latin Lover verbringen. Und ich bin ganz aufgeregt, denn rate mal, was wir vorhaben?«

»Ihr geht zum Surfen?«

»Im Oktober? Bist du verrückt, Schätzchen? Nein, wir werden unser Rudel vergrößern.«

»Was? Du hast mir verheimlicht, dass ihr euch einen weiteren Hund zulegen wollt.«

»Es war eigentlich nicht geplant. Aber wir haben eine Anzeige mit dem allersüßesten Foto im Internet gesehen und uns einfach verliebt.«

»Jetzt bin ich eifersüchtig. Und Ugly und Pongo werden es sicher auch sein, wenn ihr euch einen neuen Mops zulegt. Da müssen sie bei der Abstimmung aber erst mal die Pfoten heben.«

»Ach, Rosa, schimpf nicht mit mir. Soll ich dir noch was sagen? Es ist gar kein Mops.«

»Jacob, sag bloß nicht, dass es etwa ein Dackel ist!« Rosas Stimme war vor Aufregung eine ganze Oktave höher geworden.

»Doch!« Ihr Freund klatschte in die Hände wie ein Seehund in seine Flossen.

Jetzt redete Rosa mit einer Geschwindigkeit von hundert Wörtern pro Minute: »Och, nehmt mich mit! Oder lieber nicht, sonst will ich auch einen Dackelwelpen haben. Und du weißt, wie sehr es Hot hasst, wenn er nicht die Nummer eins ist.«

»Aber du bist jetzt nicht sauer auf mich, oder?«

»Sauer? Quatsch! Ich kann es kaum erwarten. Dackelwelpen sind sooo süß. Aber Jacob, du kannst dich schon mal auf was einstellen, wenn du denkst, dass Hot viel bellt ...«

»Du wirst den kleinen Racker oft zu sehen bekommen. Und denk nur, wie viele neue Halsbänder und Mäntelchen du uns verkaufen wirst, Süße.«

»Kriegt ihr einen Jungen oder ein Mädchen?«

»Raff will ein Männchen.« Er lachte. »Fest steht jedenfalls, dass es das hübscheste Welpenbaby auf Erden sein wird.«

»Natürlich.«

»Wo ist eigentlich dein kleiner Fellfreund geblieben?«

»Ich wollte bloß schnell Milch kaufen gehen, und er hat gerade so gemütlich auf seiner Lieblingsstinkedecke geschlafen, weshalb ich ihn zu Hause gelassen habe.«

»Dein kleiner Vierbeiner hat echt Charakter. Und sag mal, wie lange ist Josh diesmal weg?«

»Bis Freitag«, stöhnte Rosa. »Ich hasse es, dass ich mich immer von ihm verabschieden muss.«

»Ich weiß, es ist schwer. Aber schau, was Raff und ich erreicht haben, indem wir uns in London den Hintern abgearbeitet haben. Josh hat schon recht. Und ihr beide seid noch so jung.«

»Ja, mag sein.«

Jacob hob die leere Tasse an. »Darf ich dir nachschenken?«

»Ja, gerne.«

Jacob holte die Kanne und füllte beide Tassen auf. »Übrigens, es gibt schlechte Nachrichten für uns alle.«

»Oje, was denn?«

»Sheila Hannafore kommt bald wieder ins Ship Inn zurück. Die Renovierungsarbeiten sind beendet, und es geht das Gerücht um, dass ihr Sohnemann ebenfalls herkommt. Er will helfen, jüngere Leute als Gäste zu gewinnen.«

»Welcher Sohn? Doch nicht etwa Lucas?«

»Ich vermute schon. Der andere wohnt ja hier in der Nähe.«

»Woher weißt du das?«

»Hat mir deine Mutter erzählt.«

»Ach, hätte ich mir denken können.« Rosa nickte. »Diese Information ist allerdings nicht zu mir vorgedrungen.«

»Es war das Erste, was Mary mir erzählt hat, als ich die Zeitung geholt habe. Aber ich bin mir ganz sicher, dass du es später auch noch aus erster Hand erfährst.« Jacob schlürfte seinen Kaffee. »Ich kann es immer noch nicht glauben, dass diese durchtriebene Sheila es tatsächlich geschafft hat, nach der Fahrerfluchtgeschichte den Kopf aus der Schlinge zu ziehen.«

»Ich weiß. Ich habe gehört, dass sie während der Renovierungsarbeiten bei ihrer Schwester in Exeter war. Und eigentlich habe ich gehofft, dass sie noch sehr viel länger wegbleibt.«

»Ich auch. Ehrlich gesagt, haben wir uns über die zusätzlichen Gäste gefreut«, meinte Jacob.

»Wobei im Ship auch ein paar zwielichtige Gestalten anzutreffen waren.«

»Stimmt. Ich kann es im Übrigen immer noch nicht glauben, dass Sheila mit Absicht einen Unfall veranlasst hat, bei dem die Freundin ihres Sohnes verletzt wurde. Und fast hätte man dich als Täterin verdächtigt.«

»Ja, vielleicht ist keine gut genug für ihren Sohn. Keine Ahnung.« Rosa rührte Zucker in den Kaffee.

»Ich finde es schon ziemlich extrem, wenn man jemanden über den Haufen fahren lässt. Nach wie vor denke ich, dass Sheila auch ihre Finger im Spiel hatte, als es damals in unserem

Lager gebrannt hat. Da waren wir noch ganz neu im Ort und hätten durch das Feuer fast unser Business verloren.« Jacobs Gesichtsausdruck verdunkelte sich.

»Du hast recht, das ist schon ein bisschen unheimlich.« Rosa zog eine Grimasse. »Sheila Hannafore hat jedenfalls Sebs Anwaltskosten übernommen, und so ist Seb Watkins unbescholten davongekommen. Dabei hat er die Fahrerflucht begangen, hundert Pro. Er hat nach dem Unfall sofort den Transporter verkauft. Wenn das nicht beweist, dass er schuldig ist … Er hätte in den Knast kommen müssen.«

»Ich frage mich, wo er sich jetzt aufhält.«

»Keine Ahnung. Hoffentlich weit weg von hier.«

Obwohl Rosa eng mit Jacob befreundet war, sagte sie nicht mehr über Sebs Taten. Sie hatte Titch ihr Wort gegeben, dass sie niemandem erzählen würde, was Seb Titch damals angetan hatte. Rosas junge Freundin hatte sich aus ihren eigenen Gründen entschlossen, diese furchtbare Sache nicht anzuzeigen, und Rosa hatte Titchs Entscheidung respektiert. Dass Seb Watkins in Cockleberry Bay seither nicht mehr gesehen wurde, war eine Riesenerleichterung.

Rosa trank den Kaffee aus. »So gern ich noch bleiben und den ganzen Tag mit dir tratschen würde, aber jetzt muss ich gehen und den Laden aufschließen. Wir sehen uns, wenn du ein neues Hundehalsband bei mir kaufst.«

Jacob gähnte. »Ich würde mich jetzt gern wieder ins Bett legen. Ach, und da fällt mir ein, dass ich das heute ja auch kann.«

Rosa tat, als würde sie ihm eine Ohrfeige verpassen. »Nun gut, wollen wir es dir gönnen. Genieß deine freie Zeit und richte Raff viele Grüße von mir aus. Ach ja, und schick mir sofort ein Foto von eurem süßen Fellchipolata!«

Kapitel 5

Als Rosa gerade auf allen vieren kniete, um Hundefutterdosen ins unterste Regal zu räumen, ertönte die Ladenglocke. Ohne sich umzudrehen, rief sie: »Ich komme gleich!«

»Diesen süßen, kleinen Hintern kenne ich doch«, ertönte eine bekannte Stimme hinter ihr.

Erschrocken fuhr sie zusammen und warf dabei eine Kiste um, woraufhin die Dosen im ganzen Laden herumkullerten. Hot sprang von seinem Bettchen in der Ecke auf, um zu sehen, was los war.

Lucas Hannafore kniete sich nieder, um zu helfen, die Büchsen aufzuheben. »Hallo, Mr Würstchen, hast du mich vermisst?« Er streichelte den Dackel, der verräterischerweise über die Hand des attraktiven Mannes leckte.

»Danke, aber ich komme auch ohne deine Hilfe klar«, knurrte Rosa neben ihm. »Und musst du immer so etwas Anstößiges sagen?«

»Na, hör dich an. Bist du, seit du verheiratet bist, plötzlich zur feinen Lady geworden?«

Rosa betrachtete seinen dunklen Teint. Leider hatte er recht – eine feine Lady war sie wohl nicht, wenn sie an den Sex mit ihm dachte, damals auf dem Sofa in ihrer Wohnung.

Sie stand auf und klopfte sich den Staub von den Knien. »Was machst du hier?« Wahrscheinlich stimmte es, was Jacob erzählt hatte.

Auch Lucas erhob sich, blieb aber viel zu nah vor ihr stehen. »Meinst du mit ›hier‹ deinen Laden oder den langweiligen Ort?«

»Nur langweilige Leute langweilen sich.« Rosa ärgerte sich darüber, dass sie Lucas immer noch attraktiv fand, obwohl sie jetzt glücklich verheiratet war, und eigentlich auch nicht auf Männer stand, die kleiner als eins achtzig waren.

»Bevor dein schicker Stadtjunge dich zu seiner Angetrauten gemacht hat, hast du mich auch nicht langweilig gefunden.«

»Beantworte meine Frage, Luke!« Wieder fiel ihr auf, dass seine Wimpern länger waren als ihre eigenen.

»Meine liebe Frau Mutter ist wieder im Pub und deshalb bin ich hier. Es ist echt toll geworden. Ich habe ihr versprochen, dass ich für ein, zwei Monate keine Aufträge in London annehme und ihr helfe, neue Gäste anzulocken, indem ich ein paar Bandauftritte organisiere und so. Halt genau das, was die alte Spelunke braucht.«

»Jetzt ist doch Nebensaison.«

»Ja, aber in Cockleberry Bay geht es nicht nur um die Touris. Viele Leute hier lieben Livemusik und außerdem kommt das nächste Weihnachten früher, als man denkt.«

»Du bist Klempner, Luke. Oder steht auf deinem Lebenslauf auch, dass du ein Musikmogul bist?«

»Immer noch so schlagfertig wie ein Vorschlaghammer. Stimmt, ich bin Installateur und werde hier im Ort vielleicht auch ein paar Aufträge übernehmen. Was aber noch lange nicht heißt, dass ich nicht gleichzeitig mein Marketingtalent fürs Pub einsetzen kann. So schwierig ist es jetzt auch wieder nicht, ein paar Flyer zu verteilen.«

»Ach, du bist ja so was von flexibel«, entgegnete Rosa ironisch.

»Richtig und das solltest du am besten wissen.« Und wieder ärgerte sich Rosa, weil sie bei dieser Aussage rot wurde. »Und ich finde es sexy, dass du mich immer noch Luke nennst.«

»Der Name ruft mir immer wieder in Erinnerung, wie hinterhältig du mich bei unserer ersten Begegnung verraten hast.«

Luke, auch genannt Lucas Hannafore, war damals, kurz nach Rosas Ankunft im Ort, von seiner Mutter Sheila als Klempner zu ihr geschickt worden, damit er sie ausspionierte und herausfand, was im Eckladen vor sich ging. Nachdem Rosa den Laden von einem Unbekannten vermacht bekommen hatte, war sie von manchen Neidern im Ort nicht gerade mit offenen Armen empfangen worden. Manche Leute waren Fremden gegenüber misstrauisch und zudem der Meinung gewesen, der Eckladen und die dazugehörende Wohnung seien Rosa unverdienterweise einfach so in den Schoß gefallen.

»Aber erzähl doch mal, Mrs Smith, wie gefällt es dir, verheiratet zu sein? Und wo ist überhaupt dieser riesige Kerl, der dein Ehemann ist?«

»Er arbeitet unter der Woche nicht hier.«

»Ach echt? Wie praktisch!«

Rosa schüttelte den Kopf. »Du bist unglaublich.«

»Danke.«

Lucas grinste. »Und weil wir vorhin über langweilige Dinge gesprochen haben – wie kommst du eigentlich mit diesem Namen, Mrs *Smith*, zurecht? Rosa Hannafore hätte so viel besser geklungen.«

»Dich würde ich nicht einmal heiraten, wenn du der letzte Klempner auf Erden wärst.«

»Ich will dich auch gar nicht *heiraten*, Rosa.« Lucas blickte ihr tief in die Augen. Dann zwinkerte er ihr zu, holte einen Katzenschlüsselanhänger aus einem Korb und legte ihn auf die Theke.

Er drückte ihr drei einzelne Pfundmünzen in die Hand und streichelte dabei über Rosas Handfläche. »Wir sehen uns sicher bald wieder, sexy Lady.«

Als die Tür ins Schloss fiel, atmete Rosa auf. Sie war eine verheiratete Frau. Sie liebte ihren Josh sehr und die Zeit, als sie noch mit anderen Männern ins Bett gehüpft war, war vorbei.

Leider hieß das nicht, dass sie nicht trotzdem ein paar Funken zwischen ihr und diesem Mistkerl Lucas Hannafore gespürt hätte.

Kapitel 6

»Herrlich!« Rosa drehte sich im Bett um, schlang die Arme um Josh und gab ihm einen Kuss auf seinen breiten Rücken. Seit Ewigkeiten war es der erste Samstag, an dem sie nicht früh aufstehen und den Laden aufschließen musste.

Josh küsste ihre Hände und kuschelte sich an Rosa. Als sie beide gerade wieder eingedöst waren und das Ausschlafen genossen, klingelte es an der Tür. Hot sprang aus seinem Bettchen im Flur und bellte.

»Ich geh ja schon.« Verschlafen zog sich Rosa ihren Bademantel an, tappte nach unten, und öffnete die Ladentür. Davor stand Titch mit Kinderwagen, in dem der leise glucksende Theo lag.

»Tut mir leid, Rose, ich dachte, du bist schon auf. Ich habe den Schlüssel vergessen.« Rosa hob ohne ein Wort die Hand. »Geh gleich wieder rauf ins Bett«, sagte Titch. »Ich schreibe dir eine SMS, falls ich was brauche. Es ist alles mit einem Preis ausgezeichnet, oder?«

Rosa nickte mit zusammengekniffenen Augen, dann winkte sie und ging wieder nach oben ins Bett. Dort nahm sie dieselbe Position ein wie zuvor, und als sie plötzlich Lust bekam, drückte sie sich an Josh, sodass er ihre Brüste am Rücken zu spüren bekam.

»Du kleines Luder.« Er drehte sich um und küsste seine frischgebackene Ehefrau leidenschaftlich, was ihn sofort hart werden ließ. Rosa sog die Luft ein, als er in sie eindrang.

Es hatte eine Weile gedauert, bis Rosa wahre Liebe zulassen konnte. Während ihrer Kindheit und Jugend hatte sie nicht oft wahre Emotionen erlebt und so war auch Sex für sie die einzige Art von Zuneigung gewesen, die sie kannte. Für alles andere hatte sie sich zu wertlos gefühlt. Welch Glück, dass Josh das verstanden hatte und dass er ihre wilde Art liebte!

Josh drückte sie fest an die Brust. »Ich liebe dich, Mrs Smith. Und ich habe neulich erst daran gedacht, wie wunderschön unsere Babys sein werden.«

»Hauptsache, die Mädchen werden keine eins achtzig großen Rugbystürmer wie du, sondern bleiben klein und zierlich wie ich und erben meine grünen Augen.«

Josh lachte. »Stimmt und hoffentlich kriegen sie deine dunklen Locken.«

»Und deine behaarten Beine.« Rosa gab ihm einen Kuss auf die Nasenspitze.

Jetzt versuchte Hot, aufs Bett zu springen, versagte aber kläglich. Rosa löste sich aus den Armen ihres Mannes und hob den kleinen Hund auf die Bettdecke. »Du sollst doch nicht hochspringen, sonst verletzt du dir noch deinen kleinen Rücken.« Ihre Haare kitzelten Hot, und er schüttelte den Kopf so heftig, dass seine Ohren schlackerten. »Im Moment bilden wir drei eine kleine Familie. Ich könnte mir nicht vorstellen, den Laden zu führen und mich gleichzeitig allein um ein Baby zu kümmern. Das wäre echt eine Herausforderung.«

»Ich verstehe schon, aber allzu lange wollen wir auch nicht mehr warten, oder?«

»Josh, ich bin erst sechsundzwanzig.«

»Ja, aber ich bin einunddreißig. Ich will auf dem Spielplatz nicht der älteste Dad sein. Vielleicht sollten wir einfach anfangen, es zu versuchen, und du setzt bald die Pille ab? Ich meine, es könnte noch Ewigkeiten dauern.«

Doch Rosa glaubte kaum, dass dies der Fall wäre. Sie hatte im Zuge der Hochzeitsvorbereitungen zweimal die Pille vergessen und war gleich schwanger geworden. Sie war einfach noch nicht bereit, ihre Freiheit aufzugeben, und nachdem sie bei Titch mitbekam, wie schwierig es mit einem Baby war, wollte sie jetzt erst recht noch keine Kinder haben. Und was, wenn Josh seine Meinung änderte und sie verließ?

Josh las die Zweifel ihrem Gesichtsausdruck ab. »Ich werde dich niemals verlassen, Rosa, das weißt du. Ich liebe dich sehr.«

»Aber du bist so oft weg. Außerdem frage ich mich schon manchmal, warum du mich gewählt hast und nicht eines von diesen schicken Stadtmädels.«

»Rosa, hör auf! Ich will nur dich. Du bist meine hübsche, lustige, süße, liebevolle und etwas verrückte Frau, und ich liebe dich. Der Job ist nur ein Job. Ich zähle immer die Tage bis zum Wochenende, bis ich dich wiedersehe.« Als Hot über Joshs Kinn leckte, fügte er hinzu: »Und ja, dich will ich doch auch, mein Bester.« Er drückte sein Gesicht an Hot und fragte mit durchs Fell gedämpfter Stimme: »Wie kommst du überhaupt darauf? Du bist doch sonst nicht so unsicher.«

»Das liegt nur daran, dass ich dich noch ein ganzes Jahr als Teilzeit-Josh habe.«

Er drehte sich um und zog sie an sich. »Ich verspreche dir, dass ich so oft hier sein werde, wie es nur geht. Wir könnten das mit dem Baby so planen, dass es genau dann kommt, wenn ich ganz hier wohne. Wobei du dann sowieso keine Zeit mehr hättest, mich zu vermissen.«

»Noch mehr Pläne?«, fragte Rosa mit leicht sarkastischem Lächeln. Pläne hatte sie noch nie gemocht. »So funktioniert das Leben aber nicht, mein lieber Ehegatte. Außerdem habe ich dieses Jahr mehr Pläne gemacht als in meinem ganzen Leben.«

»Und fühlt sich gut an, oder?«, zog Josh sie auf und küsste ihre Stirn. »Hier ist noch ein Plan für dich: Wie wäre es, wenn wir einen langen Spaziergang zu den West Cliffs machen und anschließend in den Lobster Pot zum Mittagessen gehen? Dann können wir in Ruhe quatschen und die Jungs wiedersehen?«

»Na gut, mein Hübscher, das ist jetzt mal ein Plan, der gefällt.«

Kapitel 7

Als sie oben auf den West Cliffs standen, breitete Rosa die Arme aus und rannte dem Wind entgegen. Hot jagte ihr mit flatternden Ohren hinterher. Dann lief Rosa zu Josh zurück, der stehen geblieben war, um die atemberaubende Aussicht zu genießen.

»Ihr zwei seid echt verrückt«, sagte er liebevoll und strich seiner Frau über den wirren Lockenkopf. »Es tut so gut, weg von London zu sein. Dort werden schon die ersten Weihnachtssachen verkauft. Es ist unglaublich.«

»Ich kann auch nicht gerade behaupten, dass ich die Stadt sehr vermisse. Abgesehen von einem Kino und ein paar größeren Einkaufsläden, würde ich mir nichts hierherwünschen. Na ja, und abgesehen davon, dass ich dich gerne immer hier hätte.«

»Ich weiß, aber die Zeit wird wie im Flug vergehen. Schau, wie schnell die Monate vergangen sind, seit du in Cockleberry Bay wohnst.«

»Stimmt.« Rosa blickte Hot hinterher, der zu einer Familie rannte, die auf dem Hochplateau bei den Klippen Drachen steigen ließ. »Schau dir das an.« Rosa zeigte aufs weite Meer. »Was für ein Glück, hier leben zu dürfen!«

»Das stimmt. Und wollen wir hoffen, dass unsere Liebesgeschichte genauso lange andauert wie die von Queenie und deinem Urgroßvater. Eine unsterbliche Liebe.«

Da sagte Rosa leise: »Genau hier ist die Stelle, wo sich Neds Frau Dotty das Leben genommen hat. Seine Affäre mit meiner Urgroßmutter Queenie hatte ihr das Herz gebrochen.«

»Erzähl mir alles noch einmal, während wir runtergehen. So ganz habe ich es noch nicht in meinem Kopf.«

Arm in Arm liefen sie zurück, während Rosa die Geschichte erzählte. Ihr Urgroßvater Ned war etliche Jahre mit Dotty verheiratet gewesen und hatte zusammen mit ihr den Eckladen geführt. Die Ehe blieb kinderlos, und irgendwann hatte Ned Gefühle für Queenie entwickelt, die beste Freundin seiner Frau. Sie hatten zwar versucht, sich voneinander fernzuhalten, doch die gegenseitige Anziehungskraft war zu stark gewesen. »Ich glaube trotzdem, dass er auch Dotty sehr geliebt hat«, meinte Rosa. »Jedenfalls war Queenie von Ned schwanger geworden und nach London gezogen, um dort ihr Baby großzuziehen. Ihr ganzes Leben lang hat sie abgestritten, dass Ned der Vater ihres Kindes war. Das Baby hieß Maria und war meine Großmutter, also Marys Mutter. Allerdings ist Maria während der Geburt von Mary gestorben und so hat Queenie ihre Enkelin wie eine Tochter großgezogen. Und den Rest der Geschichte kennst du, oder?«

»Ja. Mary hat rebelliert und wurde Alkoholikerin. Und weil sie dich im Suff fallenlassen hat, bist du im Kinderheim gelandet. Von dem Sturz hast du das hier.« Josh blieb stehen und berührte ihre blitzförmige Narbe auf der linken Wange. »Tut mir leid, das habe ich etwas hart formuliert. Ich bin sehr froh, dass Mary dich gefunden hat und dass ich jetzt für dich da sein darf.«

»Mary und ich müssen an unserer Mutter-Tochter-Beziehung noch arbeiten. Es fällt mir immer noch schwer, sie ›Mum‹ zu nennen.«

»Na klar. Ich stelle es mir auch schwierig vor, wenn man erfährt, dass eine fremde Frau plötzlich die eigene Mutter sein soll. Noch dazu wohnt ihr fast nebeneinander, da muss man zwangsläufig gut miteinander auskommen. Aber ich finde es unglaublich, wie du alles angenommen hast. Ich bewundere dich sehr dafür.«

Rosa spürte Tränen aufsteigen. »Ich muss so oft an Queenie und Ned denken. Für den Rest ihres langen Lebens hatten sie nie wieder einen anderen Partner, dafür hatten sie ihre eigene, ganz besondere Beziehung.«

»Eine Liebesgeschichte wie im Film«, meinte Josh.

»Ja, stimmt. Als Queenie in London war, haben sie sich viele Briefe geschrieben. Jeder Brief endete mit dem Satz ›Triff mich, wo der Himmel das Meer berührt.‹« Rosa blickte in die Ferne. »Damit meinten sie genau diese Stelle hier, diesen Horizont. Das ist auch der Satz, der auf Queenies Kette eingraviert ist. Du weißt schon, die Kette, die ich zu unserer Hochzeit getragen habe.«

»Wer hätte gedacht, dass du so sentimental bist, Mrs Smith.« Josh drückte ihre Hand. »Ihre Beziehung war wahrscheinlich besser als manch eine gewöhnliche Partnerschaft. Vielleicht sind getrennte Betten auch für uns das Geheimnis.«

Rosa stieß ihrem Mann in die Rippen. »Hey, so weit wird es mit uns hoffentlich niemals kommen. Es ist so schade, dass Queenie Neds Liebe nicht mehr zugelassen hat. Ihre Schuldgefühle waren einfach zu groß. Selbst nachdem sich die Gerüchteküche von Cockleberry Bay beruhigt hatte, tat Queenie, als wären sie und Ned nur Freunde. Sie hat Mary nicht einmal gesagt, dass Ned ihr Großvater war. Zum Glück aber hat Mary es insgeheim immer geahnt.«

»Und es ist etwas ganz Besonderes, dass Ned dir trotz allem den Laden vermacht hat. Das heißt, er hat genau gewusst, dass er der Vater von Queenies Kind war. Und Mary muss ewig gebraucht haben, dich als einzige Urenkelin von Ned und Queenie, ausfindig zu machen.«

Hot versuchte jetzt, bellend ihre Aufmerksamkeit zu erregen. Nachdem der Pfad so nahe am Abgrund der Steilküste verlief, nahm Josh den Hund lieber an die Leine.

»Es wird mir nicht leichtfallen, irgendwann mal aus der Wohnung auszuziehen. Sie ist mit so viel Geschichte verbunden«, sagte Rosa nachdenklich.

»Aber du willst mal in einem Haus wohnen, oder?«

Sie waren wieder unten am Strand angekommen und ließen den ungeduldigen Hot von der Leine, der sofort auf eine ahnungslose Möwe zusprang, die gerade eine tote Krabbe aufpickte.

»Na klar, für Hot wäre es toll, einen Garten zu haben. Und irgendwas mit Meeresblick wäre auch super. Aber vergiss nicht, dass wir den Laden nicht verkaufen dürfen.«

»Ach komm, Ned kriegt das jetzt doch eh nicht mehr mit«, scherzte Josh.

»Ich hoffe sehr, dass du das nicht ernst meinst. Seine Worte werden mir niemals mehr aus dem Kopf gehen.« Rosa zitierte, was im Brief gestanden hatte:

> »›*Mein Geschenk an dich kommt mit einer einzigen Bedingung: Du darfst den Eckladen in Cockleberry Bay NIEMALS verkaufen. Wenn du denkst, dass die rechte Zeit gekommen ist – und nur dann –, kannst du ihn jemandem vermachen, der ihn wirklich verdient.*‹«

»Da geht es aber nur um den Laden, nicht um die Wohnung.«

»Ach, Josh, hör auf. Für mich ist es ein und dasselbe. Und ich muss Neds Wunsch respektieren. Ohne ihn würde ich immer noch von einem sinnlosen Job zum nächsten wechseln. Und hätte lauter flüchtige Männerbekanntschaften. Die Sache mit dem Laden hat wirklich mein Leben verändert. Ohne Neds

Vermächtnis würdest du mich außerdem immer noch für einen Taugenichts halten und hättest mich niemals geheiratet.«

»Meine Liebe, da muss ich Einspruch erheben. Ich habe dich schon geliebt, als du noch in Poundworld gearbeitet hast.«

»Wirklich?«

»Komm, Rosa, hör auf.«

»Na gut. Trotzdem glaube ich, dass der Laden wie ein Katalysator war, der unser Glück überhaupt erst ermöglicht hat.«

»Ich verstehe ja, was du meinst, meine Süße.« Josh nahm ihre Hand. »Und wir haben es nicht eilig, mach dir keine Sorgen. Wir haben alle Zeit der Welt.«

»O doch, mit einer Sache haben wir es durchaus eilig. Denn derjenige, der als Letzter das Pub erreicht, übernimmt am Wochenende die frühe Gassirunde«, rief Rosa und rannte los. Schmunzelnd nahm Josh Hot wieder an die Leine und rannte ihr nach.

* * *

Immer noch etwas außer Atem quietschte Rosa begeistert auf, als Jacob mit der allersüßesten Miniaturversion von Hot erschien, die man sich nur vorstellen konnte. Der Welpe war winzig und kaum größer als Jacobs Hand.

»Also, dass du mir nichts gesagt hast!«, rief sie. »Ich wollte doch mitkommen und euch helfen, einen auszusuchen.«

»Ich wollte dich überraschen. Übrigens ist es kein Er, sondern eine Sie, obwohl Raff eigentlich ein Männchen wollte. Darf ich euch bekanntmachen? Lady Dolce Vita Petunia Duchess Barkley, das sind meine lieben Freunde Rosa und Joshua Smith.« Hot sprang um die Barhocker herum und bellte sich die Lunge aus dem Leib.

Josh hob Hot hoch, damit er die neue kleine Lady beschnüffeln konnte. »Wow, wie ruft ihr sie, wenn sie euch wegläuft?«

In dem Moment kam Raffaele in seiner weißen Kochkleidung aus der Küche und kitzelte das Hundebaby am Kinn. »Sie ist unsere kleine Baronin, unsere Duchess, nicht wahr, *piccolo amore*?«

»Duchess, so werden wir sie nennen!« Jacob lächelte verzückt, während sein hübscher Italiener die Freunde mit Luftküsschen auf die Wangen begrüßte.

Aus Rosas Augen sprühten förmlich kleine Herzen. »Ich will auch so gern ein Fellbaby. Können wir uns nicht ebenfalls eins zulegen, Josh?«

»Aha, es ist also leichter, ein Tierbaby von dir zu kriegen als ein echtes«, entgegnete Josh grinsend. »Aber so ein kleiner, nicht stubenreiner Welpe würde deinen Laden ziemlich auf den Kopf stellen. Und dann noch das ganze Hundetraining …«

»Na ja, vielleicht hast du recht. Aber ich habe Hot eben nicht als Baby erlebt.«

Jacob stellte Josh ein Bier hin und Rosa ein Glas Rotwein. »Ja, weil du ihn gestohlen hast, als er schon groß war.«

»Weil er misshandelt wurde, der arme Kerl. Ich *musste* ihn einfach entführen.« Rosa dachte an damals, als sie ihren geliebten Vierbeiner vor seinem grausamen Frauchen rettete. Sie nahm Hot auf den Schoß. »Der Arme hatte lauter Beulen am Rücken.« Dann sah sie wieder zu dem süßen Welpen. »Wie alt ist die Duchess, Jacob?«

»Schon sechzehn Wochen. Sie war der Kümmerling des Wurfes und ist noch eine Weile länger bei der Mutter geblieben. Unser kleiner Engel. Das macht sie so besonders. Jetzt aber reicht ihr die Aufregung.« Jacob nahm das Hundebaby und brachte es nach oben zu den beiden Möpsen ins bequeme Hundebett. Als er zurückkam, sagte er zu Josh: »Schön, dass du mal wieder hier bist.«

»Ja, finde ich auch. Wir waren vorhin oben bei den West Cliffs. Bei unserem Spaziergang haben wir übrigens gesehen, dass das Ship wohl bald wieder eröffnet wird.«

»Ich gebe es nur ungern zu«, sagte Rosa, »aber es sieht wirklich toll aus. Es wurde frisch gestrichen, und jetzt strahlt es weiß und hat auch ein neues Schild bekommen.«

»Wir machen uns trotzdem keine Sorgen. Unsere Gerichte sind nicht zu toppen und mittlerweile haben wir auch in der Nebensaison so viele Gäste, dass der Laden selbst ohne Touristen sehr gut läuft. Außerdem sind wir sowieso eine ganz andere Art von Pub als das Ship, und das soll auch so bleiben.«

Josh nahm Rosas Hand. »Versprich mir nur eins, meine Süße. Geh da nicht wieder hin, okay?«, sagte er leise zu ihr. Als Rosa losgerannt war, hatte Josh Lucas' Firmenwagen auf dem Parkplatz des Ship Inn gesehen.

»Äh, nein. Warum sollte ich auch?« Rosa verzog das Gesicht.

»Ich weiß doch, wie sehr du Livemusik liebst, vor allem, wenn du was getrunken hast.«

»Ohne dich gehe ich sowieso so gut wie nie aus, um ehrlich zu sein. Außerdem bezweifle ich nach dieser Fahrerfluchtgeschichte sehr, dass mich Madam Hannafore überhaupt bedienen würde.«

»Hast du eigentlich mal wieder was von ihrem schrecklichen Sohn gehört?«

Ohne nachzudenken, antwortete Rosa automatisch mit Nein.

»Dann ist es ja gut.« Zwischen Josh und Lucas hatte es böses Blut gegeben. Josh hatte damals mitbekommen, wie Lucas Rosa beschimpft hatte, weil sie ihm nach dem Fahrerfluchtunfall bei der Polizei kein Alibi geben wollte. Josh hatte sich auf Lucas gestürzt, den unverschämten Klempner die Balkontreppe hinabgeschleift und ihn rausgeworfen. Dabei wusste Josh nicht einmal von dem früheren Techtelmechtel zwischen Rosa und Luke.

»Versprichst du es mir?«

»Josh! Also gut, ich verspreche es. Aber jetzt sag mal, was wollen wir essen? Ich bin am Verhungern.«

Kapitel 8

Titch stellte die Lautstärke auf ihrem Handy hoch und tanzte im Wohnzimmer von Rosa und Josh herum.

»Ich liebe dieses Lied.« Sie öffnete die Flügeltüren zur Dachterrasse. Die Aussicht von hier war atemberaubend und die Schreie der Möwen ohrenbetäubend, egal zu welcher Jahreszeit. Hot folgte Titch nach draußen und hob an einem Blumentopf sein Beinchen.

»Es ist kalt, Titch, mach wieder zu«, rief Rosa aus der Küche. »Willst du noch ein Glas?«

»Ist der Papst katholisch?« Titch kam von der Dachterrasse wieder rein und schloss die Tür. »Was glaubst du, wo schlafen eigentlich diese Möwen, Rose?«

»Äh, die Frage habe ich mir noch nie gestellt.« Rosa kam mit zwei gefüllten Gläsern ins Wohnzimmer zurück.

»Happy Halloween!« Titch sprang hinter dem Sofa hoch.

Rosa schrie laut auf und hätte vor Schreck fast die Gläser fallenlassen. »Du fiese Nudel! Das ist das Schrecklichste, was ich je gesehen habe.«

»Super, oder?« Titch war mit einer Maske auf dem Gesicht aufgetaucht, die aussah, als würde sie Edvard Munchs Bild »Der Schrei« entstammen. »Hier.« Sie reichte Rosa eine zweite, identische Maske. »Für dich.«

»Dabei weiß ich echt nicht, was das ganze Getue mit Halloween eigentlich soll«, brummte Rosa. »Mittlerweile wird das so groß aufgebauscht.«

»Und warum hast du dann deinen Laden mit Spinnweben und Kürbissen dekoriert und Halloweenkostüme für Hunde verkauft und Süßigkeiten an die Kinder verteilt?«

»Die Spinnweben gehören gar nicht zur Deko, die sind echt.«

Titch lachte auf.

Rosa inspizierte die Maske. »Aber sag mal, darfst du überhaupt so viel Alkohol trinken, wenn du stillst?«

»Ich habe für heute Abend Milch abgepumpt. Ich glaube, dass ich sowieso bald abstille und ihm lieber die Flasche gebe. Die Nähe beim Stillen gefällt mir zwar schon, aber auf die wunden Brustwarzen und darauf, dass ständig Milch aus den Titten läuft, kann ich echt verzichten. Vor allem jetzt, da ich wieder zu arbeiten anfange.«

»Ich habe mich sowieso schon gefragt, ob das Stillen mit deinen Implantaten überhaupt richtig funktioniert.«

»Ja, ohne Probleme. Ich habe das die Hebamme auch gefragt, aber bei Kochsalzimplantaten besteht anscheinend keine Gefahr fürs Baby. Ich muss echt sagen, er säuft ganz schön viel. Es ist ewig dasselbe: trinken, schlafen, kacken. Trinken, schlafen, kacken. Daraus besteht jetzt mein ganzes Leben.«

»Zugegeben, darum beneide ich dich nicht. Aber er ist soooo süß!« Rosa gab ihrer Freundin das Glas Prosecco. »Also gut, wenn du dir sicher bist, dass du noch was trinken willst.«

»Ja, so sicher wie das Amen in der Kirche.«

Sie stießen miteinander an.

»Prost. Ich kann dir gar nicht sagen, wie gut es tut, mal wieder draußen zu sein. Versteh mich nicht falsch, Theo ist wirklich mein Ein und Alles. Aber nach neun Monaten Enthaltsamkeit schmeckt das hier göttlich.« Titch ließ sich aufs blau-weiß gestreifte Sofa fallen. »Ich erinnere mich noch an dein altes Sofa, das du hattest, als du eingezogen bist.«

»Ja, da musste ich jeden Penny umdrehen und habe mich mit den alten Möbeln abgegeben, die noch in der Wohnung waren. Aber gemütlich war es trotzdem. Ich fand sogar mein avocadogrünes Bad toll.«

Titch lachte. »Jetzt ist alles neu und sauber.«

»Stimmt. Aber nachdem Josh und ich jetzt verheiratet sind, würden wir gerne ein Haus kaufen. Die Wohnung ist recht klein. Vor allem, da Josh jetzt schon davon spricht, eine Familie zu gründen.«

»Also, wenn du eine Mieterin brauchst, musst du gar nicht erst suchen.« Titch leerte das Glas. »Die Wohnung ist perfekt. Theo könnte das kleine Zimmer haben. Uns reichen das große Wohnzimmer, die Küche und das Bad. Und ich liebe die Dachterrasse.«

»Du weißt aber schon, dass die Miete quasi jedes Mal, wenn du den Mund aufmachst, steigt«, scherzte Rosa. »So, und jetzt einen Tequila?«

»Sag mal, Rose, was ist denn mit dir los?«

»Nichts. Wir hatten nur schon lange keinen Mädelsabend mehr.«

»Wie schön, dich wieder zurückzuhaben. Die vernünftige Mrs Smith fand ich fast ein bisschen langweilig.«

Als das Lied zu Ende war, hörten sie wilde Kratzgeräusche von draußen. Rosa eilte zur Terrasse, auf der ein zitternder Hot stand und empört bellte. »Tut mir leid, mein Süßer, die gemeine Titch hat dich ausgesperrt.«

* * *

Vom Ship Inn schallte Musik herüber, so laut, dass sie sogar die Möwen aufweckte.

»Titch! Hätte ich es mir doch gleich denken können, dass du um diese Uhrzeit nicht einfach nur spazieren gehen willst«, hickste Rosa.

»Jetzt komm schon, heute ist die Eröffnung. Und außerdem wollte ich die Band Shore Thing schon immer live spielen hören.«

»Aber ich habe es Josh versprochen.«

»Hier.« Titch holte die Masken aus ihrer Tasche.

»Du hinterlistiges Ding …« Rosa schüttelte den Kopf.

Auf dem Poster an der Tür stand, dass die große Eröffnung mit einer Halloweenparty stattfand und man im Gruselkostüm erscheinen solle. Titch zog ihre Freundin an den Geistern und Zombies vorbei, die draußen rauchten. Als sie das volle und sehr laute Pub betraten, war Rosa plötzlich im selben Maße aufgeregt wie nervös. Josh hatte schon recht gehabt, denn sie liebte Livemusik. In ihrem besoffenen Zustand sagte sie sich, dass man sie mit der Maske nicht erkannte und deshalb niemand wissen würde, dass sie hier war.

Doch als sie Sheila Hannafore hinter der Bar sah, die passenderweise einen Hexenhut aufhatte, wurde ihr doch etwas mulmig zumute. Diese Frau war so durchtrieben, dass sie einen Menschen anfahren ließ, und die Schuld dafür anderen in die Schuhe schob. Außerdem hatte Sheila Titch Geld gegeben, um das Kind abtreiben zu lassen, weil sie geglaubt hatte, es sei von ihrem geliebten Sohn, der sich damit nicht sein Leben ruinieren lassen durfte. Aber noch mulmiger wurde es Rosa bei dem Gedanken daran, dass sie ihrem frischgebackenen Ehemann eigentlich versprochen hatte, das Pub nicht zu betreten.

* * *

Titch fand Rosa draußen auf der Bank, von der aus man die Bucht überblickte. Hier konnte Rosa die Musik aus der Bar hören und doch war sie so weit weg, dass sie ihr Versprechen einhielt.

»Hier!« Titch reichte Rosa einen Cocktail. »Trink. Warum bist du denn hier draußen, du Spaßbremse?«

»Titch, hast du denn gar kein Gewissen? Hast du schon vergessen, dass Sheila dir Geld gegeben hat?«

»Wie sollte ich das vergessen? Die Kohle ist sicher auf meinem Konto und wird nicht angerührt, bis Theo und ich eine eigene Wohnung haben.«

»Hat Sheila mit dir geredet?«

»Sie hat mich mit der Maske nicht erkannt. Ritchie von der Imbissbude war so nett und hat die Getränke für mich gekauft. Ich bin doch nicht blöd, Rose.«

»Aber irgendwann wird sie erfahren, dass Theo gar nicht von Lucas ist.«

»Das soll sie mir erst mal beweisen. Immerhin haben sie dieselbe Haarfarbe, auch wenn Theos Haut zugegebenermaßen ein bisschen dunkler ist. Aber …«, sie trank einen Schluck von ihrem farbigen Getränk, »ich glaube, die alte Kuh lässt sich auf keinen Streit ein.«

Rosa musste die Dreistigkeit ihrer Freundin sehr bewundern.

Jetzt spielte die Band das Lied »Mustang Sally«. Die beiden Mädchen setzten ihre Masken auf, tanzten im Sand, und lachten sich dabei kaputt.

»Ich muss dringend pinkeln. Bin gleich wieder zurück.« Titch rannte zum Pub zurück, während Rosa weitertanzte und lauthals mitsang. Der Mond stand über dem ruhigen Oktobermeer, die Lichter aus der Bar zauberten Regenbogenfarben auf den Sand. Für einen kurzen Moment fühlte Rosa pures Glück durch ihre Adern fließen.

Plötzlich schrie sie laut auf. Eine Hand hatte sich auf ihre Schulter gelegt.

»Mustang Sally …« Ein Werwolf stand vor ihr, dessen Atem nach Zigaretten und Bier roch. »Eine passende Maske hast du da, Lady.« Jetzt erkannte sie Lucas' Stimme. Sie schlug seinen Arm weg und warf ihre Maske auf den Boden.

»Na ja, du musst nicht gleich überreagieren.« Lucas tanzte sehr nah vor ihr. »*Ride,* Rosa, *ride.*«

»Du Mistkerl! Du hast mich zu Tode erschreckt.« Rosa hielt sich an der Bank fest. Verdammt, sie war betrunkener, als es ihr lieb war.

»Irgendwie ist das ein magisches Déjà-vu«, meinte Lucas. »Also, falls du an so was glaubst. Wobei, da deine Mutter quasi eine Hexe ist, müsstest du ja an Zauber glauben.«

Rosa dachte wieder an jenen Abend zurück, als Lucas sie vor allen Leuten bloßgestellt hatte. Da war derselbe Song gespielt worden.

»Ich wusste genau, dass du nicht widerstehen kannst und kommst.« Lucas warf seine Zigarette in den Sand. »Die Maske hat zwar dein Gesicht bedeckt, aber nicht deinen süßen Hintern und diese kleinen, festen Brüste. Die habe ich immer vor Augen, wenn ich meinen Tiger zähme.«

»Du bist so was von eklig!«

»Das liebst du doch an mir.«

»Ich dachte, du willst das Pub ins einundzwanzigste Jahrhundert bringen. Warum wird immer noch derselbe alte Mist gespielt?«

»Oh, deine Schlagfertigkeit törnt mich auch an.«

Er schob die Maske hoch und jetzt sah sie seine dunklen Augen, die langen Wimpern, die vollen Lippen vor sich. Wider Willen fand sie ihn trotz seiner plumpen Art sehr sexy.

Die Musik hörte auf. »Vielleicht solltest du lieber wieder reingehen und arbeiten«, sagte sie eisig.

»Ich weiß genau, dass du mich auch heiß findest, Rosa. Oder nicht?«

»Ich bin jetzt eine verheiratete Frau.«

»Was keine Antwort auf meine Frage ist. Ich würde wetten, dein großer Rugby-Mann weiß gar nicht, dass du hier bist.«. Jetzt zog Lucas seine Maske vollständig vom Kopf und kam ihr näher. Er wollte sie küssen, aber Rosa wandte gerade noch rechtzeitig den Kopf zur Seite, sodass seine Lippen nur auf ihrer Wange landeten.

»Mhm.« Luke lächelte und stupste mit dem Zeigefinger auf ihre Nase. »Wir sehen uns wieder, Mrs Smith«, murmelte er, bevor er ins Pub zurückwankte.

Als Rosa dachte, dass sie vielleicht selbst einen Tiger zu bezähmen habe, kam schon die besoffene Titch mit einem noch besoffeneren Ritchie zurück. Zusammen sahen sie allzu komisch aus – Titch keine eins sechzig groß und Ritchie ein langer, dünner Lulatsch, der fast einen Kopf größer war.

»Ritchie sagt, wir können zur Pommesbude von seinem Dad gehen, Rose«, lallte Titch. »Da gibt es heiße Würstchen.«

»Ganz klar, heiße Würstchen«, sagte Rosa lachend.

Kapitel 9

Rosa blickte sich um. Im »Kaffee, Tee und Meer« waren alle Tische besetzt. Sie liebte das kleine Café, in das sie anfangs, als sie neu in Cockleberry Bay war, fast täglich gegangen war. Vor allem, weil es hier umsonst WLAN gab, aber auch weil der Kaffee richtig gut war und jeden Penny seines günstigen Preises wert war. Außerdem durfte man Hunde mit ins Café nehmen, was es für Rosa noch sympathischer machte. Sie liebte auch den eigenwilligen Stil, die Regale mit der maritimen Deko, das Bücherregal, wo man sich umsonst ein Buch nehmen oder alte Bücher abgeben konnte. Obwohl es erst der erste November war, stand neben der Burlesque-Tänzerin aus Keramik fürs Trinkgeld wieder das leuchtende Rentier mit Weihnachtshut auf der Kassentheke. Die Figuren waren Rosa schon damals bei ihrem allerersten Besuch im Café aufgefallen, als Titch noch hier gearbeitet hatte. Außerdem liebte Rosa den wunderschönen Meeresblick, der sicher mit ein Grund dafür war, warum das Café auch außerhalb der Touristensaison stets gut besucht war.

Rosa hoffte, dass Mary ihr die Bemerkung über den Traum von einem eigenen Café nicht übel genommen hatte. Hoffentlich hatte es nicht undankbar geklungen, so als würde

Rosa nicht zu schätzen wissen, dass sie den Eckladen vermacht bekommen hatte. Aber die Atmosphäre eines gut besuchten Cafés übte eben einen großen Reiz auf Rosa aus.

»Störe ich?«

»Wie bitte?« Sie blickte auf. Vor ihrem Tisch stand ein Mann mit rotbraunem Haar, einer Hornbrille und einem kurzen, spitzen Bart. Der Mann war sogar größer als Josh mit seinen eins fünfundachtzig.

»Würde es Ihnen etwas ausmachen, wenn ich mich dazusetze?«

»Natürlich nicht«, log Rosa und nahm ihre Tasche vom Stuhl. Hot schreckte unterm Tisch kurz hoch, döste aber gleich wieder weiter.

»Wahrscheinlich waren gestern Abend alle im Ship Inn zur großen Wiedereröffnung«, bemerkte der Fremde.

»Ähm … ja wahrscheinlich.« Rosas Kopf pochte. Sie war wirklich nicht in der Stimmung für Small Talk. Nach Hots Morgenrunde hatte sie Hunger bekommen und gedacht, dass ein Bacon-Sandwich und ein starker Kaffee gegen den Kater helfen würden. Schließlich musste sie bald wieder fit sein, um später den Laden aufzuschließen. Titch hatte sich in weiser Voraussicht den Tag freigenommen, und nun musste sich Rosa zusammenreißen, vor allem auch, weil Josh an diesem Abend kommen wollte.

Der große Mann stellte seinen Kaffeebecher und einen Teller mit Gebäck auf den Tisch, dann streckte er ihr die Hand entgegen. »Ich bin Alec«, stellte er sich vor. »Alec Burton.«

»Ich bin Rosa.«

Er schien wohl sofort ihren Londoner Akzent zu bemerken, denn er sagte: »Ich bin auch nicht von hier. Ich bin gerade erst von Windsor, also aus der Grafschaft Berkshire, hergezogen. Wissen Sie, wo das ist?«

»Ja, aber nur wegen der Queen und ihrem Schloss. Ja, und natürlich auch wegen Harry, Meghan und Archie.« Rosa war ein bisschen flau im Magen.

»Also, ich lasse Sie besser mal wieder in Ruhe, damit Sie Ihren eigenen Gedanken nachhängen können.« Er holte eine Zeitung aus seiner Ledertasche und begann zu lesen.

Rosa schätzte ihn auf Mitte vierzig. Trotz seiner Größe hatte er eine beruhigende und sehr sympathische Art. Sie erinnerte sich noch allzu gut daran, wie man sich fühlte, wenn man im Ort niemanden kannte und sie wollte nicht unhöflich erscheinen. Sollte sie sich vielleicht ein bisschen mehr Mühe geben?

»Na ja, meine Gedanken sind wahrscheinlich dieselben wie die von den anderen, die gestern im Ship waren«, antwortete sie. »Nämlich: Wie überlebe ich den Tag mit so einem krassen Kater?«

Alec lachte und zeigte dabei seine Zähne, die ebenfalls sehr groß waren. Fast war Rosa versucht, unter den Tisch zu spähen und nachzusehen, ob seine Füße ebenso riesig waren.

»Ich habe Sie gestern gar nicht gesehen«, erwiderte er.

»Ach so, ja, ich habe zu Hause mit einer Freundin gefeiert. Also die meiste Zeit. Wir waren schon auch kurz im Ship, sind aber gleich wieder raus.« Sie wusste nicht, warum sie ihm das erzählte. Er war jemand, bei dem man das Gefühl hatte, sein Innerstes preisgeben zu können, selbst wenn man noch nicht einmal die Augenfarbe des anderen kannte.

»Also, verkaterte Rosa, kommen Sie ursprünglich aus London, oder? Was bringt Sie in diese Gegend?«

»Ich führe den Eckladen in der Fore Street.«

»Wie wunderbar. Ich bin gestern erst angekommen und das Geschäft ist mir gleich aufgefallen. Ich habe nämlich auch einen Hund, einen Labrador. Er heißt Brown. Ich habe ihn nicht mitgenommen, weil ich nicht wusste, ob Hunde hier erlaubt sind.«

»Brown Burton? Was für ein großartiger Name.« Rosa lachte.

»Ha! Daran habe ich noch gar nicht gedacht.« Alec grinste und entblößte dabei wieder die großen Zähne.

Jetzt fühlte sich Rosa schon ein bisschen besser als vorher. »Das Tolle hier in Cockleberry Bay ist, dass alles so hundefreundlich ist. Das war für mich auch der Anstoß dafür, Kleintierbedarf zu verkaufen. Ich wusste, dass es einen Markt dafür gibt.«

»Heißt das, Sie besitzen den Laden? Verzeihung, wenn ich das sage, aber für so was kommen Sie mir noch sehr jung vor.«

»Ich hatte das große Glück, den Laden zu erben. Das ist eine lange und sensationelle Geschichte und es tut mir wirklich leid, aber heute Morgen sind meine Konversationsfähigkeiten auf Small Talk beschränkt.«

Alec, der Allergrößte, lachte herzlich. Er fand Rosa sympathisch und er mochte Small Talk, denn so oft führte er zu *Big* Talk.

Die Kellnerin brachte Rosas Kaffee und das Sandwich. Hot schnaubte kurz auf, dann schlummerte er abermals weiter.

»Was ist mit Ihnen? Warum haben Sie Royal Berkshire verlassen?«, fragte Rosa, bevor sie von ihrem Sandwich abbiss.

»Ach, wir sollten uns einfach duzen, okay? Also, der Grund ist, dass ich frisch geschieden bin.«

»Oh, das tut mir leid«, murmelte Rosa kauend, ihr Mund voll köstlichem Bacon und frisch gebackenem Brot.

»Na ja, es ist wie es ist. Jedenfalls hätte ich von meiner Hälfte des Hausverkaufs in Windsor höchstens einen Schrank bekommen. Hier kann ich mir dagegen ein richtiges Zuhause leisten. Wir haben früher oft in Devon Urlaub gemacht, und ich liebe diese Gegend. Mein Sohn studiert Medizin in Cardiff und so sind nur noch ich und Brown übrig. Da dachte ich, warum nicht?«

»Verstehe. Haben Sie … ich meine, hast du hier etwas in der Bay gekauft?«

»Nein, noch nicht. Ich wollte erst die Gegend ein bisschen auskundschaften. Vorerst miete ich eine Wohnung.«

»Ja, das ist ein guter Plan. Diesen Luxus hatte ich nicht. Ich habe mich gleich ins kalte Wasser gestürzt.« Rosa trank einen Schluck ihres Kaffees und seufzte auf, weil er so gut schmeckte.

»Bereust du das?«

»Bisher noch nicht. Für mich ist nur schwer, dass mein Mann immer noch in London arbeitet und nur an den Wochenenden heimkommt.«

»Dafür kannst du deine Freiheit genießen.«

Rosa stützte das Gesicht in die Hände und seufzte abermals. Dann trank sie wieder aus ihrer dampfenden Tasse.

»So schlimm?«, fragte der Fremde mitfühlend.

Rosa wollte ihm noch mehr anvertrauen. Doch bevor sie die Gelegenheit dazu bekam und fast die Sache mit Lucas und dem Wangenkuss gebeichtet hätte, jaulte Hot auf und bellte.

»O nein! Entschuldigung, kleiner Kerl!«, rief der Mann erschrocken. »Ich habe nicht gewusst, dass da ein Hund liegt. Ich glaube, ich bin ihm gerade auf die Pfote getreten. Oje!«

»Hör auf zu bellen, Hot.« Rosa versuchte, ihren erschrockenen Vierbeiner zu beruhigen, doch ohne Erfolg. Hastig wickelte sie das angebissene Sandwich in die Serviette und gab Alec einen Zehnpfundschein. »Würde es dir was ausmachen, wenn du meine Rechnung begleichst? Ich bringe ihn lieber schnell nach draußen, bevor ich noch Ärger mit den anderen verkaterten Gästen bekomme.«

Alec war das Ganze sichtlich unangenehm. Er gab ihr den Geldschein zurück. »Bitte, behalt das Geld und lass mich als Wiedergutmachung wenigstens zahlen. Es tut mir wirklich sehr leid.«

»Na gut, also vielen Dank. Aber keine Sorge, Hot Dog veranstaltet immer ein kleines Drama.« Im Rausgehen rief sie Alec noch zu: »Und schau doch mal im Laden vorbei. Wir freuen uns, deinen Brown kennenzulernen.«

»Mache ich.« Der Fremde sah dem gelockten Energiebündel hinterher und lächelte. Wenn alle Leute so offen und freundlich waren, hatte er sicher keine falsche Entscheidung damit getroffen, in diesen Ort zu ziehen.

Kapitel 10

Rosa konnte kaum glauben, wie sehr es an diesem Morgen im Laden zuging – als würde der ganze Ort wissen, dass sie einen Kater hatte, und wolle sie bestrafen. Doch eigentlich durfte sie sich nicht beklagen, denn schließlich hatte sie noch eine höhere Rechnung ihres Hundefutterlieferanten zu begleichen und so waren die Einnahmen des heutigen Tages sehr willkommen.

Wegen der Herbstferien waren nun auch einige Touristen im Ort. Rosa hatte auch Stammkunden, die ein Ferienhaus in der Nähe besaßen, und die, wenn sie hier waren, im Laden nach Hundemäntelchen oder neuen Leinen für ihre geliebten Vierbeiner stöberten. Dank Jacobs Geschäftssinn bot sie für die zahlungskräftigeren Kunden auch Designerklamotten für Hunde zum Verkauf an, und da sich langsam der Winter ankündigte, erwartete sie für diese Woche einen guten Umsatz. Im Eckladen konnte man auch günstig Tierfutter kaufen, was Rosa einen konstanten Umsatz bescherte. Und wenn die Kunden schon mal im Laden waren, kauften sie oft auch andere Produkte.

Wieder ging die Ladentür auf, und Rosa strahlte. Es war Jacob.

»Hallo, meine Liebe. Der heiße Wettermann von *South Cliffs Today* meint, dass es diese Woche bis zu minus zwei Grad kalt werden soll. Da muss ich unser kleines Rudel unbedingt mit warmen Wintersachen ausstatten. Wahrscheinlich sollte ich mir selbst auch Mütze und Handschuhe zulegen, denn dieses Wochenende findet das jährliche Feuerwerk statt.«

»Oh, ich liebe Feuerwerk! Obwohl ich weiß, dass es die armen Tiere hassen.« Rosa suchte an der Kleiderstange nach einem passenden Hundemantel. »Ist es eine schöne Veranstaltung hier im Ort?«

»Ach richtig, bis jetzt warst du noch nie dabei. Ja, es ist wirklich spektakulär. Der Ortsverein von Cockleberry Bay organisiert das Feuerwerk. Er sammelt jedes Jahr Spenden dafür ein, und ich gebe immer fünfzig Pfund.«

»Stimmt, jetzt fällt es mir wieder ein. Titch hat erwähnt, dass jemand gekommen ist. Ich habe ihr gesagt, dass sie ihm zehn Pfund aus der Kasse geben soll.«

»Am Samstagabend wird der Strand voller Leute sein. Das Feuerwerk startet in der Nähe der Rettungsstation. Da die gute Madam Hannafore auch zurück ist, wird sie sicher wieder einen Grillstand aufbauen und für Livemusik sorgen.«

»Klingt super. Josh und ich schauen sicher auch vorbei. Habt ihr an dem Abend denn frei?«

»Nicht wirklich. Meine Schwester und Brad halten im Pub zwar die Stellung, während Raff und ich kurz runtergehen, aber nach dem Feuerwerk müssen wir gleich wieder zurück, weil an dem Abend ziemlich viel los sein wird.«

»Und sag mal, wie läuft's mit der Duchess?«

»Sie ist eine kleine Dramaqueen, die ständig bellt und sich aufregt. Aber wir vergöttern sie. Selbst Ugly und Pongo hofieren sie wie eine Prinzessin. Es ist richtig niedlich, sie dabei zu beobachten.«

Rosa grinste. »Kann ich mir vorstellen. Wie wäre das hier für sie?« Rosa zog ein rosafarbenes Wollmäntelchen mit rotem Herz hervor. »Ein Geschenk der Familie Smith.«

»Ich liebe es! Hab ganz herzlichen Dank. Die Duchess wird hinreißend darin aussehen. Und für die Jungs kaufe ich zwei Burberrys, dafür ist jetzt genau die richtige Jahreszeit.«

»Okay. Ich liefere sie später, ja?«

»Fabelhaft, vielen Dank.«

»Gut, bis dann. Josh und ich kommen wahrscheinlich später vorbei und essen bei euch.«

* * *

Rosa war durstig und es gelüstete sie nach Limonade – wie immer, wenn sie einen Kater hatte. Sie leinte Hot an und hängte das »Zurück in 20 Minuten«-Schild an die Tür, dann trottete sie den Hügel zum Co-op hinauf. Auf dem Weg rief sie Titch an. Als ihre Freundin endlich dranging, hörte Rosa im Hintergrund den kleinen Theo aus vollem Halse brüllen.

»Erinnere mich das nächste Mal daran, dass ich nie wieder was trinken will. Es sei denn, ich habe für den folgenden Tag einen Babysitter«, stöhnte Titch.

»Wenn ich das höre, habe ich gleich gar kein Mitleid mehr mit mir selbst«, scherzte Rosa.

»Glaub mir, es ist die reinste Tortur. Zum Glück hat Mum ihn mir jetzt abgenommen und versucht, ihn zum Schlafen zu bringen. Dann lege ich mich auch gleich hin. Er hat mich letzte Nacht im Stundentakt geweckt.« Titch gähnte ausgiebig. »Sicher hat er gemerkt, dass ich ohne ihn Spaß hatte, und er wollte mich dafür bestrafen.«

»Oder deine Tequila-Ausdünstungen haben ihn wachgehalten«, entgegnete Rosa kichernd. »Aber jetzt erzähl mal: Wie war das heiße Würstchen?«

»Ritchie Rogers und ich sind bloß gute Freunde!«

»Hey, so was hat dich früher auch nicht abgehalten.«

»Damals vielleicht, als mein Inneres untenrum noch nicht wie ein Pfund Leber war.«

»Igitt, Titch, das ist echt eklig. Jedenfalls habe ich nur angerufen, um zu hören, wie es dir geht und um dir zu sagen, dass wir uns wahrscheinlich am Samstag das Feuerwerk anschauen.«

»Ach richtig, das Feuerwerk hätte ich glatt vergessen. Ob ich kommen kann, hängt davon ab, was Mum sagt. Wenn ich Theo richtig warm einpacke, könnte ich ihn vielleicht auch für ein Stündchen mitnehmen. Ich habe immer gesagt, dass er mich nicht davon abhalten wird, zu tun, was ich will. Andererseits ist es für ihn vielleicht zu laut. Dann kriegt er Angst und es ist auch wirklich sehr kalt. Ich muss Mum fragen, was sie dazu meint.«

»Ich würde übrigens gerne mit dir feste Arbeitstage im Laden vereinbaren, wenn das okay ist.«

»Ach, Rose, können wir das vielleicht am Montag besprechen, wenn ich zur Arbeit komme? Ich fühle mich gerade nicht gut. Ich glaube sogar, dass ich mich gleich überg…« Dann war die Leitung tot.

* * *

Rosa band Hot vor dem kleinen Supermarkt fest, und winkte Mary an der Kasse zu.

»Hallo, ich dachte, du hast freitags immer frei.«

»Normalerweise schon, aber dummerweise hat sich Doreen Lacey krankgemeldet«, klagte Mary, wobei ihr devonischer Akzent nicht zu überhören war.

»Sie hat sich gegen Influenza impfen lassen und jetzt ist sie krank, weil sie angeblich doch die Grippe bekommen hat. Es ist immer dasselbe. Dabei hat dieser hübsche Doktor im Morgenmagazin gesagt, dass das gar nicht möglich ist.«

Rosa ging zum Getränkekühlschrank und holte eine Dose Limo.

»Stell die doch wieder zurück und komm lieber mit mir zum Cottage, wenn du ein paar Minuten Zeit hast. Ich habe ganz viel Limo zu Hause. Ich bin jetzt auch fertig, Colette zieht sich gerade die Uniform an.«

Ein paar Minuten später kamen Rosa und Mary zum Seaspray Cottage. Als Mary die Haustür öffnete, fauchte Merlin, der große schwarze Kater, bei Hots Anblick, bevor er mit Lichtgeschwindigkeit an ihnen vorbei zur Tür hinaussauste.

Obwohl Mary gesagt hatte, dass sie nach dem Tod ihrer Großmutter alles ausräumen werde, war sie offenbar bisher noch nicht dazu gekommen. Das kleine Cottage sah noch genauso aus wie damals, als Rosa zum ersten Mal zu Besuch gekommen war. Vom Eingang kam man direkt in ein überladenes Wohnzimmer. In einer Ecke stand ein Fernseher, auf dem ein großer Amethyst lag. Er solle Störungen verhindern, hatte Mary ihr erklärt. Davor stand ein bequemes grünes Sofa, in der anderen Ecke Queenies Sessel und der Schemel, auf den sie immer die Füße gelegt hatte. Auf dem Sessel lagen jetzt eine Strickdecke, die mit schwarzen Katzenhaaren übersät war, und eine Gummimaus.

Mary bemerkte Rosas Blick. »Also, dort kann ich mich schlecht hinsetzen, oder? Nein, ich könnte niemals ihren Platz einnehmen, mein Entlein. Merlin passt darauf auf und hält ihn warm.« Plötzlich wurde der Raum durch einen Sonnenstrahl erhellt, der durchs Fenster fiel, während im niedergebrannten Feuer hinter dem Schutzgitter ein paar Funken aufstoben.

Rosa folgte Mary in die Küche, die wie immer blitzblank sauber war. Dort gab es auch einen offenen Kamin, der für eine gemütliche Atmosphäre sorgte. »Ich glaube, dieser Kater ist der wiedergeborene Teufel«, murmelte Mary. »Jetzt ist er sogar noch schlimmer als zu Queenies Lebzeiten.«

»Vielleicht vermisst er sie. Oder er fühlt ihre Präsenz. Man sagt ja, dass Tiere mehr spüren als Menschen.«

»Du hast recht. Ich vermisse sie auch«, sagte Mary leise.

»Ja, das glaube ich dir. Sie hatte solche Lebenskraft und sie war nicht nur deine Großmutter, sondern ein Muttterersatz für dich. Sie war ein wichtiger Teil von dir.« Dann fügte Rosa hinzu: »Ein wichtiger Teil von *uns*.«

Mary ging zum Kühlschrank. »Magst du Limo oder lieber eine Cola light?«

»Nein, unbedingt was mit Zucker!«

»Hast du etwa einen Kater? Ach, Rosa, sag nicht, dass du wieder betrunken warst.«

»Es war das erste Mal seit Ewigkeiten«, gab Rosa zurück, wobei ihre Stimme vor Empörung eine Oktave höher geworden war. Zu dumm, dass ihre Mutter sie mittlerweile so gut kannte, was Rosa eigentlich hätte freuen müssen. »Und ich bin nicht mehr so wie früher, das weißt du ganz genau.«

Viele Jahre lang war Alkohol für Rosa wie eine Krücke gewesen, eine Flucht aus der Realität. So wie damals für Mary.

»Heute bin ich viel glücklicher. Ich bin nicht mehr down und ich schicke keine besoffenen SMS an irgendwelche x-beliebigen Männer.« Sie lachte wieder. »Ich habe jetzt meinen Josh. Der kriegt nun alle meine Nachrichten.«

»Ich mache mir nur Sorgen um dich, das ist alles.«

»Ich habe kein Alkoholproblem, falls du das meinst«, schnappte Rosa zurück, während sie sich insgeheim etwas schuldig fühlte.

»Das habe ich doch gar nicht gesagt. Ich will nur, dass du mit dir selbst im Reinen bist, das ist alles.« Mary gab ihr ein Glas mit eiskalter Limo, und Rosa trank es in einem Zug leer. Als Hot winselte, legte Mary ihm eine halbe Karotte auf den Boden, die er lautstark zerkaute.

Rosa setzte sich an den Küchentisch. »Ich kann nicht lange bleiben. Ich habe nur das ›Zurück in 20 Minuten‹-Schild an die Tür gehängt.« Sie nahm einen Kristall, der auf dem Tisch lag, dann schnupperte sie an einer ungeöffneten Packung Kerzen. »Ich dachte, du wolltest ein bisschen ausmisten?«

»Du kennst mich doch. Ich muss erst lange nachdenken, bevor ich etwas anpacke.« Mary goss Wasser ins Glas. »Das Problem ist nur, dass ich mich von den Sachen so schlecht trennen kann«, meinte sie und trank einen Schluck. »Übrigens wollte ich dir sagen, dass wir die junge Titch herholen sollten, damit ich ihr die Zukunft voraussagen kann. Nichts Großes, nur aus Teeblättern lesen.«

»Warum? Hast du was gesehen?«

»Bring sie einfach her, Rosa.« Mary legte ihrer Tochter die Hand auf die Schulter. »Und hier, der ist für dich.« Sie gab Rosa einen grünen Kristall. »Leg ihn ins Schlafzimmer.«

»Was ist das für einer?«

»Ein Peridot.« Mary nahm die Schürze von Rosas Stuhllehne und band sie sich um. »So, dann geh mal zu deinem Laden zurück.« Rosa erhob sich langsam und nahm Hot wieder an die Leine, der am Boden nach weiteren Karottenstückchen schnüffelte. »Am Nachmittag wird viel los sein bei dir.«

Rosa und Hot beeilten sich, den kurzen Weg hügelabwärts zum Eckladen zu gehen, wo schon zwei Kunden warteten. Rosa entschuldigte sich bei den Leuten und ließ sie hinein. Während sie sich umsahen, googelte Rosa den Kristall auf ihrem Handy.

> Ein Peridot steigert das Selbstwertgefühl und vertreibt ungesunde Emotionen wie Wut, Missgunst und Eifersucht.

Kapitel 11

Rosa döste auf dem Sofa, als eine Textnachricht sie in die Gegenwart zurückholte.

> Hallo, mein Schatz. Der Zug ist kurz hinter Exeter stehen geblieben. Eine Signalstörung. Werde wohl später kommen. Tut mir leid. Hab dich lieb. XX

Sie sah auf die Uhr und seufzte. Selbst wenn die Störung gleich repariert wurde, wäre Josh frühestens um halb neun zu Hause. Sie hatte Hunger und war wegen vergangener Nacht sehr müde. Als Hot seine Schnauze an sie drückte, sagte sie: »Komm, mein Lieber, ich gebe dir jetzt was zu fressen. Dein Daddy kommt erst ganz spät nach Hause. Manchmal lohnt es sich kaum, dass er am Freitag noch losfährt.«

Sie stellte Hot eine Schüssel hin und goss sich trotz ihres Katers ein großes Glas Weißwein ein.

»Ein kleines Konterweinchen, was?« Sie prostete Hot zu, dann setzte sie sich vor den Fernseher und zappte von einem Sender zum nächsten.

Dass sie ihre Ehe nur auf die Ferne führten, begann ihr langsam auf die Nerven zu gehen. Früher wäre sie an einem Freitagabend in die Kneipe gegangen und hätte Spaß gehabt.

Noch ein ganzes Jahr lang sollte das so weitergehen, und sie wusste nicht, ob sie das aushalten würde. Sie konnte nicht ausgehen und sich vergnügen, vor allem nicht, da Titch jetzt Mutter war. Und Jacob fuhr, wenn er frei hatte, immer nach Polhampton zu seinem Haus.

> Hi, Schatz. Wie ärgerlich. Ich komme frühestens um 22 Uhr. Ich hole mir jetzt im Speisewagen was zu essen. Ich hab dich lieb. XX

Rosa wählte Joshs Nummer, aber es ging nur die Mailbox an. Dann wählte sie eine andere Nummer. »Hi, Ritchie, hier ist Rosa. Darf ich so frech sein und eine Portion Fish 'n' Chips bestellen, die ich in einer Viertelstunde abhole? Ja, bitte mit Salz und Essig, das ist super, danke.«

Nach zwei großen Gläsern Pino Grigio und dem leckeren Fisch war Rosa entspannt und sehr schläfrig. So schläfrig, dass sie zwei Stunden später nicht einmal die Arme ihres Mannes spürte, der sie hochnahm und behutsam ins Ehebett im Schlafzimmer legte.

* * *

Als Rosa am Samstagmorgen aufwachte, hörte sie das Prasseln der Regentropfen an der Fensterscheibe. Ein gemütliches Geräusch. Als sie sich auf die andere Seite drehte, stellte sie allerdings fest, dass ihr Mann gar nicht dort lag. Auch Hot war nirgends zu sehen. Sie tastete nach ihrem Handy, das normalerweise auf dem Nachtkästchen lag, konnte es aber auch nicht finden. Sie hatte nur zwei Gläser Wein getrunken, das wusste sie genau. Aber sie war so müde gewesen, dass sie sich jetzt gar nicht mehr daran erinnern konnte, wie sie ins Bett gelangt war.

Entsetzt stellte sie sogar fest, dass sie noch die Klamotten vom Vortag anhatte.

Verschlafen stand Rosa auf, ging zur Küche und machte Tee. Sommer und Herbst waren so schön gewesen, dass das schlechte Wetter ganz ungewohnt war. In der Küche fand sie ihr Handy auf der Arbeitsfläche. Sie hatte mehrere Textnachrichten von Josh erhalten. Eine stammte von elf Uhr abends. Kein Wunder, dass sie seine Ankunft verschlafen hatte. Mit der anderen informierte er sie darüber, dass er mit Hot zum Strand gehen wollte. Du hast schließlich die Wette gewonnen, stand am Ende der Nachricht.

Sie lächelte bei dem Gedanken an den Wettlauf zum Lobster Pot und dass Josh sie deswegen hatte ausschlafen lassen. Falls sie tatsächlich einmal Kinder hätten, würde das zu einem noch begehrenswerteren Preis werden, dachte sie. Sie legte sich wieder ins Bett und trank Tee. Mary hatte netterweise angeboten, die Schicht im Laden zu übernehmen, damit Rosa Zeit mit Josh verbringen konnte. Sie ärgerte sich, dass sie schon einen ganzen Abend mit ihm verpasst hatte. Gut, dass sie am Montag feste Arbeitszeiten mit Titch vereinbaren würde. Sosehr Rosa den Laden auch liebte, so anstrengend war es auch, wenn man ohne Hilfe sechs Tage die Woche arbeitete. Im Idealfall wollte sie zukünftig gerne jeden Samstag für Josh frei haben. Bei dem Gedanken ärgerte sie sich allerdings auch ein bisschen. Wenn er richtig hier gewohnt hätte, dann wäre es nicht so wichtig gewesen, sich jedes Wochenende freizuschaufeln. Andererseits verstand sie seine Beweggründe und schließlich waren sie durch seinen Job in London in einer guten finanziellen Situation, die wahrscheinlich besser war als die der meisten Paare in ihrem Alter. Dieses Leben hätte sich Rosa selbst in ihren kühnsten Träumen nicht vorstellen können, als sie damals ihren Job bei Poundworld verloren hatte, weil sie wiederholt zu spät zur Arbeit gekommen war.

Sie blickte auf die Uhr. Bei diesem schlechten Wetter war Josh schon seit Ewigkeiten draußen. Sie stand auf, öffnete die Flügeltür zur Dachterrasse und schaute, ob sie ihre zwei Jungs vielleicht sehen würde. Es war kalt, aber wenigstens hatte es aufgehört zu regnen.

Dann rief sie Josh an, doch offenbar hatte er sein Handy vergessen, denn sie hörte es in der Küche klingeln. Jetzt zog sie sich einen Pullover über das T-Shirt vom gestrigen Abend und schlüpfte in ihre Trainingshose. Frische Luft würde ihr jetzt guttun und sie freute sich schon darauf, nach der entbehrungsreichen Woche endlich ihren Mann wiederzusehen. Es war ja auch nicht gerade romantisch gewesen, seine Ankunft zu verschlafen. Wenn sie sich noch nicht einmal anstrengen konnte, um für ihn wach zu bleiben, durfte sie ihm jetzt auch keine Vorwürfe machen. Sie würde ihn überraschen, entschloss sich Rosa, und dann konnten sie gemeinsam unten im Café frühstücken. Also putzte sie sich im Schnellgang die Zähne und kämmte sich.

Dann nahm sie ihre wasserdichte Jacke vom Garderobenhaken, setzte sich eine Mütze auf und ging Richtung Strand.

Die anderen Ladenbesitzer und die Leute, denen sie auf dem Weg begegnete, grüßten sie freundlich. Wieder einmal erkannte Rosa, wie weit sie in den letzten zwölf Monaten gekommen war. Wie schön, dass sie von den meisten hier im Ort respektiert wurde. Die Kehrseite der Medaille war allerdings, dass man in Cockleberry Bay keine Anonymität erwarten konnte wie damals in London. Mit Ausnahme von Joshs neugieriger Nachbarin Ethel Beanacre hatte sich niemand für die Belange der anderen Leute interessiert. Wenn man dagegen in Cockleberry Bay zur falschen Uhrzeit einen Pups ließ, sprach sich das sofort herum.

Auf dem Parkplatz des Ship Inn stand Lucas' Transporter und Rosa sah in der Bar die Silhouette von Ritchies Mutter Edi, die dort an den Wochenenden putzte. Als Rosa am Strand angekommen war, zog sie die Jacke fester um sich, denn vom Meer her wehte eine kräftige Brise. Selbst die Möwen schienen heute leiser zu sein als sonst, weil auch sie gegen den starken Wind ankämpfen mussten.

Am Strand war nur eine Familie, deren Kinder schreiend durch die Brandung liefen, und eine blonde Frau mit einer großen Dogge. Wo waren Josh und Hot? Rosa wollte nicht am Strand bleiben, denn die einzige Person, die in dieser Gegend eine Dogge besaß, war besagter Zeitungsredakteur Joe Fox, mit dem Rosa eine Affäre gehabt hatte. Schon komisch, dass seine Frau allein unterwegs war. Sonst hatte sie, wenn Rosa sie hin und wieder im Ort gesehen hatte, immer ihr Baby dabeigehabt.

»Rosa? Hallo.« Alec Burton stand plötzlich in voller Größe vor ihr. »Hängst du mal wieder deinen Gedanken nach? Ich muss sagen, heute siehst du wesentlich frischer aus als gestern. Wie geht's dir?«

»Ganz gut, danke. Wobei ich wohl meinen Mann verloren habe wie auch meinen Hund. Dessen Pfoten übrigens noch völlig intakt sind.«

»Ja, entschuldige noch mal deswegen. So große Füße wie meine sollten mit einer Gefahrenwarnung gekennzeichnet sein, vor allem, wenn kleine Hunde in der Nähe sind.«

Rosa lachte. »Gewöhnst du dich gut in Cockleberry Bay ein?«

»Ja. Wobei durchaus nicht alle Leute so freundlich sind wie du. Aber ich werde mich sicher gut einleben.«

»Was machst du eigentlich beruflich?«, wagte Rosa jetzt zu fragen. »Und verzeih mir, falls du es mir neulich schon erzählt hast.«

»Im Moment habe ich noch nichts Festes«, antwortete Alec ausweichend. Dann zeigte er mit dem Daumen aufs Poster an der Strandpromenade. »Wie ich sehe, gibt es heute Abend ein Feuerwerk.«

»Ja, und es soll eine nette Veranstaltung sein, wie ich gehört habe. Ich glaube, mein Mann und ich kommen heute auch.«

»Na, dann werde ich auch mal vorbeischauen.«

»Sag mal, du hast nicht zufällig einen großen dunkelhaarigen Mann mit einer grünen Regenjacke gesehen, der einen kleinen Dackel dabeihatte?«

»Ach, das ist deine bessere Hälfte? Ja, die beiden habe ich tatsächlich vorhin gesehen. Sie sind in dem Café, in dem wir uns kennengelernt haben.«

* * *

»Hallo, mein Schatz.« Josh warf fast seinen Stuhl um, als er hastig aufstand, um Rosa zu begrüßen. An seinem Tisch saß jemand. Hot, der die Ankunft seines Frauchens bemerkt hatte, schoss unter dem Tisch hervor und winselte, weil er hochgenommen werden wollte.

Rosa blickte neugierig zu der hübschen Blonden. Es war Sara, die Inhaberin des Cafés. Rosa überkam eine Welle der Eifersucht. Ähnlich wie damals, als Joshs Freundin Juicy Lucy plötzlich in Cockleberry Bay aufgetaucht war.

»Was macht ihr?« Rosa versuchte, so normal wie möglich zu klingen.

»Äh, Sara und ich haben …«

»Hallo, Rosa.« Sara war aufgestanden. »Wir haben gerade über das neue Ship geredet«, sagte sie und machte dabei Gänsefüßchen mit den Fingern, »und welches Essen sie heute Abend an ihrem Stand verkaufen.«

»Ach so«, sagte Rosa, aber sie fand, dass diese Erklärung nicht sehr überzeugend klang.

Sara ging wieder zur Theke zurück, da sich das Café an diesem Samstagmorgen jetzt gut füllte.

»Setz dich, meine Hübsche. Möchtest du einen Kaffee? Ich habe mir gerade ein Bacon-Sandwich bestellt.«

»Ach so? Okay.« Seufzend zog Rosa Jacke und Mütze aus.

»Was ist los?«

»Ich habe gedacht, dass wir gemeinsam frühstücken.«

»Können wir ja, da du jetzt hier bist. Ich wollte dich ausschlafen lassen. Komm schon.« Josh legte die Finger an ihre Lippen und zog ihre Mundwinkel zu einem Lächeln hoch. »Du sagst doch immer, dass ich lächeln soll, oder?«

Vielleicht bildete es sich Rosa nur ein, aber irgendwie hatte Josh erschrocken und schuldbewusst gewirkt, als Rosa das Café betreten hatte. Etwas verstimmt nahm sie Platz. »Ich habe gar nicht gewusst, dass du auf ältere Frauen stehst«, zischte sie ihm zu.

Josh lachte. »Wovon sprichst du?«

»Ich meine, Sara ist durchaus sehr hübsch, aber sie ist auch ziemlich alt.«

Für ihr Alter war Sara Jenkins äußerst attraktiv und wirkte mit ihrer schlanken Figur und der modischen Frisur deutlich jünger, als sie war.

»Rosa, hör auf. Ich bin mit Hot spazieren gegangen. Als es zu regnen begonnen hat, bin ich hier reingegangen und habe mir einen Kaffee bestellt. Da hat sich Sara zu mir gesetzt und wir haben ein bisschen geplaudert. Warum muss ich mich dafür rechtfertigen?«

»Tut mir leid«, sagte Rosa etwas sanfter. »Ich bin mal wieder zu empfindlich, was?«

Josh nickte. »Ja, stimmt.«

Rosa versuchte eine Erklärung: »Es ist nur, weil du gestern so spät gekommen bist und ich eingeschlafen bin … und, ach, Josh, ich vermisse dich einfach.«

»Ja, die blöde Bahn. Ich habe schon überlegt, ob ich vielleicht wieder mit dem Auto kommen soll. Einen Stau kann man wenigstens umfahren, aber bei der Bahn hat man keine Kontrolle und ich konnte nichts dagegen tun. Das weißt du.«

Rosa wagte nicht, ihm zu verraten, weshalb sie so müde gewesen war. Sie sagte nicht, dass sie am Vorabend zu viel getrunken und vor allem ihr Versprechen gebrochen hatte. Rosa griff über den Tisch und nahm Joshs Hand. »Ich weiß. Ich habe mich so gefreut, dich wiederzusehen. Aber ich war gestern total platt und habe mich einfach nicht mehr wach halten können.«

»Du hast tief und fest auf dem Sofa geschlafen und dabei so süß ausgesehen. Ich habe versucht, dich zu wecken, aber keine Chance. Da ich nicht allein schlafen wollte, habe ich dich ins Bett getragen.« Josh nahm die Hand seiner Frau und küsste sie. »Ich liebe dich und nur dich, Rosa Smith, mein Schatz.«

Eine junge Kellnerin kam und nahm Rosas Bestellung entgegen. Hot kaute unter dem Tisch auf einem Gummispielzeug herum. »Manchmal frage ich mich schon, wo meine selbstbewusste, freche Rosa geblieben ist.« Josh klang dabei fast ein bisschen traurig.

»Ich bin immer noch hier. Aber vielleicht habe ich mich hinter meinem Frechsein nur versteckt?«

»Egal. Sei einfach du selbst, Rosa. Ich habe dich geheiratet, so wie du bist, und du mich.« Dann schenkte er ihr sein sexy Lächeln. »Aber wie schön, jetzt können wir gemütlich frühstücken und aufs windumtoste Meer schauen. Zwei ganze Tage für Familie Smith!« Selbst Hot fiepte zustimmend.

»Ja, es ist wirklich großartig.« Rosa lächelte ihn an. »Und ich bin froh, dass Mary heute im Laden arbeitet. Ich weiß zwar nicht, wie sie mit den Designerklamotten für Vierbeiner zurechtkommt, aber egal. Sie findet so was albern. Allerdings besitzt sie tatsächlich eine Katzenleine für ihren verrückten Merlin.«

»Meine Schwiegermutter ist eine Hexe, daran besteht kein Zweifel.«

Rosa blieb der Mund offen stehen. »Josh, so was darfst du doch nicht sagen.«

»Ich mag Mary, das weißt du. Und ich finde, dass sie sehr weise ist. Aber dass sie eine etwas eigenwillige Art hat, kannst du nicht leugnen.«

»Wenn man definieren wollte, was eigenwillig und was normal ist, könnten wir den ganzen Tag hier sitzen. Es wurde halt nicht jeder mit einem goldenen Löffel im Mund geboren!« O nein! Rosa merkte, dass sie schon wieder zum Angriff überging.

»Bin ich auch nicht. Klar haben sich meine Eltern viel leisten können und sich früh zur Ruhe gesetzt, aber sie haben auch verdammt hart dafür gearbeitet, um das zu erreichen.«

Rosa beeilte sich, schnell wieder zum vorigen Thema zurückzukommen. »Na ja, wie dem auch sei, jedenfalls gefällt es mir, dass Mary so spirituell ist. Sie hat mir gestern einen neuen Kristall gegeben.«

»Ja, ich habe ihn neben dem Bett liegen sehen.«

Während des Frühstücks gab Josh dem Hund unter dem Tisch heimlich etwas von den knusprigen Speckstückchen ab.

Als sie satt waren, fühlte sich Rosa deutlich zufriedener. Während sie sich den Mund mit der Serviette abwischte, fragte sie: »Wollen wir uns heute Abend das Feuerwerk anschauen? Ich habe auch Alec gesagt, dass wir vielleicht kommen.«

»Alec?«

»Ja, den habe ich gestern hier kennengelernt. Er ist frisch hergezogen.«

»Ach ja? Hast du mit ihm zusammengesessen und Kaffee getrunken?«

»Äh, es waren sonst keine Tische frei.«

»Aha, verstehe. Bei dir ist das also etwas anderes …« Rosa streckte ihm dafür die Zunge raus. »Also komm, lass uns gehen«, sagte Josh gutmütig.

Noch bevor sie ihre Jacken angezogen hatten, stürzten sich zwei Gäste auf ihren Tisch. Hot beschnüffelte die beiden, und während des Tumults bekam Rosa nicht mit, wie Sara Josh noch einmal zuzwinkerte, bevor das Paar in den kalten Novembermorgen hinaustrat.

Kapitel 12

Der Regen hatte aufgehört und jetzt war der Nachthimmel wolkenfrei. Perfekt für ein Feuerwerk. Rosa hatte alle Vorhänge zugezogen und das Radio für Hot angelassen, damit er sich, allein in der Wohnung, nicht einsam fühlte und ein bisschen abgelenkt war. Er hatte bisher wenig Angst gehabt, wenn es mal ein Feuerwerk gegeben hatte, aber sie wollte es lieber auf nichts ankommen lassen.

»Du siehst so süß aus«, stellte Josh fest und gab Rosa einen Kuss auf die Nasenspitze. »Die Mütze hattest du auch auf, als du damals auf meine Anzeige hin gekommen bist, um das Zimmer anzuschauen.«

»Und der Rest ist Geschichte«, antwortete Rosa, während sie die blaue Bommelmütze tief über die Ohren zog. »Also gut, mischen wir uns unters Volk!«

* * *

Sheila Hannafore war wieder voll und ganz in Cockleberry Bay präsent. Die Außentische vor dem Pub waren verschoben worden, um Platz für die Liveband zu schaffen, die Coverversionen der immer gleichen alten Lieder spielte. Sheila hatte einen Grillstand aufgebaut, von dem ein köstlicher Duft nach

Burgern und gerösteten Zwiebeln durch die Luft strömte. Rosa sah Lucas mit einer großen weißen Kochmütze am Grill stehen. Zum Glück war er beschäftigt und so musste sie nicht befürchten, ihm zu begegnen.

An der Strandmauer hingen bunte Lichterketten, die wie kleine Regentropfen glitzerten.

»Man könnte fast denken, dass schon Weihnachten ist«, sagte Rosa und bewunderte ihren in der kalten Luft sichtbar gewordenen Atem.

»Ich habe ganz vergessen, dass du Weihnachten hasst«, entgegnete Josh. »Aber dieses Jahr wird es anders sein. Jetzt bist du nicht mehr allein. Wir müssen sowieso mal darüber sprechen, was wir Weihnachten machen. Mum und Dad haben uns natürlich auch eingeladen, falls wir das wollen.«

»Schon wieder Pläne, Josh?« Rosa wusste auch nicht, warum sie keine Ruhe geben konnte, obwohl ihre gemeinsame Zeit so knapp und wertvoll war.

Jetzt verschwand Joshs fröhliches Lächeln. »Es tut mir leid, wenn ich dir das sagen muss, Rosa, aber so ist das in den meisten Familien«, erwiderte er kühl. »Und wir müssen auch so fair sein und Mum und Dad ein bisschen Vorlaufzeit geben.«

In den meisten Familien? Rosa dachte an Weihnachten im Kinderheim. Es war immer eine traurige Angelegenheit gewesen. Natürlich hatten alle Kinder Geschenke bekommen und es hatte auch ein Weihnachtsessen gegeben, doch Rosa hatte immer das Gefühl gehabt, dass die meisten Betreuer an dem Tag eigentlich gar nicht da sein wollten. Und irgendwie hatte sie immer gewusst, dass sie etwas verpasste, etwas Besseres, obwohl sie nicht wusste, was es war.

Letztes Weihnachten hatte sie ganz allein verbracht. Doch dann hatte Mary einen Teller mit Festessen vorbeigebracht. Obwohl Rosa damals schon eine eigenartige Verbindung zu Mary spürte, hatte sie keine Ahnung gehabt, dass die fremde

Frau ihre Mutter war. Queenie und Mary hatten sie unter großem Einsatz gesucht, um alles wiedergutzumachen, was zuvor versäumt worden war. Für Rosa war so viel in so kurzer Zeit passiert. Da war es eigentlich kein Wunder, dass sie sich manchmal etwas neben der Spur fühlte.

Rosa nahm Joshs Hand. »Komm, lass uns was zu trinken holen.«

»Ich gehe nicht in die Nähe des Pubs, das weißt du. Nicht, nachdem dich diese Frau und ihr Sohn so schlecht behandelt haben.«

»Ja, schon gut. Das hast du jetzt oft genug gesagt.« Rosa stöhnte und nahm seinen Arm. »Aber schau, der Ortsverein verkauft auch Getränke.« Im großen Zelt gab es einen riesigen Glühweinkessel und ein Fass mit Ale.

Mit einem Pint Ale, einem großen Becher Glühwein und zwei Stück Kuchen gingen sie wieder zum Strand und suchten sich einen Platz an der Mauer.

»Wow, dieser Glühwein hat's in sich!«, stellte Rosa zufrieden fest. »Aber wirklich gut.«

»Dann trink lieber nur einen, Rosa«, warnte Josh. »Du weißt ja, was passiert, wenn du zu viel Alkohol intus hast.«

»Jetzt hör auf, mir ständig zu sagen, was ich tun und lassen soll, Mr Smith. Es ist Samstagabend und wir sind endlich mal wieder aus und haben Spaß … O Gott, ich liebe dieses Lied!«

Die Band hatte eine Pause eingelegt, und jetzt schallte Katy Perrys »Firework« aus dem großen Lautsprecher vor dem Pub.

»Mann, dieses Ale läuft glatt durch mich durch. Ich muss dringend mal wohin.« Josh trat von einem Fuß auf den anderen.

»Ich glaube, das Café ist offen.«

»Ja, aber hast du die lange Schlange gesehen? Die stehen sicher alle fürs Klo an. Ich gehe durch den Hintereingang ins Pub.« Rosa nickte. Dann leerte sie ihren Becher und ging wieder ins Zelt.

Josh vermied den Blickkontakt mit Lucas, der sehr beschäftigt war, einen Grill-Burger nach dem nächsten auszugeben. Doch beim Rausgehen hörte Josh ihn rufen.

»Hey, Smithy.« Lucas warf ihm eine eingedellte Halloweenmaske zu. »Dein Frauchen hat die neulich hier vergessen.«

Josh antwortete nur mit einem kurzen Nicken und steckte die Maske in die Jacke.

Als Jacob und Raffaele ins Zelt kamen, winkten sie Rosa zu und kamen zu ihr. Sie gab beiden zur Begrüßung einen Kuss auf die Wange. »Tut mir leid, ich hätte euch auch gleich was zu trinken mitbringen können. Ich dachte, ihr schreibt mir, bevor ihr kommt.«

»Sorry, Schätzchen, aber es ging so hektisch zu. Wir befürchteten, dass die kleine Duchess das Geknalle nicht gut verträgt, und so passt jetzt meine Schwester auf und kann währenddessen nicht arbeiten. Wir müssen sobald es zu Ende ist wieder gehen. Ah, da kommt ja dein Großer.«

»Hallo.« Josh begrüßte die Freunde und versuchte, sich ein Lächeln abzuringen. Doch sein Herz war alles andere als glücklich. Er war wütend, was nicht oft vorkam. Er würde Rosa zur Rede stellen müssen. Doch schon begann mit lautem Zischen, Heulen und Knallen das Feuerwerk und zauberte bunte Lichter an den Nachthimmel von Cockleberry Bay.

Kapitel 13

Rosa schrie auf und wich zurück, sodass sie mit einem Fuß ins eiskalte Wasser trat und ihr Turnschuh ganz nass wurde. Ihr Puls war in die Höhe geschnellt. Im Schein des Mondes, der jetzt wieder durch die schwefeligen Nebelschwaden auftauchte, sah sie, wie Josh bebte.

»Du Idiot!«, schrie sie. »Wo hast du die denn her?«

Er nahm die Maske ab, knautschte sie wütend zusammen und steckte sie in die Tasche. Josh wusste, dass er ruhig bleiben musste, denn wenn er Rosa eine Szene machte, würde er nichts erreichen.

»Hast du die vielleicht irgendwo verloren?«

»Ich weiß nicht, wovon du sprichst, Josh.«

»Verdammt, Rosa, lüg mich nicht an.« So viel zum Thema Ruhigbleiben. »Dein lieber Lucas hat gesagt, dass du sie neulich vergessen hast.«

»Ich … ähm …«

»Also warst du hier?«

»Du besitzt mich nicht, Josh.« Rosa stampfte los.

»Ich habe dir ausdrücklich gesagt, dass du dich von ihm und seiner schrecklichen Mutter fernhalten sollst, Rosa. Du hast es mir versprochen.«

»Es war Titchs Idee«, gab sie zurück.

»Komm wieder her!«, rief Josh. »Und wenn sie sagt, du sollst vom Balkon springen, dann tust du das wohl auch, was? Ich bin echt enttäuscht von dir, Rosa!«

Der starke Glühwein löste Rosas Zunge. Mit verstellter Stimme äffte sie ihn nach: »›Ich bin echt enttäuscht von dir, Rosa.‹« Und dann sagte sie: »Lass mich einfach in Ruhe, Josh, und hör auf, mich wie ein Kind zu bevormunden.«

Josh rannte ihr nach und drehte sie schwungvoll um. »Natürlich gehörst du dir selbst und du kannst machen, was du willst. Aber um eine Sache bitte ich dich schon, Rosa: Lüg mich nicht an!«

»Ich habe dich nicht angelogen. Ich habe es dir einfach nur noch nicht gesagt. Und vielleicht, ja vielleicht, hätte ich es dir heute Abend sagen wollen.«

»Ach ja, wirklich?«

»Ja, wirklich. Nachdem wir überhaupt keine Zeit miteinander verbringen, wollte ich einfach nur auf den richtigen Zeitpunkt warten, weil ich genau wusste, dass du so reagieren würdest.«

Und damit marschierte sie an der Schlange vor dem Essensstand vorbei und lief die steile Straße hoch.

Josh wusste, dass es keinen Sinn hatte, sich auf eine Diskussion einzulassen, wenn Rosa so war. Er ließ sie laufen und ging zur Brandung. Dort hob er einen flachen Stein auf und schleuderte ihn wütend ins dunkle Wasser.

Vielleicht hätte er doch auf den klugen Rat seiner Mutter hören sollen. Vielleicht hätte er erst mal eine Weile mit Rosa als Paar zusammenwohnen sollen, bevor sie heirateten. Natürlich konnte Liebe vieles ausgleichen, und er hatte keinen Zweifel, dass er Rosa aufrichtig und von ganzem Herzen liebte. Doch er musste sich auch eingestehen, dass sie gänzlich verschiedene

Backgrounds hatten. Und obwohl der Eckladen Rosa eine neue Sicherheit gab, stand doch fest, dass er nicht alle Versäumnisse aus Rosas einsamer Kindheit wettmachen konnte. Rosas Selbstvertrauen hatte so viele Risse, die erst einmal gekittet werden mussten.

Kapitel 14

Josh blickte zur Bucht. Der Auftritt der Band war vorbei, aber immer noch war die Menschenmenge zu hören. Kinder rannten lachend mit Wunderkerzen herum, der Schwefelgeruch hing noch in der Luft. Mit den bunten Lichtern sah der Ort wirklich wunderschön aus und Josh konnte nicht leugnen, dass auch das neu hergerichtete Ship sehr hübsch war. Er vertraute seiner Frau zwar, aber sein Bauchgefühl sagte ihm, dass die Beziehung zwischen Rosa und dem verlorenen Sohn der Publady vielleicht doch mehr als rein platonisch gewesen sein könnte.

Als er die steile Straße hochlief, erhielt er eine SMS von Mary. Trotz Rosas Unterstützung war Mary immer noch nicht ganz versiert im Umgang mit dem Handy. Ihre Nachrichten waren oft recht amüsant. Hier ist Mary. So begannen sie alle. Rosa hier, Joch. Sie ist betrinken! Ich sprechen mit ihr.

Er war überrascht, aber auch erleichtert, dass Rosa nicht direkt zum Lobster Pot gegangen war, um weiterzutrinken. Wenigstens würde Mary ihr gut zureden können. Auch wenn seine Schwiegermutter nicht ganz normal war, so stimmte es doch, was Rosa gesagt hatte: Was war schon normal? Mary hatte selbst genügend Entbehrungen und Leid ertragen müssen. Doch sie hatte ihre Alkoholkrankheit überwunden und versuchte jetzt, bei ihrer Tochter alles wiedergutzumachen – so sie das eben mit den Lebenswerkzeugen, die sie erhalten hatte, konnte.

Josh sah Licht im Seaspray Cottage und konnte durch den Spalt zwischen den Vorhängen zwei Gestalten in der Küche ausmachen. Es war sehr aufmerksam von Mary, dass sie die Vorhänge extra ein Stück offen gelassen hatte. Normalerweise waren sie fest zugezogen, um die Wärme im Haus zu halten.

Er stieß die Tür zum Lobster Pot auf. Hinter den vielen Gästen sah er Jacob, der ihm zuwinkte und über die Menge hinweg durch eine Geste fragte: »Bier?« Josh nickte und ging zum anderen Ende der Bar, damit die vielen Leute, die anstehen mussten, von dem Sonderservice nichts mitbekamen. Jacob stellte ihm sogleich ein Glas hin.

»Hi, Josh. Tut mir leid, dass wir so sang- und klanglos gegangen sind, ohne uns zu verabschieden.« Josh holte seinen Geldbeutel heraus, aber Jacob winkte ab. »Nein, nein, das geht heute auf mich. Wo ist die Madam?«

Mit einem vielsagenden Blick sagte Josh nur: »Längere Geschichte.«

»Sie ist selbst so ein kleiner Feuerwerksknaller, die Gute.« Jacob stellte die Spülmaschine mit den Gläsern an. »Aber das ist doch auch genau der Grund, weshalb wir sie alle so lieben. Also, ich muss weitermachen.« Er ging und bediente die anderen Gäste.

»Willst du dich setzen?«, ertönte eine tiefe Stimme. Der dazugehörige Mann zeigte auf einen freien Platz neben sich.

»Super, vielen Dank.«

»Entweder habe ich den Hocker hier gut abgeschirmt oder die Leute haben Angst vor einem Fremden in ihrer Mitte.«

Josh streckte ihm die Hand hin. »Ich bin Josh Smith.«

»Alec. Alec Burton.«

»Das kommt mir irgendwie bekannt vor.« Josh legte nachdenklich den Kopf schief. »Ah, jetzt fällt es mir ein. Meine Frau

Rosa hat mir erzählt, dass sie einen Alec im Café kennengelernt hat.«

»Du meine Güte, kaum im Ort, da bin ich schon berühmt-berüchtigt.«

Josh lachte. »Na ja, eigentlich müsste ich längst deine Hosengröße und die Farbe deiner Badezimmerkacheln wissen.«

»Ist das hier wirklich so?«

»Ich fürchte, ja. Ich komme ursprünglich aus Dorset, habe aber viele Jahre lang die Anonymität von London genossen.«

»Die auch ihre Vorteile hat, nehme ich an.«

»Ja und nein. Dafür hat man hier mehr Gemeinschaftssinn, was auch nicht zu verachten ist. Also dann, Prost! Freut mich, deine Bekanntschaft zu machen.«

»Prost.« Sie stießen miteinander an.

»Was bringt dich nach Devon?«, erkundigte sich Josh.

»Hat dir das deine Frau nicht erzählt? Das ist ja mal was Neues und zeigt, dass man ihr vertrauen kann.«

Josh hustete. »Ja, sie ist schon toll, meine Frau. In ihrem hübschen Lockenkopf ist immer so viel los, dass sie für Klatsch und Tratsch gar keine Zeit hat. Meistens zumindest.«

»Kommt sie auch noch?«

»Äh, nein. Sie hat auf dem Heimweg noch bei ihrer Mutter vorbeigeschaut.« Josh wollte seinen neuen Bekannten nicht mit seinem Problem belasten. »Warst du vorhin auch am Strand?«, fragte er Alec stattdessen.

»Ich hatte eigentlich vor hinzugehen, aber dann war es hier so gemütlich, dass ich geblieben bin und nur vom Fenster aus zugeguckt habe.«

»Das war auch vernünftiger.« Josh lächelte und entspannte sich ein wenig. Der Neue war ihm sehr sympathisch.

»Ist eine nette Kneipe hier.«

»Ja, wir lieben den Lobster Pot. Jacob und Raff sind mittlerweile gute Freunde von uns. Hier kann man übrigens auch die

Liveübertragungen aller Rugbyspiele anschauen. Morgen spielt England gegen Neuseeland, falls dich das interessiert.«

»Ich bin ein Riesenrugbyfan. Das sind wunderbare Neuigkeiten … Entschuldige mich mal eben.« Alec ging zur Toilette.

Jacob trat hinter der Bar zu ihm. »Der scheint ganz nett zu sein, was? Ist zwar nicht mein Typ, aber trotzdem ganz schnuckelig.«

»Ja, er ist nett. Weißt du mehr über ihn?«

»Er ist geschieden und will sich hier was kaufen.«

»Ah, verstehe. Dann hat er hier wohl auch schon einen Job?«

»So weit sind wir noch nicht gekommen, Darling.« Jetzt ging Jacob wieder zur anderen Seite, um neue Gäste zu bedienen.

Als Alec zurückkam, trank Josh gerade sein Bier aus. »Musst du los?«

»Ja, ich gehe jetzt. Hat mich sehr gefreut, dich kennenzulernen.« Josh gab ihm die Hand.

»Ebenso. Beim nächsten Mal erzähle ich dir dann, warum ich die Grafschaft verlassen habe. Vielleicht sehen wir uns ja morgen zum Rugby.«

»Hoffentlich ja. Aber mal sehen, ich bin jetzt schon quasi nur ein Teilzeit-Ehemann.«

Alec lächelte wissend. »Dann genießt noch euren Abend.«

Schön wär's, dachte Josh nur.

Kapitel 15

Titch winkte Rosa durchs Schaufenster, dann zeigte sie die Straße hinunter und hob beide Hände in die Luft, um Rosa anzudeuten, dass sie in zehn Minuten zurückkäme.

Rosa machte sich an die Arbeit und überprüfte den Warenbestand. Letzte Woche hatte sie einen guten Umsatz gemacht und jetzt musste sie zusehen, dass die Regale für die Weihnachtszeit wieder gefüllt waren. Im neuen Jahr würde sie sich auch jemanden suchen müssen, der ihr mit der Webseite half, um noch mehr Kunden zu gewinnen. Anfangs hatte Jacob ihr mit der Seite geholfen, aber jetzt, da das Geschäft gut lief, konnte sie ihn schlecht weiterhin um Hilfe bitten. Sie hatte auch vor, zusammen mit Titch alle Weihnachtsbestellungen hübsch zu verpacken. Rosa war sehr stolz auf alles, was sie mit dem Laden in so kurzer Zeit erreicht hatte. Weniger stolz war sie allerdings auf die Art und Weise, wie das Wochenende mit Josh verlaufen war.

Normalerweise hasste sie Montage. Doch an diesem Morgen war sie fast erleichtert gewesen, als sie sich von ihrem Mann verabschiedet hatte. Es war ihr gelungen, ihn nach dem Feuerwerk wieder zu beruhigen. Aus reinem Schuldgefühl hatte sie ihm sogar vorgeschlagen, dass er zum Lobster Pot gehen solle, um sich mit Alec Burton das Rugbyspiel anzusehen, während sie eine angeblich dringend benötigte Siesta machte.

Dass sie eigentlich gar nicht vorgehabt hatte, Josh von ihrem Besuch im Ship Inn zu erzählen, hatte sie nicht zugegeben. Schließlich hatte ihre Mutter auch einen Rat gehabt: »Bevor du etwas sagst, Rosa, überlege: Ist es wahr? Ist es nötig? Ist es freundlich? Wenn nicht, schweige lieber.«

Rosa ging nach hinten in die Ladenküche und machte sich einen Kaffee. Als sie sich dann mit der Tasse an die Kassentheke setzte, wandelte sich ihre Erleichterung vom Morgen in Scham und Traurigkeit um. Hätte Josh ein Versprechen gebrochen, egal welches, hätte sie es ihm auch übel genommen. Josh hatte stets nur ihr Bestes im Sinn und er hatte recht – sie benahm sich furchtbar, wenn sie zu viel Alkohol getrunken hatte. Da er jetzt gerade im vollen Zug nach London saß und nur schlecht hätte telefonieren können, schrieb sie ihm eine SMS.

Es tut mir schrecklich leid. Ich liebe dich, Mr Smith (Herz-Emoji). Und ich zähle die Stunden, bis du wiederkommst.

Ding! Die Ladenglocke holte Rosa aus ihren Gedanken zurück und weckte Hot auf. Sie beeilte sich, Titch, die sich mal wieder mit Theos Kinderwagen abmühte, zu Hilfe zu kommen.

»Hier.« Titch reichte Rosa eine Tüte, die noch ganz warm war. »Dein Lieblingssandwich. Knusperspeck mit Ei und Ketchup.«

»Oh, vielen Dank, meine Liebe.«

»Hey, Mr Würstchen, das ist nicht für dich!« Titch streichelte den hoffnungsvollen Dackel. »Das kriegst du, Rose, weil ich weiß, wie sehr du Montage hasst. Und es tut mir leid, dass ich dir gar nicht mehr wegen des Feuerwerks Bescheid gegeben habe.« Sie schaukelte den Kinderwagen. »Mein Kleiner hier hat keine Ruhe gegeben, und da war es besser, ihn in sein Bettchen zu legen. Mum und ich haben uns was zu essen geholt und dummes Zeug im Fernsehen angeschaut.«

»Das hätte ich mal besser auch tun sollen.«

»War das Feuerwerk nicht gut?«, fragte Titch, während sie nach hinten in die Teeküche ging, um den Kessel aufzusetzen.

»Ich habe dir das noch gar nicht erzählt. Also, an Halloween habe ich den blöden Lucas vor dem Pub getroffen und irgendwie habe ich da wohl die Maske verloren. Egal, ich will dich nicht mit den ganzen Einzelheiten langweilen. Jedenfalls ist es rausgekommen und Josh hat ein Fass aufgemacht, weil ich dort war.«

»Ach komm, Rose, du bist doch eine erwachsene Frau und darfst tun und lassen, was du willst.«

»Ich weiß, ich weiß. Aber ich hatte Josh nichts davon erzählt, und es ist nicht lustig, wenn man gegenüber demjenigen, den man liebt, sein Versprechen bricht.«

»Stehst du etwa immer noch auf Lucas? Denn dass er noch auf dich steht, ist offensichtlich.«

»Na ja, böse Jungs lassen Herzen höherschlagen, heißt es.«

»Ich weiß, was du meinst. Aber er ist es echt nicht wert, dass du seinetwegen ruinierst, was du mit Josh hast.«

»Titch, das weiß ich doch! Aber schauen wird man wohl noch dürfen, oder?«

»Komm, jetzt iss lieber dein Sandwich, bevor es kalt wird und die ersten Kunden kommen.«

»Montags geht es immer ein bisschen ruhiger zu. Aber das ist mir ganz recht, weil ich mich heute sowieso um die Neuware kümmern muss.«

»Ich kann dir für eine Stunde helfen, dann muss ich zurück. Ich habe Mum versprochen, ihr in den Bus nach Polhampton zu helfen. Es ist jetzt so viel leichter, seit sie den Elektrorollstuhl hat.«

Rosa setzte sich auf die Kassentheke und biss in ihr Sandwich. Plötzlich fiel ihr wieder etwas ein. »Jetzt weiß ich, was ich dir die ganze Zeit sagen wollte. Mary hat angeboten, dir die Zukunft vorauszusagen – falls du Lust hast.«

»Oh, wirklich? Ja klar, hab ich Lust! Wann können wir zu ihr?« Titch machte ein besänftigendes Geräusch, weil Theo unruhig wurde.

»Ich glaube, sie hat heute frei. Der Co-op hat ihre Dienste verschoben, weil ein paar Kollegen krank sind. Soll ich sie anrufen?«

»O ja, ich liebe Tarotkarten und so'n Zeug.« Dann hielt sie inne. »Allerdings gibt's da ein Problem. Ich kann es mir nicht leisten, sie dafür zu bezahlen.«

»Das ist schon okay. Du weißt ja, dass sie so was gerne macht. Sie hat es selbst angeboten.«

Rosa zeigte den Daumen nach oben, während sie mit ihrer Mutter am Telefon sprach. »Am Mittwoch um achtzehn Uhr?« Sie guckte zu Titch, die ganz aufgeregt nickte.

Als Rosa aufgelegt hatte, sagte sie: »Dann haben wir also ein Date, meine liebe Freundin. Ich kann während der Sitzung auf Theo aufpassen, wenn du willst.«

* * *

Josh spürte das Vibrieren seines Handys und legte die Zeitung zur Seite. Der Zug war gesteckt voll, aber abgesehen von den Durchsagen war es sehr ruhig. Er sah, dass er sowohl eine Nachricht von Rosa als auch eine von Sara erhalten hatte. Nachdem er beide Nachrichten gelesen hatte, seufzte er schwer und steckte das Telefon wieder ein. Er war sich seiner Sache so sicher gewesen – bis zum vergangenen Wochenende.

Kapitel 16

Als Mary die Tür öffnete, schoss wie immer der aufgescheuchte Kater zur Tür hinaus, und warf Rosa und Titch dabei fast um.

»Merlin hat einen Knall«, meinte Rosa, nachdem sie ihre Mutter begrüßt hatte.

»Er selbst würde wahrscheinlich behaupten, dass ihn alle missverstehen«, gab Mary lachend zurück.

»Wie geht's deiner Mum, meine Liebe?«, wandte sie sich an Titch, während sie den Kessel aufsetzte und drei Teetassen holte.

»Ganz gut, danke. Sie düst mit ihrem neuen Rollstuhl durch die Gegend, als würde sie für die Paralympics trainieren. Sie liebt ihn.« Titch gähnte ausgiebig.

»Freut mich zu hören.«

»Sie passt jetzt, Gott sei Dank, eine Stunde auf Theo auf, damit wir mehr Ruhe haben.«

»Ich hätte auch auf ihn aufpassen können«, mischte sich Rosa ein, die jetzt ebenfalls gähnte, bis ihre Augen feucht wurden.

Es schien ansteckend zu sein, denn auch Mary unterdrückte ein Gähnen, bevor sie schimpfte: »Schaut euch zwei an. Titch hat ja wenigstens eine Ausrede, aber du, meine liebe Tochter, solltest eigentlich energiegeladener sein. Also dann kommt mal. Schauen wir uns die Teeblätter an.«

Titch zog vor Rosa fragend die Augenbrauen hoch.

Rosa verstand, was ihre Freundin damit sagen wollte, und fragte Mary: »Könntest du nicht lieber Tarotkarten legen, Mutter?«

»Nein, heute machen wir nur Teeblätter«, entgegnete Mary mit einem Tonfall, der andeutete, dass sie hier das Sagen hatte.

Titch zwinkerte ihrer Freundin zu.

Mary Cobb setzte sich an den Küchentisch, schloss die Augen, und ließ die Hände über den gefüllten Teetassen kreisen.

»Ich habe mal im Internet gelesen, dass man das jetzt Tasseologie nennt«, murmelte Titch, was ihr ein Zischen von Mary einbrachte.

»Verzeihung«, sagte Titch leise.

Rosa fand, dass Mary von Tag zu Tag ihrer verstorbenen Großmutter ähnlicher wurde.

»Also gut, dann trinkt mal aus! Aber lasst am Ende noch ein kleines bisschen Tee in der Tasse.« Mary nahm einen Stoß ihres Inhalationssprays und hielt ein paar Sekunden lang die Luft an. »Sei so gut und leg drüben ein Holzscheit nach, mein Entlein. Das Feuer ist schon fast runtergebrannt.« Rosa tat, wie ihr geheißen, und blieb gleich im Wohnzimmer, wo sie zwar aus dem Weg war, aber trotzdem noch hören konnte, was in der Küche gesprochen wurde.

»Gut, Patricia.« Mary leerte Titchs Tasse mithilfe eines Untersetzers aus und schaute anschließend tief hinein, um die Teeblätter zu lesen.

»Sonst nennt mich niemand Patricia.«

»Aber dein Dad hat dich so genannt, oder?«

Titch holte tief Luft. »Ja, das stimmt wohl.« Sie dachte an den furchtbaren Tag zurück, an dem sie erfahren hatte, dass ihr Vater sich das Leben genommen hatte.

»Das hat jetzt nichts mit den Teeblättern zu tun … Er ist mir neulich erschienen und wollte dich wissen lassen, dass es nicht deine Schuld war. Wirklich nicht deine Schuld.«

Titchs Augen füllten sich mit Tränen. Ihre Familie hatte viel Leid ertragen müssen, um es gelinde auszudrücken. Titchs Bruder Ronnie war sehr früh gestorben. Ihre Mutter wie auch der Rechtsmediziner hatten geglaubt, es sei ein Unfall mit dem Mofa gewesen, doch Titch wusste es besser. Sie hatte Ronnies Abschiedsbrief gefunden und ihn vor der Mutter versteckt. Allerdings hatte sie ihn ihrem Dad gezeigt, den man daraufhin am nächsten Tag erhängt in der Garage gefunden hatte.

»Er sagt, er liebt dich sehr.«

»Er hat Mum und mich verlassen«, sagte Titch mit brüchiger Stimme.

»Ich weiß, mein Kind, ich weiß.« Mary streckte den Arm über dem Tisch aus, um Titchs Schulter zu berühren. »Es hat ihn schrecklich getroffen, und er wollte nur noch, dass der Schmerz aufhörte. Aber es war nicht deine Schuld. Okay?« Titch nickte. Mary setzte jetzt die Tasse wieder ab. »Gut. Dann lass uns mal anfangen, einverstanden?«

Mary machte ein eigenartiges kehliges Geräusch, während ihre Hände wieder über der blauen Porzellantasse schwebten. »Ich sehe den kleinen Theo. Er ist Waage vom Sternzeichen her, was ihn sehr ausgeglichen macht. Gut so.«

»Was genau meinst du mit ›*gut so*‹?«

»Nun, Diplomatie wird eine seiner Stärken sein, meine Liebe.«

»Das muss er wohl von seinem Vater haben«, antwortete Titch amüsiert.

Mary gluckste und auch Rosa schmunzelte im Wohnzimmer.

»Allerdings«, fuhr Mary fort, »kann er sehr nachtragend sein und manchmal unentschlossen. Aber er ist ein geselliger Mensch und sehr hilfsbereit.«

»Ah.« Titch lächelte. »Mein süßer Kleiner.«

»Er liebt die Harmonie und hält sich gerne im Freien auf. Cockleberry ist der perfekte Ort für ihn.« Dann schwieg Mary einen Augenblick. »Also … falls du hierbleibst.«

»Ich? Klar, bleibe ich hier. Außer ich gewinne im Lotto.«

»Psst, Kind. Du musst gut auf dein Baby aufpassen!«

»Aber das mache ich doch sowieso«, gab Titch etwas entrüstet zurück.

Jetzt legte Mary die Hand auf den Bauch und verzog schmerzverzerrt das Gesicht. »Ich sehe dich im Krankenhaus.«

Titch und Rosa zuckten gleichzeitig zusammen.

»Außerdem sehe ich, dass du viele Geschenke einpacken wirst«, fuhr Mary fort.

Rosa riss die geschlossenen Augen auf. Sie hatte noch niemandem von ihrem Plan erzählt, einen Einpackservice für Weihnachten anzubieten.

Plötzlich veränderte sich Marys Stimme und wurde ernst. »Ich sehe einen großen Mann mit dunklen Augen. Ich sehe eine Zugreise. Und die Buchstaben BB … oder ist es DD? Ich lese, dass du ihn suchen musst, dass du ihn unbedingt bald finden musst!«

»Na toll. Wollen wir hoffen, dass er wenigstens gut aussieht. Und könnten wir es nicht so machen, dass er zu mir kommt und *mich* findet? Beim Zugfahren wird mir immer so schlecht, also, wenn ich falsch rum sitze.« Titch fuhr sich durch die kurzen Haare. »Gibt's sonst noch irgendwas?« So richtig happy war sie mit dem, was sie bisher gehört hatte, nicht gerade.

Plötzlich wurde Marys Stimme kindlich. »Es ist so schwer ohne Daddy.«

»Mir musst du das nicht sagen, Mary.«

»Für uns alle … für uns alle, Patricia.« Mary schniefte, dann sagte sie wieder mit normaler Stimme: »Jetzt reicht es, genug für heute. Finde ihn, Titch, es ist wirklich wichtig!«

Rosa hatte bisher nicht viel darüber nachgedacht, dass nicht nur sie selbst, sondern auch Mary ohne Vater aufgewachsen war. Es war ihr unangenehm, wenn sich ihre Mutter während einer Sitzung so komisch verhielt. Als Rosa wieder in die Küche ging, sagte sie brüsk: »Seid ihr jetzt fertig?«

»Ja. Ich soll irgendeinen dunkeläugigen Fremden in einem Zug finden. Klingt nach Miss Marple, aber es gefällt mir.« Wobei Titch wenig überzeugt klang.

Mary hatte zwar auch Rosas Teeblätter vorbereitet, doch jetzt sagte sie: »Ich bin erschöpft, Rosa. Ich werde deine ein andermal lesen.«

»Gut. Ich muss jetzt sowieso gehen und Josh anrufen.«

»Ja und ich muss nach Hause.« Titch nahm ihre Tasche. »Theo brüllt meiner Mutter wahrscheinlich schon die Bude zusammen. Vielen Dank, Mary.«

Mary legte die Hand auf den Arm ihrer Tochter, bevor sie hinausging. »Pass auf, mein Entlein. Ich rieche Rauch.«

»Was?«

»Rauch! Vergiss es nicht. Habt einen schönen Abend, ihr zwei Hübschen.« Als Mary die Eingangstür öffnete, schoss Merlin wieder ins Haus und fauchte, um sein Missfallen über den Besuch zu äußern. »Ich muss dem Hausherrn sein Futter geben. Geht jetzt.« Ohne ein weiteres Wort schloss Mary schwungvoll die Tür.

Draußen blickte Rosa zu Titch, deren Gesichtsausdruck Bände sprach.

»Ich weiß, Süße.« Rosa nickte. »Bisschen durchgeknallt, was? Hoffentlich liegt das nicht in der Familie.« Doch dass Mary etwas über Rauch gesagt hatte, ging ihr nicht aus dem Kopf. Als sie sich von Titch verabschiedet hatte, eilte sie zurück zum Eckladen und nachzusehen, ob dort alles in Ordnung war.

Kapitel 17

»Einen wunderschönen guten Morgen!« Nach Ugly, Pongo und der Duchess betrat auch Jacob den Eckladen, sehr zur Freude von Rosa und Hot. Die beiden Möpse sahen in ihren modischen Mäntelchen, deren Farbe perfekt zu den braunen Knopfaugen passte, sehr schick aus.

Die drei älteren Hunde liefen sofort nach hinten zur Teeküche und kratzten an der Tür, bis Rosa die Vierbeiner hinausließ, damit sie draußen im Hof herumtollen konnten.

Dann nahm Rosa die kleine Duchess auf den Arm und drückte den süßen Welpen an die Brust. »Mmm, du riechst so warm und sauber.« Der kleine Hund war weniger erfreut darüber, so geknuddelt zu werden, und versuchte, sich zappelnd aus Rosas Armen zu winden. Schließlich gab Rosa nach und setzte ihn sanft auf dem Boden ab.

»Leider riecht's bei uns zu Hause nicht nur warm und sauber«, stöhnte Jacob. »Eher nach stinkenden Häufchen. Hat Hot auch schon mal ins Haus gemacht?«

»Leider ja. Die kleinen Hübschen sind wohl dafür berüchtigt. Wobei es, seit wir hier sind, nicht mehr vorgekommen ist. Jetzt bin ich ja meistens bei ihm. In London hat er, wenn ich ihn zu Hause gelassen habe, mir manchmal ein kleines Präsent hinterlassen. Einen Protesthaufen sozusagen und das, obwohl mittags immer ein Hundesitter gekommen ist und ich ihn gleich ausgeführt habe, wenn ich heimkam. Du musst sie einfach gut erziehen. Du bist der Rudelführer, Jacob«, riet sie ihm.

»Aye, aye. Ich werde es auch an den zweiten Rudelführer Signore Raffaele weitersagen.« Duchess, die jetzt wieder angeleint war, wackelte etwas tollpatschig auf ihren Beinchen herum und beschnüffelte alles ganz neugierig.

»Ich bin Frauen einfach nicht gewöhnt, wie du vielleicht schon mitbekommen hast«, sagte Jacob, was Rosa zum Lachen brachte. »Übrigens habe ich neulich in einer Zeitungsbeilage etwas über Zwergdackel gelesen. Da hieß es, sie hielten sich für wilde Tiere. Gleichzeitig hätten sie sehr gehobene Ansprüche und dann tun sie wieder so, als seien sie ganz hilfsbedürftig. Es ist, als würde man mit einem kleinen Clown zusammenleben.«

»Wahrscheinlich würde Josh von mir dasselbe behaupten.« Rosa klang plötzlich etwas traurig.

»Ach.« Jacob legte ihr die Hand auf den Arm. »Als er zum Rugbyschauen gekommen ist, hat er angedeutet, dass ihr zwei am Samstagabend ein kleines Zerwürfnis hattet.«

»Ich habe mir schon gedacht, dass ihr darüber redet.«

»Nicht wirklich, dafür war zu viel los. Er hat mehr mit Alec geredet, der Neue hier im Ort. Die beiden Jungs haben sogar Nummern ausgetauscht, wer hätte so was gedacht …« Er wackelte vielsagend mit den Augenbrauen, was Rosa abermals auflachen ließ.

»Ich freue mich, wenn Josh hier Freunde findet.«

»Aber jetzt ist wieder alles okay, oder? Ich meine, mit dir und Josh.«

»Es ist schwierig, das nur durchs Telefon zu spüren, aber ich glaube schon. Du weißt ja, ich kann mich ziemlich danebenbenehmen, wenn ich zu viel Alkohol getrunken habe. Und er hat ja auch recht, wenn er sagt, dass ich lieber nicht ins Ship gehen soll. Es war allein meine Schuld.«

»Also, dass du im Ship warst, hat er mir gar nicht gesagt. Da hätte ich dir aber auch den Kopf zurechtgerückt, meine Liebe.«

»Haha, sehr witzig. Aber irgendwie bin ich neben der Spur und ich weiß nicht warum. Früher war ich nicht so.«

»Du hattest noch nie so viel zu verlieren … und natürlich wirst du auch nichts verlieren«, beeilte sich Jacob hinzuzufügen.

»Du hast recht. Einst war ich ein verängstigtes kleines Mädchen. Jetzt habe ich alles, wovon ich kaum zu träumen gewagt habe. Deswegen weiß ich auch nicht, warum ich mich trotzdem nicht so richtig glücklich fühle.«

»Wenn du uns brauchst, weißt du, wo du uns findest.« Ugly, Pongo und Hot waren jetzt wieder an der Hintertür und wollten reingelassen werden. Jacob ging nach hinten zur Küche. »Das eine Jahr wird wie im Nu vergehen und dann könnt ihr beide herausfinden, was euch zusammen glücklich macht.«

Ding, ertönte wieder die Ladenglocke.

»Guten Tag«, grüßte Rosa, während sie fast von den vier Fellfreunden umgerannt wurde, weil sie nun nach vorn zur Tür jagten. »Ich bin gleich bei Ihnen. Hot!« Rosa beeilte sich, ihn davon abzuhalten, auf die Straße rauszurennen. »Du bleibst schön hier!«

Sie schloss schnell die Tür hinter der Kundin, als Jacob, der mit den Vierbeinern hinausgegangen war, wieder den Kopf reinstreckte.

»Die neuen Mäntel! Das war ja eigentlich der Grund, warum ich gekommen bin.« Er gab Rosa einen Fünfzigpfundschein und umarmte sie. Nachdem er die kleine Duchess in ihre Tragetasche gesetzt hatte, wurde er von den nun zum Gehen entschlossenen Möpsen, die sich eine Leine teilten, weggezogen.

* * *

Becca Fox hatte trotz ihrer vier Kinder, von denen sie das letzte erst vor Kurzem zur Welt gebracht hatte, eine perfekte Figur und eine makellose Haut. Ihre blonden Haare waren zu einem Pferdeschwanz zusammengebunden und ihre Jeans umschmeichelte perfekt die langen Beine. Doch selbst ihr gutes Aussehen hatte ihr nicht geholfen, denn ihr treuloser Ehemann hatte sie betrogen. Und zwar mit Rosa.

Rosa hatte sich eigentlich immer für clever gehalten. Aber sie war auch nie zuvor verliebt gewesen und während sie damals die rosarote Brille aufhatte, waren anscheinend ihre Antennen eingefahren gewesen. Joe hatte sie ausgetrickst. Er hatte ihr geholfen, die Ladeneröffnung zu organisieren und ihr sogar ein Interview im Radio verschafft, um Werbung für den Laden zu machen. Doch sein Charme und seine Hilfsbereitschaft waren nur vorgespielt gewesen, denn er hatte Rosa vor allem benutzt, um Informationen aus ihr herauszuholen, damit er sich als Redakteur der *South Cliffs Gazette* hervortun konnte, indem er das Neueste über die Fahrerfluchtgeschichte in seiner Zeitung berichtete.

Obwohl Rosa früher nichts hatte anbrennen lassen, galt bei ihr ein strenger Mädchen-Code. Es hatte mal einen widerlichen Pfleger im Kinderheim gegeben, der die weiblichen Teenager lüstern angesehen hatte. Dabei hatte er stets einen Bibelvers zitiert: »Lukas, Kapitel sechs, Vers einunddreißig: ›Und wie ihr wollt, dass euch die Leute tun sollen, so tut ihnen auch.‹ Denkt immer dran!« Auch wenn der Mann das Wort der Heiligen Schrift im völlig falschen Kontext verwendete, hatte sich diese Philosophie trotzdem in Rosas Bewusstsein eingebrannt.

Erst letztes Jahr hatte sie herausgefunden, dass sie sich mit einem verheirateten Mann eingelassen hatte. Mary hatte sie damals zu Joe Fox' Haus geschickt, weil dort angeblich ein gebrauchter Fernseher zu kaufen war. Seine Frau, also ebenjene Becca, hatte ihr hochschwanger die Tür geöffnet. Auf diese Weise hatte Rosa erfahren, dass das Paar einen Sohn im Teenageralter und fünfjährige Zwillinge hatte. Und natürlich Suggs, die große Dogge. Rosa hätte damals die Möglichkeit gehabt, Joe vor seiner Frau als Betrüger bloßzustellen, aber sie hatte geschwiegen. Sie war, ohne sich etwas anmerken zu lassen, wieder gegangen. Was hätte es ihr gebracht, das Leben von fünf Leuten zu ruinieren – beziehungsweise sieben, wenn man das ungeborene Kind und den Hund dazuzählte. Irgendwann würde ohnehin die ganze Wahrheit ans Licht kommen.

Rosa hatte alles erfahren, weil Mary und Queenie »gesehen« hatten, was los war, und wussten, dass Rosa es nur glauben würde, wenn sie es mit eigenen Augen sah. Rosa war am Boden zerstört gewesen, denn sie hatte sich eingeredet, dass Joe der erste Mann sei, für den sie wahre Gefühle hatte. Zum Glück war dann Josh gekommen und hatte ihr Leben von Grund auf verändert.

»Ach, Sie arbeiten heute?«, fragte Becca ganz überrascht.

»Ja. Ich muss schließlich die Haustierbevölkerung von Cockleberry Bay und der gesamten Umgebung bei Laune halten. Ich habe nur manchmal eine Vertretung. Sie sind heute allein hier, wie ich sehe«, meinte Rosa, während sie die Theke aufräumte.

»Äh ja, warum?«

»Sonst sieht man Sie immer mit Baby und Hund, meine ich.«

»Ach so. Ja, Rosie ist heute in der Krippe. Und mein Mann hat Suggs mitgenommen.«

Rosie? Es war das erste Mal, dass Rosa den Namen des Babys hörte. Wie seltsam das doch war! Während Rosas Affäre mit Joe war Becca schwanger gewesen, und jetzt hatte das Baby fast denselben Namen wie sie? Und wohin hatte er wohl Suggs mitgenommen? Joe Fox – ja, der Name passte zu diesem hinterlistigen Fuchs – hatte nämlich damals die Dogge stets als Vorwand genommen, um sich mit Rosa zu treffen. Wenn sie sich gesehen hatten, waren sie meistens mit den Hunden spazieren gegangen und anschließend waren sie für eine kurze Runde im Bett gelandet – fast immer in Rosas Wohnung. Als Grund dafür, warum er nicht länger und erst recht nicht über Nacht bleiben konnte, hatte er stets seine Arbeit vorgeschoben. Einmal ein Betrüger, immer ein Betrüger. Wahrscheinlich hatte er schon eine neue Quelle für außerehelichen Sex gefunden.

Wenn sie jetzt an damals dachte, konnte sie selbst nicht glauben, warum sie nie Verdacht geschöpft hatte. Wie dumm sie doch gewesen war! Aber Titch hatte, nachdem die Wahrheit ans Licht gekommen war, sehr weise gesagt: »Liebe macht blind, taub und doof, Rosa. Du wirst schon drüber hinwegkommen.«

Becca war ungeschminkt und wirkte bei näherem Hinsehen sehr müde.

»Entschuldigung, könnte ich vielleicht die Toilette benutzen?«

»Na klar, einfach zur Teeküche hinter und dann links.«

Wenige Minuten später kam sie wieder zurück. »Zu viel Kaffee.« Sie wirkte etwas durcheinander. »Ich habe gar nicht gewusst, dass es auch einen Hintereingang gibt. Könnte ich das nächste Mal vielleicht auf dem Stellplatz hinten parken? Dann könnte ich Rosie und den Hund kurz im Auto lassen. Aber natürlich nur, wenn das okay ist.«

»Ja, gar kein Problem, wenn er frei ist und gerade kein Lieferant kommt, gerne. Sie müssen einfach klingeln und dann komme ich und mache das Tor auf.« Hot, der von seinem Spiel mit den anderen Vierbeinern müde war, gab in seinem Hundebett ein schnarchendes Geräusch von sich. »Was brauchen Sie denn heute? Futter für Suggs?«

»Äh, ich wollte nur fragen, ob es hier auch Hundemäntel für Doggen zu kaufen gibt?«

Rosa musste schmunzeln, denn sie hatte ihr eigentlich schon beim letzten Mal gesagt, dass sie zwar keine auf Vorrat hatte, aber ohne Weiteres welche bestellen konnte.

»Nehmen Sie am besten einfach den Katalog hier mit und geben Sie mir Bescheid, wenn Sie etwas bestellen wollen. Es dauert drei bis vier Werktage, bis es geliefert wird.«

»Perfekt. Ähm, könnten Sie mir vielleicht Ihre Telefonnummer geben, dann könnte ich einfach anrufen und muss nicht extra von Polhampton herfahren.«

»Natürlich.« Rosa gab ihr einen Flyer, auf dem ihre Handynummer stand. Dass die arme Frau keine Ahnung hatte, was zwischen Rosa und ihrem Mann vorgefallen war, war Rosa recht unangenehm und sie hoffte, dass ihre Kundin bald ging.

»Also dann, tschüss.«

»Auf Wiedersehen.«

Irgendwie hatte sich die Frau etwas eigenartig benommen. Doch als Rosas Handy klingelte, hatte sie es gleich wieder vergessen.

»Rosalar!«, trällerte Josh am anderen Ende der Leitung, was ein vertrautes Kribbeln verursachte, das sich noch genau wie damals anfühlte, als sie sich in ihn verliebt hatte. »Alles gut bei dir?«

»Ja, jetzt schon. Wie schön, dass du mich mitten am Tag anrufst.«

»Nur ein Quickie.«

»Ha, schön wär's.«

»Bald, bald. Sag mal, steht für Donnerstag irgendwas im Terminkalender?«

»Ich glaube nicht, warum?«

»Bitte keine Fragen.«

»Oh, was planst du denn?«

»Welchen Teil von ›keine Fragen‹ hast du nicht verstanden?«, entgegnete Josh lachend.

»Ist es etwas Aufregendes?«

»Rosa!«

»Okay, okay. Heißt das, du hast mir verziehen?«

»Ich muss jetzt auflegen. Ich hab dich lieb! Gib unserem Hot einen dicken Kuss und du kriegst auch einen von mir. Wir sehen uns am Donnerstagabend.«

Rosa hüpfte in die Luft, dann nahm sie Hot auf den Arm, der ihr voller Freude übers Gesicht leckte. »Was hat dein Daddy bloß vor, mmh?«

Kapitel 18

Die Überraschung für den Donnerstag war natürlich, wie es Josh ähnlich sah, mit militärischer Präzision geplant. Mittags kam Titch mit Theo und einer großen Tasche in den Laden.

»Ich darf nicht mit dir reden, Rosa. Du weißt genau, dass ich mich immer verplappere. Du musst jetzt nach oben gehen und dich fertig machen. Kannst du bitte gleich meine Tasche mitnehmen? Ich bleibe mit meinem Kleinen zwei Nächte hier und am Samstag kommt deine Mum. Dann arbeiten wir zusammen im Laden und können gemeinsam auf Theo aufpassen.«

»Komm schon, Titch, sag, was los ist.«

Titch zog einen imaginären Reißverschluss am Mund zu, dann schnappte sie sich einen Besen. Während Rosa oben verschwand, kehrte Titch den Boden, staubte die Regale ab und räumte Ware ein. Es gab immer was zu tun.

»Oh, du siehst super aus!«, rief sie, als Rosa eine Weile später mit einer gepackten Tasche die Treppen heruntergepoltert kam. »Ich liebe diesen roten Pulli, der steht dir so gut. Und schau einer an, zur Abwechslung mal Stiefel mit Absatz.«

»Weißt du, als ich mich gerade fertig gemacht habe, ist mir aufgefallen, wie selten ich mich in letzter Zeit hübsch zurechtmache. Vielleicht sollte ich das wieder öfter machen, sonst brennt mir Josh noch mit seiner Sekretärin durch.«

»So ein Quatsch. Ach schau, da ist Jacob.«

»Lady Smith.« Jacob nahm Rosas Tasche und legte sie in den Kofferraum, dann hielt er die Beifahrertür auf. »Hol noch Hot und seine Leine, meine Liebe, er kommt erst mal mit uns mit. Im Anschluss darf er ein langes Wochenende mit den Jungs und der Duchess genießen.«

* * *

»Dartmouth?«

»Nein.« Während Rosa das Schild las, setzte Jacob schon den Blinker und bog ab.

»Dittisham? Oh, hier war ich ja noch nie! Wie ist es hier?«

»Du Stadtmaus, man spricht es Ditsum aus.« Doch mehr sagte Jacob nicht, um nicht aus Versehen etwas auszuplaudern.

Ein paar Minuten später sagte er schließlich: »So, da wären wir. Hier lasse ich dich raus, Mylady. Deine Anweisung lautet folgendermaßen: Gehe den Hügel hinab und läute die Glocke, die sich am Ende des Bootsanlegers neben dem Ferry Boat Inn befindet.«

»Bist du sicher?« Die Straße des hübschen kleinen Orts kam Rosa endlos vor und Geduld hatte noch nie zu ihrer Stärke gezählt.

»Rosa! Natürlich bin ich mir sicher.«

Als Rosa ihrem kleinen Hot einen kitzelnden Abschiedskuss auf seine schwarzen Schnurrhaare gab, holte Jacob ihre Sachen aus dem Auto. »Ade, Süße«, sagte er und umarmte sie fest. »Ich wünsche dir eine wunderbare Zeit.«

Rosa zog den Mantel fester um sich. Es war einer dieser wunderschönen Wintertage, an denen es zwar kalt, aber klar und hell war. Die Sonne ging über der Flussmündung unter, die Aussicht war bezaubernd. Die Boote am Anlegesteg knarzten und schaukelten im Wasser. Ein Mann mit einer braunen

Schiebermütze und einer Pfeife im Mund kam aus dem Pub und nickte ihr grüßend zu. Gelächter und Stimmengewirr schallten heraus und vermischten sich mit dem Tabakaroma, das in der klaren Luft hängen blieb.

»Da ist es«, sagte Rosa zu sich selbst, während sie feststellte, dass sie außer Cockleberry Bay von der Grafschaft Devon sonst kaum etwas gesehen hatte.

»Du kannst dich ruhig trauen, die Glocke zu läuten. Geh bis zum Ende des Anlegestegs. Dann kommt gleich das Boot.« Der Pfeifenmann ging über den nassen, mit Seetang bedeckten Sand und verschwand.

Rosa tat wie ihr geheißen, während sie von einem Fuß auf den anderen trat, um sich warmzuhalten. Innerhalb weniger Minuten sah sie das Boot kommen.

»Überraschung!« Josh tauchte hinter einem riesigen Strauß roter Rosen hervor. Es waren nur er und der Fährmann an Bord. Josh küsste sie und half ihr aufs Boot. »Ich fand, es ist höchste Zeit für unsere Flittertage, Mrs Smith.«

Sie setzten sich auf die Bank und sahen zu, wie das ruhige Wasser des breiten Flusses Dart in der Nachmittagssonne am Boot vorbeifloss.

»Wir sind da, meine Lieben. Greenway.« Der Fährmann legte am Steg an. »Nehmt euch vor den Geistern in Acht.«

»Wie bitte?« Rosa hielt sich an Josh fest, während er ihr beim Aussteigen half.

»Ja, man sagt, dass Agatha Christie nachts als Gespenst herumgeistert und Krimis erzählt.« Der Mann lachte herzhaft. »Ihr habt ja den Schlüssel schon, oder?«

»Ja, wir haben alles. Hier, vielen Dank!« Josh gab dem Mann fünf Pfund Trinkgeld.

»O Gott, Josh, übernachten wir wirklich im Haus von Agatha Christie? Das ist unglaublich. Ich habe schon davon gehört, aber ich wusste gar nicht, dass es hier ist.«

»Also, wir sind nicht direkt im Haupthaus, aber ich hoffe trotzdem sehr, dass es zu Ihrem Wohlgefallen sein wird, Madam.« Josh zeigte auf ein hübsches Natursteinhäuschen auf dem zauberhaften Gelände von Greenway, dem Anwesen von Agatha Christie.

Rosa legte die Blumen behutsam ins Waschbecken, dann ging sie von Zimmer zu Zimmer und sah sich alles an. »Oh, wie toll!«, rief sie begeistert und war froh, dass ihre Tage erst in zwei Wochen fällig wären.

»Es ist einfach, aber wir haben alles, was wir brauchen. Ich habe auch schon ein Feuer gemacht.«

»Wie ich sehen kann. Es ist richtig gemütlich!«

»Und weil ich denke, dass wir es beide ganz gut vertragen könnten, mal richtig auszuschlafen, passt Jacob auf unser Würstchen auf.«

»Du hast echt an alles gedacht.«

»Na klar.« Josh ging zum Kühlschrank und holte eine Flasche Champagner heraus. »Ich habe sogar dafür gesorgt, dass der Kühlschrank gut gefüllt ist, damit wir das ganze Wochenende nicht das Haus verlassen müssen, wenn wir es nicht wollen.«

»Du bist unglaublich.«

»Ich versuche mein Bestes.« Dann legte er den Arm um Rosa. »Und wir schreiben unser eigenes Fifty Shades of Mr und Mrs Smith.«

Rosa kicherte, während Josh sie hochhob und wie ein Baby ins Schlafzimmer trug. »Dann mach dich mal nackig und gib mir deine heiße Liebe, du großer, starker Mann.«

* * *

Einige Zeit später saßen sie im Bett, aßen Pizza und tranken Champagner. Die Abgeschiedenheit und herrliche Ruhe ohne das endlose Möwengekreische von Cockleberry Bay waren eine Wohltat.

»Es tut mir leid, dass es in letzter Zeit so hektisch zuging, Rosa. Diese kleine Auszeit war wirklich längst überfällig«, sagte Josh sanft. »Weihnachten könnten wir vielleicht eine richtige Hochzeitsreise machen, nach Bali oder auf die Malediven. Dir würde es dort auch richtig gut gefallen.«

Rosa trank einen Schluck Champagner, dann setzte sie das edle Glas auf dem Nachttisch ab. »Ich war noch nie im Ausland, kannst du das glauben?«

»Das wird sich bald ändern.« Josh streichelte ihre Wange.

»Andererseits ist es in Cockleberry Bay im Sommer ja auch sehr schön.«

Josh lächelte seine reiseunerfahrene Frau an. »Wenn du erst mal die weißen Sandstrände siehst, änderst du deine Meinung.«

»Gut, aber trotzdem ist Cockleberry Bay wunderbar, egal ob es regnet oder die Sonne scheint.« Dann fügte sie hinzu: »Dir ist der Ort doch wohl nicht jetzt schon zu langweilig, oder? Bitte sag das nicht.«

»Nein, ich liebe Cockleberry Bay. Aber trotzdem bin ich dafür, dass wir das Londoner Haus behalten sollten, damit die Kinder, wenn sie älter sind, mal ihren Horizont erweitern können.«

»Soso. Und wie viele Kinder werden wir haben?«

»Ach, Hunderte.«

»Okay, dann müssen wir uns aber viele besondere Namen ausdenken, die gut zu Smith passen. Längere Namen wie Elizabeth oder Jennifer.«

»Hm, ich will Jungs, ein ganzes Rugbyteam. William und Jackson finde ich gut.«

»Das klingt nach Privatschule«, sagte Rosa, indem sie ihre Stimme verstellte, um arrogant zu klingen. »Man würde daraus aber sowieso Will und Jack machen, was mir wiederum ganz gut gefällt.«

»Also, worauf warten wir noch?«

»Mit dem Laden ist immer noch so viel zu tun, und wie gesagt, seit ich bei Titch sehe, wie sich das Leben mit einem Baby verändert, bin ich noch nicht bereit, meine Freiheit aufzugeben. Titch meint, es sei mehr Arbeit als ein Vollzeitjob.« Rosa wischte mit der Hand die Krümel aus dem Bett. »Apropos Titch, ich hoffe, sie kommt gut klar. Ich kann sie hier nicht einmal anrufen.«

»Sie kommt sicher gut zurecht. Außerdem kommt am Samstag ja auch deine Mum. Wir rufen sie morgen an, wenn wir ausgehen.«

Rosa umarmte Josh. »Zu zweit ist es doch so schön. Ich hätte einfach gerne, dass wir noch eine Weile länger Zeit nur für uns haben. Wir haben erst geheiratet und wenn Nachwuchs da ist, können wir auch keine Luxusreisen mehr machen.«

»Aber du willst schon irgendwann mal Kinder haben, oder, Rosa?«

Rosa gab einen kleinen Schrei von sich. »Josh, nicht schon wieder!« Und dann sagte sie: »Ich hoffe, unser kleiner Junge stellt das Pub nicht auf den Kopf.«

»Ach ja, unser Süßer.« Josh zog Rosa an sich und seufzte laut. »Mmh, dieses Bett ist so gemütlich.« Seit dem letzten Wochenende hatte er wegen des Streits nicht mehr gut geschlafen.

Rosa löste sich aus seiner Umarmung, dann stand sie auf, räumte die leeren Teller und Gläser weg, und ging ins Bad. Sie schminkte sich ab und zog sich ihr seidenes Negligé an, das sie auch in der Hochzeitsnacht getragen hatte.

»Ta-dah!«, rief Rosa, die nie genug bekommen konnte, während sie verführerisch ins Schlafzimmer tanzte. Doch ihr lieber Ehemann schnarchte bereits leise. Wie gut er doch aussah, mit seiner trainierten Brust, die vom weißen Laken nur halb bedeckt war. Rosa wollte ihn nicht wecken. Sie würde also bis zum Morgen warten, um ihre leidenschaftlichen Bedürfnisse zu stillen, und kuschelte sich an seinen breiten Rücken, bevor sie ebenfalls entspannt und zufrieden einschlief.

Kapitel 19

»Gott sei Dank.« Titch zog sich gerade die Jacke an. »Tut mir leid, Rosa, ich muss sofort los. Bis zum Mittag war Theo ein kleiner Engel, aber jetzt hört er nicht mehr auf zu schreien. Deine Mum bringt ihn gerade heim und versucht, ihn zu beruhigen.«

»Tut mir leid, Süße. Ich weiß, ich habe gesagt, dass wir um sechzehn Uhr wiederkommen, aber es war so viel Verkehr. Ich hatte dir eine Nachricht geschrieben.«

»Ich habe noch gar keine Gelegenheit gehabt, aufs Handy zu gucken. Heute ging es zu wie im Taubenschlag. Ich habe den Kassenabschluss für Donnerstag und Freitag gemacht und alles in den Safe gelegt.« Dann fügte sie hinzu: »Ich gehe davon aus, dass ihr Spaß hattet.«

»Ja. Es war genau das, was der Arzt uns verschrieben hätte. Aber fahr jetzt, wir quatschen später. Noch mal ganz, ganz herzlichen Dank!«

Josh stand draußen und unterhielt sich mit jemandem. Es war Alec. »Ich gehe schnell und hole Hot vom Pub, meine Liebe«, sagte Josh zu ihr.

»Und trinkst ein Bierchen, nehme ich an?«, entgegnete Rosa schmunzelnd.

»Also, wenn du nichts dagegen hast, ja.«

»Klar habe ich nichts dagegen. Wenn ich den Laden zugesperrt habe, lege ich mich in die Wanne. Komm, gib mir die Taschen. Geht's dir gut, Alec?«

»Ja, sehr gut. Danke.«

»Ach, und das ist wohl Brown? Ja, hallo!« Rosa streichelte den braunen Labrador. »Du bist ein Süßer. Und so ein braver Hund!«

Josh brachte unterdessen selbst die Sachen hoch, bevor er mit Alec und Brown den Hügel zum Lobster Pot hinaufstieg.

Ein Kunde kam und schaute sich gerade die Hundeleinen an, als hinten in der Küche ein Handy läutete. Es war allerdings ein fremder Klingelton. Rosa sah, dass es sich um Joshs Handy handelte, und warf einen Blick darauf, um zu gucken, wer anrief. »Ein verpasster Anruf von Café Sara« starrte es ihr vom Display entgegen. Plötzlich begann Rosa zu zittern. Sie nahm das Telefon, um die Anrufliste zu checken, aber das Passwort war verändert worden. Sara hatte doch eigentlich gar keinen Grund, Josh anzurufen. Und warum hatte sie einen eigenen Klingelton? Sie waren ja noch nicht einmal befreundet, nur miteinander bekannt. Als Rosa daran dachte, was letztes Wochenende im Café vorgefallen war, wollte sie am liebsten ins Pub rennen und fragen, was da vor sich ging. Doch dann sah sie ihre Urgroßmutter wieder vor sich und hörte deren letzte Worte: »*Manchmal im Leben, wenn du nicht weißt, was du tun sollst, dann tu nichts und sag nichts. Die Antwort wird von allein zu dir kommen.*«

Rosa spürte ein Kribbeln. Queenie hatte recht gehabt. Rosa wollte sich nicht lächerlich machen. Sie würde warten, bis Josh heimkam. Dann würde sie ihn ganz ruhig fragen.

* * *

Es war schon spät, als Josh etwas angeheitert das Wohnzimmer betrat. Rosa hatte sich nach ihrem Bad mit einem großen Glas Wein wieder etwas beruhigt. Als er sein Handy auf dem Couchtisch liegen sah, sagte er: »Ach, da ist es ja. Gott sei Dank, denn ich dachte schon, ich müsste wieder zu Agathas Haus fahren, um es zu holen.«

Obwohl sich Rosa vorgenommen hatte, ruhig zu bleiben, kochte in ihr die Wut wieder hoch. Während sie eine Locke mit dem Finger drehte, fragte sie: »Warum ruft dich Sara vom Café an? Und noch interessanter ist die Frage: Warum hat sie einen eigenen Klingelton?«

»Ich … äh … es ist ein neues Handy. Ich …«

»Lüg mich nicht an, Josh. Sie ist in deinem Handy als ›Café Sara‹ gespeichert. Das heißt also, du hast ihre Nummer eingegeben.«

»Ach ja, jetzt weiß ich es wieder. Tut mir leid, ich bin ein bisschen beschwipst.« Er grinste und drückte seine Hüfte in komödiantischer Weise an sie. »Jetzt fällt es mir wieder ein, stimmt ja. Sie wollte, dass ich ihr die Nummer von einem Marketingexperten schicke. Genau. Sie hat mich neulich danach gefragt. Puh!«

»Was soll das Puh heißen?«

»Puh, weil Rosa jetzt aufhören kann, mir eine Szene zu machen.«

»Na, dann solltest du Sara vielleicht gleich zurückrufen und ihr Bescheid sagen.«

»Hör auf, Rosa. Ich spreche morgen mit ihr. Ich habe es vergessen und jetzt habe ich wirklich keine Lust, sie anzurufen. Komm her, sei nicht albern.« Er zog sie an sich. »Wir haben unser Wochenende doch noch gar nicht beendet.«

Rosa stieß ihn von sich und ging in die Küche. »Ich brauche was zu trinken.«

»Nein, brauchst du nicht und sei nicht so albern …« Er legte sich aufs Sofa und schaltete den Fernseher an. Innerhalb weniger Augenblicke lag er auf dem Rücken und schnarchte wie ein Sägewerk.

Rosa ließ ihn, wo er war, und ging ins Bett. Doch nach ein paar Stunden, während derer sie vergeblich versucht hatte, einzuschlafen, stand sie wieder auf, zog ihren Bademantel an, tappte an Hot und ihrem immer noch laut schnarchenden Mann vorbei, und ging nach draußen auf die Dachterrasse. Es war eiskalt, aber das war ihr egal. Sie ließ sich vom Rauschen der Wellen beruhigen, legte den Kopf in den Nacken und atmete die klare, kalte Luft ein. Warum? Warum in aller Welt war das mit der Liebe nur so kompliziert? Warum tat es so weh? Josh hatte ihr noch nie einen Grund zur Eifersucht gegeben, aber jetzt hatte sie Angst, ihn zu verlieren und konnte nicht mehr klar denken.

Was, wenn er fand, dass sie zu früh geheiratet hatten? Was, wenn sie nicht genug für ihn war? Sara war erfolgreich, sie konnte sich jetzt schon zur Ruhe setzen. Sie war eine viel bessere Partie als Rosa. Andererseits hatte Josh sie doch gerade erst zu dem wundervollen Wochenende eingeladen. Aber Moment mal – was, wenn das nur ein Vorwand gewesen war? Allerdings wäre eine Affäre in London viel einfacher gewesen. Daran hatte sie ja noch gar nicht gedacht. Vielleicht hatte Josh dort obendrein noch eine? Rosa versuchte, diese irrationalen Gedanken wieder abzustreifen. Aber Männer waren clever, siehe Joe Fox. Er hatte es auch geschafft, sie monatelang hinters Licht zu führen.

Plötzlich bekam sie fast einen Herzinfarkt, als eine nasse Zunge über ihren Fußknöchel leckte. Rosa hatte die Terrassentür ein Stück offen stehen lassen und ihr geliebter Vierbeiner war herausgekommen, um nach dem Rechten zu sehen.

»Hallo, mein Guter.« Der kleine Dackel dachte wohl, es sei Zeit fürs Frühstück und begann ganz aufgeregt zu bellen.

»Psst, sei still, es ist spät am Abend, Hot.« Sie schob ihn ins Wohnzimmer zurück, schloss die Flügeltür hinter sich, und wollte gerade wieder ins Bett gehen, als sie unten ein lautes Klopfen an der Tür hörte. Sie blickte auf die Uhr. Es war schon nach Mitternacht. Josh schlief immer noch komatös, also nahm sie eine große Taschenlampe und ging nach unten.

Vorn im Laden zog sie die Lamellenjalousie hoch. Vor ihr stand eine kreidebleiche Titch.

»Gott sei Dank!«, rief Titch erleichtert. »Rose, du musst unbedingt kommen. Es ist wegen Theo. Ihm geht es ganz schlecht. Mum ist heute doch bei ihrer Schwester, und ich will nicht allein ins Krankenhaus fahren.«

»Warte, ich hol schnell die Schlüssel.« Rosa öffnete ihr die Tür. »Oh, der arme Zwerg. Was glaubst du, was er hat?«

»Keine Ahnung, er hört einfach nicht mehr auf zu schreien und zieht immer so komisch die Beine an. Seine Windel ist auch schon seit Ewigkeiten trocken, also pinkelt er nicht genug und er ist ganz heiß und …«

»Okay, okay, beruhige dich, Süße. Wo ist er jetzt?«, fragte sie, doch dann hörte sie schon Theos spitze Schreie.

»Draußen im Pommeswagen. Ritchie fährt uns.«

Kapitel 20

Es war noch dunkel, als Josh von dem hungrigen Zwergdackel geweckt wurde, der ihm übers Gesicht leckte.

»Hallo, du Wurst.« Er streichelte den ungeduldigen Hund und stöhnte. Sein Mund war trocken, weil er zu viel Bier getrunken hatte. »Wo ist deine Mami?«

Mit noch halb geschlossenen Augen schälte er sich vom Sofa, um Hot zum Pinkeln auf die Terrasse hinauszulassen. Dann ging er ins Bad, um es ihm gleichzutun.

»Rosa?«, rief er nach unten, weil er dachte, dass seine Frau vielleicht schon runtergegangen sei, um etwas im Laden zu erledigen.

Hot kam aus der Kälte schnell wieder reingerannt und lief direkt zu seiner Schüssel. Dass er auf der Terrasse einen kleinen Haufen gemacht hatte, bemerkte sein Herrchen gar nicht. Josh gähnte ausgiebig, dann beugte er sich hinunter und kraulte dem Hund die Ohren. »Komm, mein Kleiner, du hast sicher Hunger. Ich gebe dir dein Frühstück und bald gehen wir ein bisschen raus, versprochen.«

Nachdem er Hot sein speziell für kleine Hunde entwickeltes Trockenfutter gegeben hatte, holte er das Handy vom Sofatisch. Rosa hatte sich am Abend ziemlich über Saras Anruf aufgeregt. Aber so, dass sie deshalb gleich die Wohnung verließ und woanders schlief? Es war auch seine erste Nacht auf dem Sofa, seit sie verheiratet waren. Aber wer sagte schon, dass Verheiratetsein leicht war?

Er war froh, dass er in seinem beschwipsten Zustand nicht alles ausgeplaudert hatte. Noch war nicht alles geregelt, und es konnte eine so großartige Weihnachtsüberraschung für Rosa werden. Es musste einfach alles perfekt sein. Er würde Sara sagen, dass sie ihm keine Textnachrichten mehr schreiben dürfe, und er den Rest lieber mit ihr persönlich regelte. Wenn er mit Hot Gassi ging, konnte er schnell bei »Kaffee, Tee und Meer« vorbeischauen und mit ihr reden. Sobald er wieder in London war, konnten sie sich auch E-Mails schreiben, bis dann hoffentlich am Freitag vor Weihnachten alles unter Dach und Fach war.

Er fand es sehr traurig, dass Rosa ihm nicht vertraute. Sie war so eine zauberhafte und wunderschöne Frau, aber sie hatte doch ihr Päckchen zu tragen. Was es ihm manchmal nicht leicht machte. Aber er würde sie nie verletzen. Dazu liebte er sie zu sehr.

Sie hatte keine Nachricht geschrieben. Eigenartig. Jetzt machte er sich Sorgen und wählte Rosas Nummer. Zum Glück ging sie sofort ans Telefon »Warte kurz, ich muss schnell rausgehen«, flüsterte sie.

»Rosalar? Was ist los?«

»Theo muss operiert werden. Er ist noch im OP.«

»O Gott, wie furchtbar. Der Arme, was ist los mit ihm?«

»Wohl irgendwas mit seinem Darm. Wenn sie fertig sind, werden sie uns alles genau erklären. Titch ist völlig aufgelöst.«

»Kann ich mir vorstellen. Seid ihr im Ulchester General? Soll ich kommen?«

Rosas Stimme war vor Müdigkeit ganz heiser. Offenbar hatte sie angesichts des ernsten Vorfalls den Streit vom Abend wieder vergessen. »Ach stimmt, du bist ja mit dem Auto da. Ja, das wäre super, aber du brauchst dich nicht zu beeilen. Geh ruhig noch mal ins Bett. Ich melde mich, wenn ich abgeholt werden will.«

Josh machte sich einen starken Kaffee, dann sprang er unter die Dusche und zog sich an. Anschließend drehte er eine kleine Runde mit Hot, damit der sich die kurzen Beinchen vertrat. Zu Hause drehte Josh das Radio für ihn an, verriegelte die Terrassentür, und dann machte er sich auf den Weg nach Ulchester.

Seine müde Frau abzuholen, die ihrer Freundin in einer schweren Stunde Beistand leistete, war schließlich das Mindeste, was er für sie tun konnte.

Kapitel 21

Ding! Die Ladenglocke kündigte Marys Ankunft an.

»Guten Morgen, mein Entlein.«

»Morgen, Mum.« Rosa kniete auf dem Boden. »Komm rein. Und könntest du bitte gleich die Jalousie runterlassen und absperren? Ich will noch mit der Weihnachtsware fertig werden, bevor ich den Laden öffne.«

Hot spielte mit den Verpackungsmaterialien, die sich auf dem Boden angehäuft hatten. »Ich bringe das nachher zum Recycling«, erklärte sie.

»Dieses viele Plastik!«, murmelte Mary verärgert.

»Wem sagst du das? Ich habe gestern eine Reportage gesehen, in der es darum ging, was wir damit unserem Planeten antun. Hoffentlich haben die Hersteller das auch angeschaut und werden ab sofort was ändern.« Rosa öffnete eine Schachtel und sagte: »Aber schau, immerhin leiste ich meinen eigenen kleinen Beitrag zum Umweltschutz.«

Sie zeigte ihrer Mutter eine braune Papiertüte, auf der ein süßer Dackel abgebildet war. Auf der anderen Seite stand in blauer Schrift »Der Eckladen von Cockleberry Bay«.

»Die sind wirklich hübsch, meine Liebe. Gefällt mir. Aber selbst die Möglichkeiten der Engel dieser Welt sind beschränkt, nicht wahr?«

»Ich habe gerade den Kessel aufgesetzt. Möchtest du einen Tee?«

»Ja, gerne. Allerdings kann ich nicht lange bleiben, weil ich heute von neun bis drei im Co-op arbeite. Ich wollte mich nur erkundigen, wie es Titchs Kleinem geht.«

»Ich habe gestern Abend mit ihr telefoniert. Sie sind wieder daheim.« Titch war völlig durch den Wind gewesen und Rosa war es ähnlich gegangen. Was, wenn das wieder passierte?

»Was genau hat er denn gehabt? Du hast gesagt, es war irgendwas mit dem Darm?«

»Ja, aber ich habe schon wieder vergessen, wie es hieß. Irgendwas wie *vulva*.«

»Ach, wahrscheinlich Volvulus. Eine Darmverschlingung. Das hatte die Kleine von Kitty Trennons damals auch. Das kann sehr ernst sein, soweit ich weiß.«

»Ja, aber Gott sei Dank ist Titch gleich mit ihm ins Krankenhaus gefahren. Der arme Theo. Sie mussten ihn erst an den Tropf hängen, weil er ganz dehydriert war, bevor sie ihn operieren konnten. Deshalb hat alles so lange gedauert.«

»Und wie geht es jetzt weiter?«

»Er hatte wohl Glück. Sein Darm hat keinen Schaden davongetragen. Es besteht aber offenbar die Gefahr, dass es erneut passieren könnte. Deshalb muss Titch ihn jetzt gut im Auge behalten.« Rosa rührte Zucker in Marys Tee. »Das war es, was du vorhergesehen hast, stimmt's?«

»Die Engel haben es mir geschickt, ja. Bauchschmerzen.«

»Ich glaube, Titch weiß jetzt, dass es wichtig ist, Theos Vater zu finden«, meinte Rosa, während sie den nächsten Karton öffnete. »Es hat sich nämlich herausgestellt, dass Theo eine ganz seltene Blutgruppe hat. Irgendeine besondere Art Rhesusfaktor. Zum Glück war die Operation einfach, aber die Ärzte haben gesagt, falls er eine Bluttransfusion bräuchte, wäre das bei seiner Blutgruppe schwierig.«

»Dann wäre es tatsächlich ratsam, den Vater zu finden.«

»Es gibt zwar keine Garantie, dass dessen Blutgruppe zum Spenden passen würde, aber stimmt, sie sollte trotzdem versuchen, ihn irgendwie ausfindig zu machen.« Rosa gähnte. »Du hattest doch irgendwas von einem Mann mit dunklen Augen gesagt? Könnte er das vielleicht sein?«

»Vielleicht. Ich habe nur erfahren, dass Titch ihn bald finden soll.«

»Hm, dunkle Augen und eine lange Zugreise. Und irgendwas mit BB oder DD. Nur mit dieser Info wäre es selbst für ein Expertenteam von Scotland Yard schwer.« Doch dann hielt Rosa plötzlich mitten in der Bewegung inne, als sie an die Buchstaben dachte, die Mary gesagt hatte. »Ach richtig, sein Name ist Ben. Big Ben. Unser Mr BB!«

»Big Ben? Warum heißt er so?«

Rosa errötete leicht. »Ach, das ist nicht weiter wichtig. Aber wie gut, dass du diese Nachricht erhalten hast. Das muss ich unbedingt Titch sagen.«

Mary zuckte mit den Achseln. »Na ja, ich bin mir nicht sicher, ob ich Spitznamen lesen kann. Aber falls ich noch mehr erfahre, sage ich es dir.« Mary benutzte ihr Spray und hielt die Luft an. Während sie langsam wieder ausatmete, ging sie zur Tür. »Also, ich wünsche dir noch einen schönen Tag, liebe Rosa. Wo ist eigentlich der Peridot, den ich dir gegeben habe?«

»Auf meinem Nachttisch. Warum?«

»Trag ihn besser bei dir, meine Liebe.« Mary sperrte die Tür auf. »Tschüss. Wir sehen uns.«

Kapitel 22

Im Zuge der Weihnachtsvorbereitungen vergingen die nächsten Wochen wie im Flug. Rosa musste ständig neue Ware bestellen, weil sie im Nu wieder von den Regalen verschwand, und die Einkäufe der Kunden als Geschenk verpacken. Titch erwies sich darin als sehr geschickt. Rosa genoss ihr Leben als Ladeneigentümerin, vor allem, da sie jetzt auch wieder Hilfe hatte. So war nicht einmal mehr die Tatsache, dass Josh so oft weg war, so schlimm wie zuvor. Tagsüber war sie meistens so beschäftigt, dass sie abends müde ins Bett fiel und nichts mehr machen wollte. Es gefiel ihr auch, dass sie alle Vierbeiner im Ort kennenlernte. Stets hielt sie eine Schüssel mit herzförmigen Leckerlis bereit und stellte eine große Schüssel mit frischem Wasser vor den Laden.

Auch Hot hatte sich an den neuen Lebensrhythmus gewöhnt. Nach seiner frühen Morgenrunde war er meistens bis mittags müde und zufrieden. Dann schloss Rosa für eine kurze Weile den Laden zu, um etwas zu essen und mit Hot erneut Gassi zu gehen. Manchmal arrangierte sie auch ein Spieldate mit den Möpsen und der Duchess. Da sich Titch jetzt um Theo kümmern musste, damit er wieder vollständig gesund wurde, half Josh samstags im Laden aus, und das klappte sehr gut.

Rosa stand auf der Leiter, um die obersten Regalbretter abzustauben. Sie trällerte gerade den Refrain ihres Lieblingsweihnachtslieds mit, als die Ladenglocke ertönte. Ohne zu sehen, wer gekommen war, rief sie: »Ich bin gleich da-ha!«

»Mariah Carey kann einpacken. Du solltest nächstes Mal beim Karaoke mitmachen.«

Rosa wappnete sich mit einem tiefen Atemzug, dann zupfte sie den Pulli zurecht, bevor sie rückwärts die Leiter hinunterstieg. Hot hob nur einen kurzen Moment den Kopf und schon döste er wieder weiter.

Lucas Hannafore musterte Rosas hübsche Figur. »Sieh dich einer an. Du bist wirklich das Beste, das diesem verdammten Ort seit Langem passiert ist.«

»Ach, du bist es. Ich dachte, du sitzt wieder mal im Tigerkäfig.«

Lucas stutzte, dann lachte er laut auf. »Ich glaube, du hast das Konzept mit dem Tigerzähmen nicht ganz verstanden.«

»Wann fährst du wieder nach London?«

»Warum? Weil du mich vermissen wirst?«

»Hörst du niemals auf?«

»Nein.« Lucas schien sich gut zu amüsieren. Rosa verkniff sich ein Lächeln und überlegte, die Sache mit dem Feuerwerk lieber nicht zu erwähnen. Doch wie immer gewann ihr Mundwerk. »Übrigens vielen Dank, dass du mich letzten Monat mal wieder verraten hast.«

»Was meinst du?«, fragte Lucas und tat, als würde er nicht wissen, wovon sie sprach. Dann fügte er hinzu: »Ach so, hattest du deinem Loverboy etwa nicht gesagt, dass du mit dem Feind getrunken hast? Hätte ich es mir doch denken können. Du bist nicht so unschuldig, wie man meinen könnte, Mrs Smith. Und das weiß ich zufällig aus erster Hand.« Er nahm die Hundeleine, peitschte damit sacht auf die Kassentheke und raunte ihr zu:

»Ich weiß nicht, warum du mit mir spielst, Rosa. Aber ich weiß, dass du es noch willst.« Er blickte ihr tief in die Augen, dann drückte er ihr die Leine in die Hand. »Ich nehme die. Danke.«

* * *

»O Mann, das war knapp. Fast wäre ich mit Lucas zusammengetroffen.« Titch war außer Atem. »Ich bin im wahrsten Sinne des Wortes in den Co-op gestürzt und habe mich hinter dem Zeitungsständer versteckt.«

»Er war gerade hier und hat mit mir geflirtet. Es ist unglaublich – und ich wünschte, es wäre anders –, aber selbst nach allem, was war, finde ich ihn trotzdem noch sexy.«

»Verstehe.« Als Titch sie mit hochgezogenen Augenbrauen ansah, wechselte Rosa schnell das Thema. »Wie geht's unserem Theo?« Und als sie hörte, dass es ihm viel besser ging, fuhr sie fort: »Weißt du, Titch, irgendwann musst du aufhören, dich vor Sheila zu verstecken. Irgendwann wird sie sowieso herausfinden, dass Lucas nicht der Vater von Theo ist. Cockleberry Bay ist zu klein, als dass du ihr für immer aus dem Weg gehen könntest.«

»Mag sein, aber wie gesagt, sie wird mir keine Szene machen, weil sie sonst zugeben müsste, dass sie mir Geld für eine Abtreibung gegeben hat. Wahrscheinlich wissen es sowieso alle«, gab Titch düster zurück. »Ritchies Mum, die im Pub putzt, ist die größte Klatschtante aller Zeiten. Sie wird es sicher überall herumerzählen, weil sie sich dann wichtig fühlt.«

»Verstehe. Und alle werden schockiert sein, dass du dich mit einem Fremden eingelassen hast und nicht mit jemandem vom Ort, wie es hier üblich ist.«

»Es ist mir piepegal. Wie gesagt, die alte Madam Hannafore wird mir keine Probleme bereiten. Drei Riesen sind für sie kein Geld, und wahrscheinlich ist sie heilfroh, dass ihr Lucas eine weiße Weste hat. Er selbst wird auch heilfroh sein.« Titch fuhr sich durch die blonden Haare, die ihr daraufhin wild vom Kopf abstanden.

»Ich kann es immer noch nicht fassen, dass sie so was gemacht hat. Und genau genommen, kann ich es auch nicht fassen, dass du den Mumm hattest, sie hinters Licht zu führen und ihr Kohle aus der Tasche zu ziehen.«

»Aber ich habe schließlich wirklich nicht gewusst, wer der Vater ist, oder? Aber egal, Rose, das interessiert mich alles nicht mehr. Das Einzige, was jetzt zählt, ist Theos Gesundheit und dass wir seinen Vater finden.«

»Gut, dass du das erwähnst, Titch. Ich wollte nichts sagen, als es Theo so schlecht ging, aber du solltest wirklich versuchen, ihn ausfindig zu machen.«

»O Rose, ich weiß nicht, was ich tun soll. Ich will eigentlich nicht in ein Wespennest stechen. Aber nach der Nacht im Krankenhaus muss ich ständig daran denken, was gewesen wäre, wenn er Blutkonserven gebraucht hätte. Ich muss es für Theo wohl doch tun.«

»Ja, denke ich auch.«

»Aber was, wenn ich ihn tatsächlich finde und er will nichts von uns wissen? Oder er hat die falsche Blutgruppe?«

»Es ist ein Risiko, das du eingehen musst. Im schlimmsten Fall sagt er Nein. Wenn er den Kleinen erst mal gesehen hat, sagt er das nur, wenn sein Herz aus Stein ist.«

»Wahrscheinlich hast du recht.«

»Du kannst ihm ja sagen, dass du nichts von ihm willst – außer sein Blut.« Als sie merkte, wie komisch das klang, musste Rosa lachen. »Oder vielleicht sagst du es lieber ein bisschen anders.«

Titch lachte auch. Sie verstellte die Stimme wie ein Gangster: »Hände hoch, wir wollen nur dein Blut!«

»Du bist verrückt.« Rosa legte ihrer Freundin die Hand auf den Arm. »Wir müssen uns genau überlegen, wie wir es anstellen wollen. Mary hat von einer langen Zugreise gesprochen, falls das was hilft.«

»Ich habe schon in sämtlichen sozialen Netzwerken geschaut, ob ich einen Ben oder Benjamin in Wales finde. Aber ich habe niemanden gefunden, der mir bekannt vorgekommen wäre. Ich glaube eigentlich auch nicht, dass er einen walisischen Akzent hatte. Der Bräutigam schon, denn den habe ich deswegen ein bisschen veräppelt. Das Einzige, was ich sicher weiß, ist sein Vorname. Ben. Also BB – Big Ben.«

»Ohne den Nachnamen ist das wie die Suche nach der Stecknadel im Heuhaufen.« Rosa biss sich auf die Unterlippe. »Vielleicht fällt er dir ja doch wieder ein.«

»Ach, Rose, so besoffen wie ich damals war, habe ich ihn sicher nicht danach gefragt. Er war mit einer ganzen Gruppe unterwegs, die von einer Kneipe zur nächsten gezogen ist. Es würde mich wundern, wenn sie hier im Ort etwas gebucht hätten, was man jetzt vielleicht noch finden könnte.«

»Gibt es vielleicht eine Kamera im Pub?«, fragte Rosa plötzlich.

»Aber klar! Du bist genial. Ich weiß, dass früher eine Kamera am Eingang war.«

»Na, so genial auch wieder nicht, denn ich habe keine Ahnung, wie man an das Material kommen sollte. Und es ist schon ein Jahr her und möglicherweise sind die Aufzeichnungen längst gelöscht worden. Außerdem haben sie nach der Renovierung vielleicht gar nicht mehr dieselbe alte Kamera.«

»Ich hätte schon eine Idee, wie wir an die Aufzeichnung kommen könnten, sofern es sie noch gibt.« Titch zog ihren Mund zu einer komischen Schnute, die verführerisch aussehen sollte. »Du weißt ja, dass Lucas immer noch auf dich steht …«

»Denk nicht mal im Traum daran, Titch.«

»Du musst doch gar nichts machen, Dummi. Nur ein kleines bisschen flirten und danach fragen, das ist alles. Es geht hier schließlich um mein Baby.«

Rosa stieß einen langen Seufzer aus. »Also gut. Für Theo und dich. Aber Josh darf es niemals erfahren!«

»Es ist diesmal was ganz anderes. Und falls dich Lucas wieder in die Bredouille bringen sollte, sage ich Josh, dass ich diese Infos dringend brauche und es alles meine Schuld ist. Nach Silvester fährt Lucas sowieso wieder nach London zurück, oder?«

»Keine Ahnung. Meinst du?«

»Ja, Ritchies Mum hat neulich in der Pommesbude was darüber gesagt.«

Ding! Die Ladentür ging auf.

»Ach, hallo, Mrs Rogers«, sagte Rosa freundlich.

»Wenn man vom Teufel spricht …«, flüsterte Titch mit angehaltenem Atem.

»Wo ist denn dein Kleiner heute?«, fragte die ältere Frau neugierig.

Titch zwinkerte Rosa zu. »Bei seiner Oma. Ich muss jetzt zurück, um ihn zu füttern. Tschüss.« Und schon war die junge Mutter zur Tür hinaus.

»Man sieht Sie sonst selten zur Mittagszeit, Mrs Rogers«, sagte Rosa im Plauderton.

»Ach ja, es ist wunderbar, diese Freiheit«, freute sich Mrs Rogers. »Heute rieche ich zur Abwechslung auch mal nicht nach Frittierfett. Ich war auf dem Fischmarkt in Brixham, und da ist mir eingefallen, dass unsere eigenen Fischlein gar kein Futter mehr haben.« Sie hustete. »Vielleicht ist es eine blöde Frage, aber hast du zufällig Pellets für Koi-Karpfen auf Lager?«

»Sie haben Glück, ich bestelle immer welche für einen Kunden in Polhampton und habe tatsächlich zufällig gerade eine Dose hier.«

»Wunderbar.« Edie Rogers nahm ihren Geldbeutel aus der Tasche. »Ich hoffe sehr, dass sie ihr Leben auf die Reihe kriegt«, sagte sie mit einem Nicken zur Tür. »Mein Ritchie ist ganz vernarrt in dieses Mädchen. Aber mit einem unehelichen Kind … und noch dazu einem, das … na ja, das eben nicht von hier ist, ist das doch was anderes, oder?« Sie spitzte missbilligend die Lippen.

Rosa konnte gar nicht glauben, was sie da zu hören bekam. Zum Glück wachte Hot gerade auf, sodass sich Rosa zu ihm hinunterbeugen und ihn streicheln konnte, um ihre Wut zu verbergen. »Ich wünsche Ihnen einen schönen Nachmittag, Mrs Rogers.«

»Danke, meine Liebe.«

Als die Tür geschlossen war, hob Rosa Hot hoch, und atmete seinen warmen Hundeduft ein. »Was die sich traut! So was vor mir zu sagen, Mr Würstchen. Aber soll sie bloß wagen, noch mal ihre Klappe aufzureißen!«

Kapitel 23

Rosa seufzte auf, als sie sich in ihr dampfendes Schaumbad gleiten ließ und den Kopf zurücklehnte. Im Laden war viel los gewesen, da die Weihnachtsferien begonnen hatten und nun auch die Ferienhäuser in der Bay und der Umgebung wieder bewohnt waren. Rosa hatte das Schaufenster einladend geschmückt, was viele Leute veranlasste, stehen zu bleiben und zu sehen, welche Geschenke und Spielsachen sie neben den Tierprodukten verkaufte. Sie konnte wirklich stolz auf sich sein. Darauf, dass sie den Laden ganz allein managte, ohne eine entsprechende Berufsausbildung zu haben. Natürlich hatte sie Josh und auch Jacob viel zu verdanken. Beide hatten sie von Anfang an sehr unterstützt.

Das Weihnachtsfest bereitete ihr dieses Jahr gar nicht mal so ein mulmiges Gefühl wie sonst. Am Heiligabend würde sie um sechzehn Uhr den Laden schließen und danach mit Josh für ein paar Tage zu seinen Eltern fahren. Der Festtagsbraten seiner Mutter war legendär, und Rosa freute sich schon auf den Besuch. Ihre Schwiegermutter hatte sogar auch Mary eingeladen. Obwohl es das erste richtige Weihnachten mit Rosa gewesen wäre, wollte Mary aber lieber mit Merlin im Seaspray Cottage bleiben. »Es ist nur ein Tag, mein Entlein. Wir können für uns ein andermal feiern. Es ist ja nicht so, dass wir uns nie sehen würden«, hatte sie sich herausgeredet. Dabei wussten beide ganz genau, dass Mary sich in einem Haus voller vornehmer Leute fehl am Platz gefühlt hätte.

»Verdammt!«, sagte Rosa, der jetzt einfiel, dass sie vergessen hatte, die Weihnachtscracker mit den Hundeleckerlis nachzubestellen. Sie waren weggegangen wie warme Semmeln. Da es bis Weihnachten nicht mehr lange dauerte, musste sie die Bestellung noch an diesem Abend abschicken.

Hot hatte es sich wie immer, wenn sie in der Wanne lag, auf der Badematte bequem gemacht und fiepte zufrieden. »Mein Würstchen!« Rosa streckte die nasse Hand aus und strich ihm zärtlich über den Kopf, woraufhin er sich schüttelte, um die Schaumblasen wieder loszuwerden.

Josh war an diesem Abend auf der Weihnachtsfeier seines Arbeitgebers. Die Partner der Mitarbeiter waren nicht eingeladen, worüber sich Rosa ärgerte. Deswegen hatte sie sogar den Peridot geholt und neben die Badewanne gelegt. Vielleicht half er, ihre Eifersucht im Zaum zu halten. Obwohl Josh immer wieder beteuerte, dass er sie liebte, war Rosa eifersüchtig. Josh und sie hatten über die Sache mit Sara geredet und Josh hatte geschworen, dass zwischen ihnen nichts gewesen sei. So etwas, beteuerte er, würde er niemals machen – nicht in einer Million Jahren.

Die Feier sollte in einem schicken Londoner Nachtklub stattfinden, mit allem Pipapo – darunter einer Burlesque-Show und natürlich Livemusik. Es würde viel Alkohol geben und seine Kolleginnen hätten sich für die Party sicher richtig aufgetakelt.

Rosa versuchte, diese Gedanken zu verscheuchen und konzentrierte sich stattdessen auf die Überlegung, wie sie Lucas ansprechen sollte, um etwas über die Kameraaufzeichnungen herauszufinden. Plötzlich kam ihr eine Idee. Schwungvoll setzte sie sich auf, womit sie eine Tsunamiwelle ihres heißen Schaumwassers auslöste.

»Genau, das ist es!«

Hot, der ganz nass geworden war, bellte entrüstet.

»Tut mir leid, Wienerwurst«, entschuldigte sich Rosa bei ihm, aber sie war ganz begeistert. »Mummy hatte gerade eine brillante Idee, und die habe ich nur dir zu verdanken.«

* * *

Vor sich hin summend zog sie ihren Bademantel über, dann setzte sie in der Küche den Kessel auf. Sie drehte das Radio an und machte es sich mit einer Tasse Kakao und dem Großhandelskatalog auf der Couch gemütlich. Als sie den Laptop aufklappte, der zuvor nicht richtig heruntergefahren worden war, blieb ihr vor Schock der Mund offen stehen.

Joshs E-Mail-Konto starrte ihr entgegen. Und bei den gesendeten Nachrichten stand ganz oben Saras Name. Obwohl Rosa genau wusste, dass es in vielfacher Hinsicht falsch war, die E-Mail zu lesen, klickte sie mit pochendem Herzen auf Öffnen. Natürlich war ihr Misstrauen lächerlich. Sicher hatte Josh nur diesen Marketingkontakt geschickt, von dem er gesprochen hatte. Aber warum stand die Mail ganz oben? Er musste die Nummer doch schon vor einer ganzen Weile geschickt haben.

Rosa starrte fassungslos auf den Bildschirm. Dann blickte sie weg und hoffte, dass sie es sich vielleicht nur eingebildet hätte. Dass die Mail plötzlich verschwunden sei. Aber nein. Zitternd las Rosa sie ein zweites Mal.

Liebe Sara,

bitte ruf mich nicht mehr an und schick mir auch keine Textnachrichten. Es war echt knapp – fast wäre Rosa dahintergekommen.

Ich melde mich aus London per E-Mail. Wir müssen uns noch überlegen, wie wir es ihr sagen.

Ich kann es kaum erwarten, bis endlich Freitag ist.

Dann sehen wir uns.

J :)

Rosa goss sich ein Glas Wein ein und trank es in einem Zug aus. Anschließend tigerte sie durch die Wohnung. Sie wusste nicht, was sie tun sollte, und sie lief so lange hin und her, bis ihr ganz schwindelig wurde und der stechende Schmerz in ihrem Herzen sie zwang, sich wieder hinzusetzen.

Sie raufte sich die wilden Locken und gab ein jämmerliches Geräusch von sich. Nicht ihr Josh! So etwas hätte er ihr doch niemals angetan! Aber ihre innere Stimme hatte sie gewarnt und ihr deutlich gesagt, dass zwischen den beiden etwas los war. Warum hatte sie nicht darauf gehört?

Sie schenkte sich nach und holte dann ihr Handy.

Josh hob ab. »Rosalar!« Im Hintergrund war Stimmgewirr und laute Musik. Irgendwer lachte und sagte für sie gut hörbar: »Oh, là, là, da ruft doch gleich Joshs Frau an.« Mädchengelächter. Rosas Hand zitterte jetzt so sehr, dass sie kaum noch das Telefon halten konnte. »Josh! Sag mir sofort, was zwischen dir und Sara läuft, sonst – Gott steh mir bei – bringe ich dich um.«

»Rosa? … Rosa? Ich höre dich nicht, tut mir leid. Hier im Keller ist kaum Empfang. Gleich gibt es Essen. Ich melde mich nachher. Ich hab dich lieb.«

Es klang, als wäre er nur von Frauen umgeben. Abermals leerte Rosa das Glas, dann ließ sie sich aufs Sofa plumpsen und stützte den Kopf in die Hände. Jetzt begann der Alkohol, seine Wirkung zu zeigen. Warum, o warum nur war Josh so weit weg? Wenn er eine Affäre hatte, musste sie es von ihm selbst hören, und zwar gleich. Dieser Sara würde Rosa sicherlich nicht die Genugtuung geben, ihr zu sagen, dass sie von ihrer Durchtriebenheit wusste. Es war nicht zu fassen! Die Frau war zwanzig Jahre älter als sie. Hot, der anscheinend spürte, wie schlecht es seinem Frauchen ging, erklomm die kleine Hundeleiter, die sie extra für ihn gekauft hatte, damit er leichter aufs Sofa kam. Er legte die Schnauze auf ihren Schoß und rieb den Kopf am Bademantel, um Rosa zu trösten. »Ach, Hot, was soll ich bloß tun?«, schluchzte Rosa.

Jetzt kam alles Leid zurück. Wie damals, als sie erfahren hatte, dass Joe verheiratet war. Da hatte sie sich geschworen, dass ihr nie wieder ein Mann so wehtun würde. Wie konnte sie sich in Josh nur so geirrt haben?

Hot begann jetzt unruhig zu werden und setzte diesen Blick auf, den Rosa allzu gut kannte. »Okay, okay, ich verstehe. Du musst mal. Warte kurz.«

Sie ging ins Schlafzimmer und machte sich nicht mal die Mühe, Unterwäsche anzuziehen, sondern schlüpfte einfach so in die Jogginghose und zog ein Sweatshirt an. Anschließend nahm sie die Schlüssel und verließ ohne Jacke die Wohnung.

Wie ein wütender Drache stieß Rosa in der kalten Luft Atemwölkchen aus. Sie musste den Kopf wieder klarkriegen und sich der Bedeutung dieser E-Mail bewusst werden. Hot lief so schnell, wie es seine Beinchen zuließen, während sein Frauchen in größter Geschwindigkeit zum Strand hinuntereilte. Tränen liefen ihr übers Gesicht, als sie an der tosenden Brandung angekommen war. Aber die Natur zu fühlen tat gut.

Rosa ließ Hot von der Leine. Der pfeifende Wind schnitt ihr ins Gesicht. Selbst das Rauschen der Wellen konnte kaum ihr lautes Schluchzen übertönen, das jetzt aus ihrem tiefsten Inneren herausbrach. Hot, der es nicht gewohnt war, im

Dunklen ohne Leine zu sein, blieb dicht bei ihr. Als wüsste er, dass ihre Welt zusammenbrach. Rosa hatte noch einmal versucht, Josh anzurufen, aber wieder ohne Erfolg. Wie lange konnte so ein verdammtes Essen nur dauern?

Nicht nur Rosa zitterte vor Kälte, sondern auch der kleine Hund. Sie ging wieder zur Strandmauer, und als sie Hot an die Leine nahm, klingelte endlich das Handy. Während sie umständlich versuchte, es aus der Tasche zu zerren, glitt es ihr aus den Händen, flog im hohen Bogen durch die Luft und zerschellte auf dem scharfkantigen Felsen. »Scheiße!« Als würde es jetzt noch etwas nützen, suchte Rosa im nassen Sand nach den Teilen ihres Handys. Dabei wurde ihre Hose nass und schließlich konnte sie nur noch Rotz und Wasser heulen.

»Warte, ich helfe.«

Mit Blasen an der Nase blickte sie hoch.

»Mann, Rosa, was ist los? Ich bin nur kurz zum Rauchen raus. Ich wusste nicht, dass du hier wie ein Baby heulst und dir den Hintern abfrierst.«

»Als würde dich das sonderlich interessieren«, erwiderte sie bitter.

Lucas nahm ihre Hand und half Rosa auf. Er roch den Alkohol in ihrem Atem. »Das ist eine grobe Fehleinschätzung deinerseits.«

Rosa fand in der Tasche ihres Sweatshirts ein altes Taschentuch und schnäuzte sich. »Mein Handy!«, schniefte sie. Dann brach sie erneut in Tränen aus.

»Alter Schwede. Beruhige dich. Heute ist ja nicht die Oscarverleihung.« Mithilfe der Taschenlampenfunktion seines Handys suchte er im Sand und sammelte die kaputten Gehäuseteile ein. »Hier ist wenigstens die SIM-Karte, die ist am wichtigsten.« Er zog seine Jacke aus und legte sie Rosa über die Schultern. »Warte kurz, ich bin gleich wieder zurück.«

* * *

»Sehr schick.« Rosa nahm Hot hoch.

»Psst.« Lucas legte den Finger auf die Lippen und versuchte, die schwere rote Eingangstür des Hauses an der Meeresfront aufzusperren. In seiner Tasche klirrten Flaschen. Ein großer Kranz aus Stechpalmenblättern, der an der Tür hing, flog fast ab, als er sie endlich aufbekam. »Schnell, rein mit euch!« Er beeilte sich, die Nummer der Alarmanlage einzugeben, die er sich auf den Arm gekritzelt hatte, dann schloss er die Tür hinter sich.

»Zieh die Schuhe aus«, flüsterte er.

Im Dunkeln führte er Rosa zum Wintergarten auf der Rückseite des Hauses. Dort ließ er die Jalousien herunter und stellte an dem eindrucksvollen Weihnachtsbaum in der Ecke die Lichter an.

»Zieh die Hose aus, bevor du dich hinsetzt.«

»Auf gar keinen Fall. Was soll das werden, Luke? Vielleicht gehe ich lieber.« Rosa wollte sich an ihm vorbeidrängen. Aber sie war vom Alkohol und der Kälte ganz benommen und zitterte. Auch Hot war ganz durchgefroren.

Lucas berührte ihren Arm. »Komm, du bist völlig durchnässt. So kannst du dich nicht aufs Sofa setzen.« Er holte eine Dose Piña colada aus der Tasche. »Hier. Ich habe nur die und ein paar Bierchen im hinteren Kühlschrank im Pub gefunden.«

Rosa, die plötzlich wieder bessere Laune bekam, begann jetzt zu singen: *»If you like Piña coladas and getting caught in the rain, at a bar called the Ship Inn, so let's plan our escape.«* Sie kicherte. »Dann hol mir ein Handtuch, damit ich mich draufsetzen kann.«

»Was soll das für ein Song sein?«

»Meine Urgroßmutter hat das manchmal gesungen.« Rosa lachte wieder. »Aber nein, nein, Lukey-boy, ich brenne nicht mit dir durch. Eigentlich kommt in dem Lied auch nicht das Ship Inn vor.«

»Rosa, du bist besoffen und faselst wirres Zeug. Jetzt komm erst mal ein bisschen runter, Darling.« Irgendwie fand sie seinen Londoner Akzent beruhigend.

Hicksend öffnete sie die Dose und trank. »Du!«, sagte sie und zeigte mit wackligem Finger auf ihn. »Du hast mich gekidnappt!«

Hot, der die ganze Sache sehr erheiternd zu finden schien, schnüffelte herum und bellte.

»Schnauze, Mr Würstchen.« Lucas holte eine Tüte Chips aus der Tasche. »Hier, für deine kleine Futterluke.« Er gab dem Hund ein paar Chips. »Kommt, ihr müsst euch abtrocknen.« Da er in dem Haus schon öfter Installationsarbeiten verrichtet hatte, kannte er sich gut aus. Er kam mit zwei großen, flauschigen Handtüchern zurück. Bevor die Eigentümer anreisten, würde er alles waschen und wieder in den Schrank zurücklegen. Jetzt öffnete er für sich ein Bier. »Du machst mir vielleicht Ärger, Süße. Von Anfang an, seit dem Moment an, als ich dich zum ersten Mal gesehen habe. Ich weiß nicht, ich weiß nicht.«

Hot rannte zu Rosa und sprang an ihren Beinen hoch. Sie ließ sich auf eines der Handtücher am Fliesenboden nieder und klopfte auf ihren Schoß. Hot beruhigte sich sofort, während sie ihn mit dem zweiten Handtuch abrubbelte. Mit dem anderen Ende trocknete sie sich Gesicht und Haare. Als sie fertig war, legte sie den schwirrenden Kopf in den Nacken und atmete aus. »Was machen wir eigentlich hier? Und wem gehört dieses Haus überhaupt?«

»Bekannten von meiner Mutter. Es ist ein Ferienhaus. Ich habe hier den Boiler gereinigt, weil sie Weihnachten kommen. Aber keine Sorge, ich mache alles wieder sauber, brav wie ich bin.« Lucas trank einen Schluck aus der Flasche, dann ließ er sich neben Rosa auf dem Boden nieder. »Also, meine Hübsche. Erzähl, was los ist. Sag bloß nicht, dass du dich mit deinem Loverboy gestritten hast.«

Jetzt fiel Rosa die E-Mail ein und schon flossen erneut die Tränen.

»Mann, nicht schon wieder! Besoffene Frauen sind schon schwierig genug, aber wenn sie auch noch emotional werden … komm Rosa, hör auf zu flennen. Du bringst sogar deinen Mr Würstchen ganz durcheinander. Sag einfach, was los ist.«

»Das geht nicht«, schluchzte Rosa.

»Na gut, dann eben nicht.«

Schniefend trank Rosa aus der Dose. »Glaubst du, dass Josh eine Affäre haben könnte?«, fragte sie schließlich mit verhaltener Stimme.

Lucas glaubte, seinen Ohren nicht zu trauen. »Also ehrlich, da wäre er verrückt.« Er legte den Arm um sie. »Mit jemandem von hier?«

»Sara«, sagte Rosa.

»Vom Café? Sara ohne H?« Eigentlich konnte das jetzt seine Chance sein. »Soll ich ehrlich sein?«

»Das wäre das erste Mal. Luke, wenn du irgendwas gehört hast, musst du es mir sagen«, lallte Rosa, während ihr Kopf zur Seite rollte. Sie lehnte sich an seine Schulter.

»Ich hab die beiden ein paar Mal im Café gesehen und einmal sind sie mit Hot am Strand spazieren gegangen.«

»Wirklich?«

»Ja, aber das zählt noch lange nicht als Affäre, Rosa. So ungern ich es sage, aber Josh liebt dich sehr, das merkt man.«

»Nach dem, was ich gerade herausgefunden habe, zählt es schon«, jammerte Rosa. »Ich weiß nicht, was ich tun soll. Und mein Handy ist Schrott, und er hätte mich anrufen sollen und … von Spaziergängen am Strand hat er mir überhaupt nichts gesagt. O Mann, ich bin so besoffen, Luke. Das ist gar nicht gut.«

Rosa drehte sich zu Lucas und blickte ihm tief in die dunklen Augen. Er berührte vorsichtig die Narbe auf ihrer Wange und sagte mit rauer Stimme: »Von dem Moment an, als ich dich zum ersten Mal gesehen habe, hast du mich umgehauen.« Er biss sich auf die Unterlippe. »Du haust mich immer noch um, Rosa.«

»Ha!« Rosa legte den Kopf schief und tippte Lucas mit dem Zeigefinger auf die Nase. »Du wirst weich, Luke Hannafore. Ich weiß schon, was du willst.«

»In deiner Nähe könnte ich nie weich sein, Mrs.«

»Hey, wie unflätig.«

»Aber das findest du doch geil«, sagte Lucas grinsend.

Rosa sah ihn durchdringend an – ihr Kopf voll Piña colada, ihr Herz voll Rachelust. »Küss mich!«

Kapitel 24

BUMM, BUMM, BUMM! Rosa schreckte hoch. Sie war noch nicht ganz bei sich und konnte das Geräusch nicht einordnen. Ihr Mund war staubtrocken und eigenartigerweise hatte sie außer ihrem Sweatshirt nichts an.

»Rosa, jetzt mach endlich die Tür auf!« Es war die Stimme von Mary Cobb, die trotz ihres sanften devonischen Akzents sehr aufgebracht klang. Das Geräusch kam von der Flügeltür der Dachterrasse.

Rosa zog ihren Bademantel an und schlurfte hinüber, um ihre Mutter hereinzulassen. Völlig neben der Kappe murmelte sie: »Du hast doch einen Schlüssel.«

»Nicht für diese Tür hier. Und unten hast du alles von innen abgeriegelt.«

Rosa wandte Mary den Rücken zu und schlappte wieder ins Schlafzimmer zurück. Ihr Kopf hämmerte.

»Wo warst du, Rosa? Und warum ist dein Handy aus? Was ist los?« Mary watschelte ihrer Tochter hinterher.

Langsam kam Rosa in ihrem müden Körper zu sich und die Ereignisse des Vortags fielen ihr wieder ein. »Scheiße!«

»Josh ist ganz aufgelöst. Er hat den ganzen Abend versucht, dich anzurufen. Was in aller Welt ist los, Entlein? Ich habe mir Sorgen gemacht. Und hör auf, solche Wörter zu sagen.«

»Ich bin sechsundzwanzig Jahre alt und erwachsen. Josh ist doch eh alles scheißegal, also kannst du dir das Gerede auch sparen.«

»Mag ja sein, dass du sechsundzwanzig bist, junge Dame, aber du benimmst dich schlimmer als jeder Teenager.«

»Und woher willst du wissen, wie sich ein Teenager benimmt, Mutter? Du kannst das gar nicht wissen, weil du dir damals die Birne weggekippt hast, während ich im Kinderheim versauert bin.« Rosa ließ sich ins Bett fallen und deckte sich zu.

Mary musste ihr ganzes Mitgefühl aufwenden und ihre Lebenserfahrung einschalten, um mit diesem Schlag zurechtzukommen. Zwar mit heiserer Stimme, aber sonst ganz ruhig, sagte sie: »Wir machen alle Fehler, Rosa. Ich tue, was ich kann, und gebe, was ich habe.«

»Richtig, wir machen alle Fehler.« Rosa blickte zur Decke, ihre Augen füllten sich mit Tränen. Fieberhaft versuchte sie, sich daran zu erinnern, was nach dem Kuss mit Luke geschehen war. Doch sosehr sie auch nachdachte, sie konnte sich nur an den Kuss erinnern. »Scheiße«, sagte sie wieder.

»Rosa!« Mary seufzte. »Was in Gottes Namen ist nur los, Entlein? Es stimmt, ich kenne dich noch nicht lange, aber doch lange genug, um zu wissen, dass irgendwas passiert ist.«

»Ich weiß nicht, ob ich es dir sagen kann«, jammerte Rosa.

»Natürlich kannst du, ich bin deine Mutter. Und ich werde ab jetzt immer für dich da sein, bis zu meinem letzten Tag. Das verspreche ich dir.«

»Woah.« Rosa strampelte die Decke weg. »So was kann ich jetzt echt nicht vertragen. Ich will nicht gemein sein, aber bitte geh wieder. Wir sehen uns später. Ich muss erst meinen Kopf freikriegen.«

»Ach, Rosa!«

»Es ist alles bestens, wirklich!« Doch ihre Stimme sagte etwas anderes.

Mary legte ihrer Tochter die Hand auf den Arm. »Soll ich wenigstens mit Hot ein bisschen Gassi gehen?«

Plötzlich wurde Rosa kreidebleich.

»Rosa, wo ist er?«, fragte Mary ganz entsetzt.

Rosa sprang aus dem Bett und rannte zu den drei leeren Hundebettchen ihres liebsten Vierbeiners, dann polterte sie die Treppe hinunter. Vor Erleichterung fiel sie fast in Ohnmacht, als sie den kleinen Zwergdackel an der Hintertür kratzen und verzweifelt bellen hörte. Als sie die Tür öffnete, schoss er sogleich ins Haus.

Während Rosa wieder hochging, hatte Mary bereits resolut seine Leine und eine Dose Hundefutter geschnappt, dann nahm sie den halb erfrorenen Hund hoch und steckte ihn unter ihren Mantel.

»Du solltest dich was schämen!«, zischte sie. Sie ging nach unten und entriegelte die Ladentür.

»Guten Morgen!«, flötete Titch, die für ihre samstägliche Schicht ankam, während die vor Wut schäumende Mary hinausstürmte. Wenigstens bellte Hot zur Begrüßung, denn Mary lief ohne ein Grußwort den Hügel zum Seaspray Cottage hinauf.

»Oha, na gut, dir auch einen wunderschönen Guten Morgen, Mary Cobb.« Titch schloss die Tür und vergewisserte sich, dass das »GESCHLOSSEN«-Schild gut sichtbar war, dann lief sie zur Wohnung hinauf.

»Mist!« Titch trat einen Schritt zurück, um ihre Freundin genauer zu betrachten. »Du siehst aus wie hochgewürgt und ausgekotzt.«

»Das hilft mir jetzt auch nicht. Wirf mir mal eine Unterhose zu.«

Titch holte einen pinkfarbenen Slip aus der Kommode und warf ihn ihr zu. »Was ist passiert? Ich habe dir zwei Nachrichten geschrieben.«

Rosa wackelte unter der Decke, während sie den Schlüpfer anzog, dann zeigte sie auf die Teile ihres kaputten Handys, die auf dem Nachttisch lagen. Wie sie dorthin gekommen waren, wusste sie auch nicht mehr. Dennoch schaffte sie es jetzt, in nüchternem Tonfall zu sagen: »Mein Telefon ist kaputt, und ich glaube, ich habe eventuell mit Lucas geschlafen.«

Titch riss die Augen auf. »Wie? Warum? Rose! Ich meine, ich habe zwar gesagt, du sollst mit ihm flirten, um an die Kameraaufzeichnungen zu gelangen, aber dass du gleich …«

»Ich weiß, ich weiß, ich weiß.« Rosa griff sich an den Kopf, dann stieg sie aus dem Bett und lief im Zimmer auf und ab. »Aber was sogar noch schlimmer ist: Ich bin mir zu neunundneunzig Prozent sicher, dass Josh eine Affäre hat.«

»Was? Bin ich hier gerade in einer Seifenoper gelandet? Ich verstehe überhaupt nichts mehr.« Titch schüttelte den Kopf. »Jetzt zieh dich mal an, während ich uns einen Tee aufsetze.«

»Ich will keinen Tee, ich brauche Limo. Im Kühlschrank ist welche.«

Sie setzten sich ins Wohnzimmer, wo Rosa das kalte Getränk in großen Zügen in sich hineinschüttete. Die blinkenden Lichter am Weihnachtsbaum halfen nicht im Geringsten, ihre Stimmung aufzuhellen.

»Es muss doch eine vernünftige Erklärung geben.« Titch las erneut Joshs E-Mail. »Ich kann es nicht glauben! Dein Mann liebt dich abgöttisch. Warum zum Geier sollte er denn fremdgehen?«

Rosa seufzte. »Und ich weiß nicht, wann er heute herkommt. Es ist echt scheiße ohne Handy.«

»In Ulchester gibt es einen Handyladen. Vielleicht kannst du auch die SIM-Karte in mein Handy stecken, aber dann muss es, glaube ich, noch entsperrt werden oder so.«

Rosa fuhr sich durchs ungewaschene Haar. »Ich kann noch nicht mal an so'n Zeug denken, Titch. Was ist, wenn ich mit

Lucas gevögelt habe? Der wird vor Josh kein Blatt vor den Mund nehmen.«

»Es mag jetzt vielleicht eklig klingen, Rose, aber hast du heute Morgen irgendwas bemerkt? Also, du weißt schon … war es feucht im Schritt?«

»Ich weiß nicht. O Gott, es ist ein Albtraum hoch zehn!«

»Eigentlich müsste ich dich ja schimpfen und fragen, wie du dich nur in so eine Lage bringen konntest. Aber wenn man bedenkt, was ich mit Big Ben aus den tiefen Tälern oder wo auch immer er herkommt, gemacht habe …«

Rosa gab eine Art Lachen von sich, das sogleich zu einem Schluchzen wurde. »Ich weiß nur noch, dass wir uns geküsst haben.« Sie stöhnte. »Ich habe ihn geküsst. Ich war so wütend auf Josh.«

»Mit einem Kuss können wir leben, das ist okay. Aber Josh darf das nie erfahren. Von rein gar nichts darf er irgendwas erfahren.«

»Ich erinnere mich einfach nicht mehr, was danach passiert ist. Oder wie ich nach Hause gekommen bin, in mein Bett. Und warum ich ohne Unterhose aufgewacht bin … Vielleicht hatte ich keine an. Ja, ich erinnere mich vage daran, dass ich zuvor nur meine Jogginghose übergezogen habe und sogar ohne Jacke zum Strand runtergegangen bin.«

»Und was ist dann passiert?« Titch trank Tee und versenkte zum dritten Mal die Hand in der Keksdose.

Da kam Josh ins Wohnzimmer. »Das würde mich auch interessieren. Was ist passiert, Rosa?«

Titch sprang auf und schluckte. »Oh, schon so spät. Ich muss schnell runter und den Laden aufmachen. Hi, Josh.« Dann floh sie und ließ die beiden allein.

Rosa öffnete die Terrassentür, ging hinaus, und blickte zum Meer. Sie brauchte einen Moment, um sich auf ihren Angriff vorzubereiten.

Mit zusammengebissenen Zähnen sagte Josh: »Ich bin den ganzen Weg von London hergeeilt, obwohl ich auch ganz gemütlich mit allen anderen im Wolseley hätte frühstücken können. Und da stehst du, als wäre nichts gewesen. Deine Mum hat mir geschrieben, dass dein Handy runtergefallen und kaputtgegangen ist. Hättest du ihr das nicht sagen können, damit sie mich informiert? Irgendwie hättest du mir schon eine Nachricht zukommen lassen können.«

Jetzt drehte sich Rosa zu ihm und blickte ihn wütend an. Ihre Worte verließen wie in Zeitlupe ihren Mund: »Dir eine Nachricht zukommen lassen? Ach ja?«

»Rosa, was ist los? Du benimmst dich echt eigenartig.«

»Warum hätte ich dir eine Scheißnachricht zukommen lassen sollen, wenn du doch eine Scheißaffäre hast!« Rosas Stimme überschlug sich.

»Rosa, was redest du da für Unsinn? Hör auf, so zu fluchen!« Josh legte ihr den Arm um die Schultern und versuchte, sie zu beruhigen.

»Die E-Mail!« Rosa schüttelte seinen Arm ab. Sie hatte die Mail so oft gelesen, dass sie sie auswendig konnte. »›Liebe Sara.‹« Rosa tat, als müsse sie sich gleich übergeben. »›Bitte ruf mich nicht mehr an und schick mir auch keine Textnachrichten. Es war echt knapp – fast wäre Rosa dahintergekommen.‹ Wie soll ich denn darauf reagieren, Josh? Sag mir das mal, bitte schön.«

Rosa ging wieder auf die Dachterrasse, wo sie vor lauter Verzweiflung fast zusammenbrach. »Ich liebe dich so sehr, Josh. Ich habe noch nie jemanden so geliebt wie dich. Und jetzt … jetzt hast du nicht nur mein Vertrauen gebrochen, sondern auch mein Herz. Davon werde ich mich nie mehr erholen.« Sie schluchzte herzzerreißend. »Ich könnte genauso gut tot sein.«

Titch konnte vom Laden aus alles ganz genau mit anhören. Zum Glück waren noch keine Kunden da. Während sie die

Ware einräumte, betete sie nur, dass Rosa bei klarem Verstand blieb.

»Aber nein! Nein, nein, nein! Das ist ein ganz großer Irrtum. Ach, meine Liebe!« Josh eilte zu ihr.

»Geh weg von mir«, schrie Rosa. »Ich hasse dich.«

»Rosa, mein Schatz, beruhige dich!« Josh nahm ihre Hand und sagte: »Ich habe keine Affäre und ich kann es dir auf der Stelle beweisen.«

Doch Rosas Wut hatte bereits jegliche Vernunft ausgelöscht und jetzt ging sie zum Angriff über. »Aber weißt du, Josh, es ist egal, weil ich gestern Abend mit Luke zusammen war. Ja, und er war sehr nett zu mir und wir haben miteinander ge…«

Unten im Laden griff sich Titch an den Kopf und flüsterte fassungslos: »Was tust du da, Rosa?«

»Hör auf. Sag das nicht. Das ist ein Schlag ins Gesicht.« Josh zitterte. »Du lügst, bitte sag, dass du lügst. So was würdest du mir – *uns* – doch nicht antun!«

Rosa biss sich auf die Lippe und schaute in die andere Richtung.

In dem Moment warf Josh ihr ihren Anorak zu. »Hier zieh den an«, zischte er wütend und packte sie am Arm. »Komm mit!« Und als Rosa sich nicht regte, brüllte er: »Sofort!«

Kapitel 25

Lucas drehte das Radio in seinem Transporter auf und sang zu dem Song »Careless Whisper«. Als er fast die Abfahrt nach London verpasst hätte, fluchte er laut. Seine Mum würde nicht gerade erfreut sein, wenn sie erfuhr, dass er schon vor Weihnachten abreiste, aber das war ihm jetzt egal. Er konnte auf keinen Fall länger in der Bay bleiben. Er würde irgendeine Ausrede erfinden, einen Notfall mit einer Heizung oder so. In dem Ferienhaus hatte er alles wieder aufgeräumt, die Handtücher gewaschen und getrocknet, den Hausschlüssel wieder in den Schlüsselsafe der Familie James gehängt. Er hoffte sehr, dass er alle Spuren ihres Schabernacks der letzten Nacht beseitigt hatte, bevor die Eigentümer an Weihnachten kamen.

Er sang die traurigen Verse von George Michael mit. Ja, auch er und Rosa hätten zusammen ein schönes Paar abgegeben. *»So I'm never gonna dance again, the way I've danced with you …«* Miteinander tanzen würden sie fortan wohl nie mehr. Er schlug mit der Faust aufs Lenkrad und war wütend auf sich selbst. Wie dumm er doch war, dass er ihr seine Gefühle gestanden hatte! Seit wann war er so ein sentimentaler Softie?

Als Rosa ihn aufgefordert hatte, sie zu küssen, war er mehr als glücklich gewesen. Was war nur mit diesem Mädchen? Er fand sie unglaublich faszinierend, vom ersten Moment an, als er ihr im kalten, heruntergekommenen Eckladen damals geholfen hatte, die Heizung und das heiße Wasser zum Laufen zu bringen. Lag es an ihrer gemeinsamen Cockney-Herkunft? Nein, nicht nur. Rosa hatte Mumm und war so schlagfertig und witzig. Außerdem war sie umwerfend sexy, ohne sich dessen bewusst zu sein. Und klar, seit er mit ihr Sex gehabt hatte, war er natürlich auch mit anderen Frauen im Bett gewesen, aber keine war so heiß und umwerfend wie Rosa.

Der gestrige Kuss war besser als jeder andere gewesen. Wahrscheinlich, weil er so lange darauf gewartet hatte, sie wieder zu küssen. Er wusste, dass sie ihn auch attraktiv fand, aber um es mit Rosas eigenen Worten zu sagen: »Ein Schlitzohr kann einem anderen Schlitzohr nichts vormachen.« Es war offensichtlich gewesen, dass sie sich nur an Josh rächen wollte – während Lucas sich nach ihrer heißen Liebe sehnte.

Hoffentlich hatte niemand ihr Lachen gehört und gesehen, wie er sie huckepack zum Eckladen getragen hatte. Dort hatte er sie nach oben gebracht und einen heimlichen Blick auf ihren straffen Körper gewagt, während er ihr die nasse Hose auszog und Rosa behutsam ins Bett legte. Er hatte sie vorsichtig auf die Seite gedreht, falls sie sich übergeben müsste.

Aber länger war er nicht geblieben und er hatte auch keine Nachricht hinterlassen, weil er gewusst hatte, dass Josh irgendwann käme.

Sie war so betrunken gewesen, dass sie sich wahrscheinlich an nichts mehr erinnern konnte. Da ihr Handy kaputt war, hatte sie auch keine Möglichkeit, ihn anzurufen, um nachzufragen. Vielleicht war das besser so.

Jetzt würde er Weihnachten wenigstens von der Bildfläche verschwunden sein. Eine Begegnung mit ihr wäre nach dem gestrigen Abend sicher sehr unangenehm gewesen. Und wenn er ehrlich zu sich war, hätte er es selbst nicht ertragen können, sie wiederzusehen. Zumindest nicht so bald.

Nicht jetzt, da er merkte, wie sehr er sich in sie verliebt hatte.

Kapitel 26

Um seine Unschuld zu beweisen, drängte Josh seine Frau mitzukommen. Er ignorierte ihren Protest und ihre klappernden Zähne.

Das Café war an dem Samstagmorgen von vielen Strandspaziergängern und Weihnachtsurlaubern besucht, die das leckere Frühstück genossen.

»Ich will nicht in das Scheißcafé gehen«, maulte Rosa, während Josh sie zur Vorderseite des Gebäudes zerrte. Durchs Fenster sah er Sara und gab ihr unauffällig ein Zeichen, dass sie weggehen solle.

Der Wind blies eiskalt vom Meer. »Ich will wieder heim, Josh, ich fühle mich nicht gut.«

»Du hast dich gestern Abend auch gut genug gefühlt. Zieh!«, forderte er sie auf.

»Was?« Rosa sah ihn entgeistert an. »Wo soll ich ziehen?«

Von dem weißen Gebäude hing ein Seil, an dem eine Quaste mit einem Seestern befestigt war. Josh drückte ihr das Ende in die Hand. »Zieh einfach!«, zischte er.

Als sie tatsächlich daran zog, schrie sie vor Schreck laut auf, denn eine grüne Plane fiel knapp neben ihr zu Boden. »Was zum Henker … Du hättest mich fast umgebracht.«

Er drehte ihren Kopf nach oben. Da blieb Rosas Mund so weit offen stehen, dass ein vorbeischwimmender Hai hineingepasst hätte. Tränen stiegen auf und liefen ihr übers Gesicht. Dort oben standen in wunderschön geschwungenen roten Lettern ein R und ein O. Daneben war Platz für zwei weitere Buchstaben. Außerdem prangte auf dem Schild ein kleiner Hot im Kilt mit einer Würstchenkette in der Schnauze.

»Hast du das … hast du das für mich gemacht?« Sie griff sich an die Brust. »Sag bloß nicht, du hast das Café gekauft – für mich? O nein, Josh!«

»O doch, ganz genau, das habe ich. Ich Idiot habe gedacht, dass es dich glücklich machen würde. Ich wollte dir beweisen, was anscheinend nicht in deinen Kopf reingeht. Nämlich, dass ich dich mehr als alles auf der Welt liebe.« Ganz heiser vor Schmerz fuhr er fort: »Es haben nur noch das S und das A gefehlt, dann wäre es fertig gewesen. Das perfekte Weihnachtsgeschenk, das ich zusammen mit Sara für dich geplant habe. Für *dich*, Rosa! Für meine Frau, meine einzige.« Rosa konnte kaum noch stehen. »Aber jetzt ist alles zu spät.« Jetzt füllten sich auch Joshs Augen mit Tränen. »Wie konntest du nur!«, sagte er mit schwacher Stimme, die der Wind davontrug.

Rosa wurde ganz schlecht, als ihr das Ausmaß ihrer Tat klar wurde. »Komm, lass … uns reden, Josh«, stammelte sie. »Du weißt, dass ich dich liebe. Ich liebe dich so sehr! Ich war betrunken und weiß gar nicht, was wirklich passiert ist. Bitte, beruhige dich wieder.«

»Ach ja, *ich* soll mich beruhigen?«, rief Josh jetzt so laut, dass fast das Caféfenster zersprang. »Vielleicht wird es Zeit, dass du dich endlich mal selbst anschaust, Rosa.«

»Was soll das heißen?«

»Schau dich an, deinen Alkoholkonsum. *Das* meine ich! Du regst dich auf, wenn ich spät heimkomme, aber dann besäufst du dich und gibst dir nicht mal die Mühe, auf mich zu warten.

Du hast mich angelogen und hast mir nicht gesagt, dass du an Halloween bei Lucas im Ship Inn warst. Und auch da warst du besoffen! Und weil du was trinkst, schläfst du auch oft, wenn ich heimkomme. Gestern hattest du sogar so viel intus, dass du Sex mit einem anderen Mann hattest. Noch dazu einem, der keinen Respekt hat, am wenigsten für dich. Du bist eine Lachnummer, Rosa, und keinen Deut besser als deine Mutter früher.«

»Josh, das ist gemein!« Tränen der Wut und der Scham liefen ihr jetzt übers Gesicht.

Aber er war längst noch nicht fertig. »Warum habe ich bloß gedacht, dass du ein Café führen könntest? Mit dem Eckladen läuft es nur deshalb so gut, weil ich dir verdammt noch mal von Anfang an geholfen habe.«

»Josh, hör auf!« Rosa griff sich verzweifelt an den Kopf.

»Geh heim, Rosa. Ich will dich nicht mehr sehen.« Josh wandte ihr den Rücken zu. »Vielleicht kommt irgendwann der Tag, an dem du dich entschließt, dich selbst zu mögen. Erst dann komme ich wieder.«

»Wo gehst du hin?«, fragte sie panisch. Sie war eindeutig zu weit gegangen. Jetzt hatte sie schreckliche Angst vor den Konsequenzen.

Josh drehte sich zu ihr um. »Geh mir einfach aus den Augen«, brüllte er.

»Was glotzt ihr so?«, schrie Rosa heulend zu den Cafégästen, die den Streit durchs Fenster mitbekamen. »Die Show ist vorbei.«

Und dann, als sie die Gestalt ihres geliebten Mannes sah, dessen Schultern vor Kummer bebten, während er allein zum Strand lief, fühlte es sich an, als würde ihr jemand ein Messer ins Herz stechen.

Kapitel 27

Joe Fox war kein großer Fan von Kindern. Genau genommen fand er Kinder extrem anstrengend. Erst jetzt, da Sam, sein Ältester, bald achtzehn wurde, konnte er mit dem Jungen etwas anfangen und wenigstens gemeinsam mit ihm Fußball schauen oder was trinken gehen. Joe konnte kaum glauben, dass er, als Becca damals schwanger wurde, genauso alt gewesen war wie Sam heute. Er war sich da schon so erwachsen vorgekommen. Und was für ein Drama das gewesen war! Er hatte schon Gefühle für Becca gehabt, aber wie ein Teenager eben. Wenn es nach ihm gegangen wäre, hätte es Sam nie gegeben und dann hätte er Becca wohl auch nie geheiratet. Andererseits musste er dankbar sein, denn sie hatte Sam in den Kindergarten gesteckt und war arbeiten gegangen, um Joes Journalismusstudium zu finanzieren. Weshalb er später auch einem weiteren Kind zugestimmt hatte. Ab da hatte er eine Familie ernähren können. Hätte er allerdings vorher gewusst, dass es Zwillinge werden würden, hätte er sich niemals darauf eingelassen. Becca war zwar schon eine tolle Frau, aber er war mehr aus praktischen Gründen mit ihr zusammen als aus Liebe. Vor allem wäre es nun verdammt teuer, sich von ihr zu trennen.

Als er die Tür aufsperrte, erwartete er die üblichen Geräusche der Familie. Die Stimme seiner erschöpften Frau, das

Schreien des Babys, das Kreischen der aufgedrehten Zwillinge, das Zetern des Teenagers. Doch das Einzige, was er hörte, war ein leises Wuff, das seine Dogge, die breit ausgestreckt auf dem Sofa lag, von sich gab. Komisch, Becca hatte nicht erwähnt, dass sie etwas vorhatte.

Er zog Mantel und Schal aus und betrachtete sich im Flurspiegel. Mit seinen siebenunddreißig Jahren war er doch recht ansehnlich. Groß und schlank, eine modische Brille, kurze blonde Haare, die er vorn mit Gel etwas aufstellte. Seine Lippen waren geschwungen, seine Augen mandelförmig und leuchtend blau.

Jetzt kam Suggs bellend zu Joe in die Küche gerannt. »Schon gut, ich gehe gleich mit dir raus.« Joe klopfte dem Hund auf den Rücken und öffnete für ihn die Küchentür zum Garten.

Neben dem Wasserkocher fand er einen handgeschriebenen Zettel.

> Habe mich spontan entschlossen, für ein paar Tage mit Rosie und den Zwillingen zu Mum zu fliegen. Sam übernachtet bei einem Freund. Rosie kriegt Zähne, und ich brauche Erholung, bevor der ganze Weihnachtsstress losgeht. Habe versucht, dich anzurufen. B x

»Juhu!« Joe boxte freudig in die Luft. Dann holte er eine Cola aus dem Kühlschrank und stellte das Radio an. Freiheit! Freiheit, endlich zu tun und zu lassen, was er wollte. Ein bisschen dreist fand er es allerdings schon, dass seine Frau einfach so nach Spanien geflogen war, ohne es vorher mit ihm zu besprechen. Seine Schwiegermutter war vor vielen Jahren dorthin gezogen. Das war zwar großartig für kostenlose Urlaube, aber Becca hatte natürlich dadurch nur wenig Unterstützung von ihrer Mutter. Es wunderte ihn, dass Becca nichts erwähnt hatte. Aber so war sie eben. Eine unabhängige Frau. Sicher hatte ihre Mutter wie sonst auch den Flug bezahlt. Denn seine Schwiegermutter war stinkreich und bezahlte für Becca allein aus schlechtem Gewissen alles. Darüber, dass sie mit ihrem Kurzurlaub zu viel Geld ausgab, musste er sich also keine Sorgen machen.

Die arme Rosie tat ihm schon ein bisschen leid, weil ihr die Zähnchen so zu schaffen machten. Obwohl er kein Babynarr war, fand er sie doch süß. Ein Mädchen zu haben war eben was anderes. Sowieso war er heilfroh, dass es nicht noch mal ein Junge geworden war, sonst hätte es Becca am Ende noch ein weiteres Mal versuchen wollen. Nur der Name des Kindes war sehr unglücklich gewählt. Er musste an den Tag zurückdenken, als Becca ihm gesagt hatte, dass sie den Namen Rosie hübsch fand. Damals hatte er die heimliche Affäre mit Rosa Larkin laufen, und hatte deshalb allem zugestimmt, was seine schwangere Frau sagte. Aber jetzt, da das Baby auf der Welt war, und der Name Rosie täglich ausgesprochen wurde, wanderten seine Gedanken oft zu seiner temperamentvollen Geliebten von damals.

Die Zeit mit Rosa hatte er sehr genossen. Sie war ein solcher Wildfang gewesen. In vielfacher Hinsicht, nicht nur im Bett. Vielleicht war sie nicht intellektuell gebildet, aber man hatte mit ihr viel Spaß haben können und er hatte immer wieder über ihre Weisheit gestaunt. Als sie der Beziehung ein Ende gesetzt hatte, war er recht traurig gewesen. Immer noch fragte er sich, wie in aller Welt sie nur herausgefunden hatte, dass er verheiratet war und eine Familie hatte. Andererseits hatte er froh sein können, dass sie es nicht seiner Frau verraten hatte. Andere Frauen hätten das wohl getan. Zum Glück war Rosa da anders. Eigentlich musste sich Becca selbst die Schuld geben, denn während der Schwangerschaft hatte sie ihn nicht an sich rangelassen und ein Mann hatte schließlich seine Bedürfnisse.

»Ein Tiefdruckgebiet im Südwesten bringt am Wochenende in einigen Regionen Schnee«, sagte der Wettermann im Radio.

Joe trank die Cola aus, dann schnappte er sich die Hundeleine und öffnete die Hintertür. »Komm, Suggs, wir machen jetzt unseren Spaziergang auf die Klippen, bevor der Schnee kommt.«

Kapitel 28

»Was soll das heißen, ›er ist weg‹?« Titch stand vor dem Spiegel und zupfte sich die Augenbrauen, während Rosa den schlafenden Theo im Arm hielt. Draußen läuteten die Kirchenglocken für den Adventsgottesdienst.

Hot schnarchte leise in seinem Hundebett im Wohnzimmer und zuckte, wohl weil er davon träumte, die siamesische Katze aus dem Nachbarhaus zu jagen.

»Hast du wirklich geglaubt, dass er hierbleibt, nachdem ich gesagt habe, dass ich vielleicht mit Lucas geschlafen habe?«

»Ich kann es nicht glauben, dass du ihm das gesagt hast. Du weißt doch, verdammt noch mal, überhaupt nicht, ob das wirklich passiert ist.«

»Ich weiß, Titch, ich weiß. Aber was hätte ich noch tun sollen, nachdem ich es halb gesagt hatte? Allein, dass ich mich mit Lucas getroffen habe, hätte schon gereicht. Und ehrlich, ich kann ihm keinen Vorwurf machen. Er hat gesagt, es gebe nur eine Chance, wenn ich ihm die ganze Wahrheit sage. Wenn ich etwas verschweige und er würde später davon erfahren, könnte er mir nie mehr vertrauen.«

»Aber das heißt, es gibt eine Chance.«

Rosa lachte bitter. »Wie kann man nicht wissen, ob man mit jemandem Sex hatte? Dass ich mich in so eine Lage gebracht habe, hat ihn am meisten verletzt. Es ist nicht nur ziemlich flittchenhaft, sondern obendrein verdammt gefährlich.«

»Du musst mit Lucas reden, um es herauszufinden.«

»Nein, ich will ihn nie wiedersehen.«

»Was nicht stimmt.«

»Josh würde ihm die Gurgel umdrehen. Luke wird mir wohl kaum die Wahrheit sagen, oder? Wenn wir tatsächlich Sex hatten, heißt es ›*game over*‹. Beziehungsweise in meinem Fall, ›Ehe *over*‹.«

»Ach, Rose, sei nicht so scheißdramatisch.«

Jetzt lief eine Träne über Rosas Wange und tropfte auf Theos Kopf, woraufhin er sich bewegte.

»Psst, alles gut.« Rosa wiegte ihn vorsichtig wieder in den Schlaf. Ihre grünen Augen glitzerten feucht.

»Tut mir leid, das war taktlos von mir.« Titch begutachtete ihr Werk im Spiegel und zupfte weiter. »Wo ist er hingefahren? Dass ihr Weihnachten zusammen verbringt, kann man doch wohl schon hoffen, oder?«

»Da hoffst du vergeblich.«

»Mist, ist es so ernst?«

»Ja. Er ist wieder nach London zurück und wird Weihnachten wohl wie früher mit seiner Familie und Großtante Deirdre feiern. Falls sie noch lebt.« Rosa seufzte. »Sicher findet er irgendeine Ausrede, warum ich nicht dabei bin.«

»Aber dann kommt er wenigstens Silvester wieder, oder?«

»Ich glaube nicht. Er ist sehr verletzt. Ich muss ihm Zeit lassen. Er hat mich vor Zorn gepackt …« Als Rosas Stimme abbrach, setzte sich Titch neben ihre Freundin. »Er hat gesagt, er liebt mich von ganzem Herzen, aber er ist sich nicht sicher, ob er mit meinem unverantwortlichen Verhalten und meiner Eifersucht klarkommt. Und dass ich vielleicht darüber nachdenken sollte, ob ich wirklich so viel trinken will, weil mir das offensichtlich nicht bekommt.«

»Und was hast du gesagt?« Titch beugte sich vor und wischte einen Spucketropfen von Theos Mund.

»Ich habe ihm – und ich weiß, wie lächerlich das ist – gesagt, dass ich schließlich tun und lassen kann, was ich will, und dass er mich nicht besitzt.«

Titch schüttelte den Kopf. »Der Arme. Du hättest lieber um Verzeihung flehen sollen. Er denkt, dass du mit Lucas geschlafen hast, obwohl er dir verboten hat, dich mit ihm zu treffen. Das ist echt Scheiße. Stell dir vor, er hätte mit Sara gevögelt – dann hättest du ihn kastriert.«

»Ich weiß, ich weiß. Und dann noch die Sache mit dem Café … Er hat seine gesamten Ersparnisse in den Kauf gesteckt. Aber sie haben wohl noch nichts festgezurrt. Sara hat ihre Verkaufsabsicht dadurch bekundet, dass sie ihn das Schild schon hat anbringen lassen, damit er mir das Café Weihnachten schenken konnte.«

»Das heißt, er könnte es noch rückgängig machen, wenn er will?«

»Theoretisch ja.«

»Was für ein Schlamassel!« Jetzt begann Theo zu weinen. »Warte, ich nehme ihn. Er hat Hunger.«

Rosa gab das Baby seiner Mum. »Zum Glück habe ich nichts zu Sara gesagt. Ich hoffe nur, dass Josh ihr nichts von Lucas erzählt hat. Sonst ist das die Wiederholung vom letzten Jahr.«

»Wie meinst du das?«

»Na ja, dass ganz Cockleberry Bay wieder über mich redet. Und diesmal nicht, weil ich die neue Ladenbesitzerin bin, sondern wegen meiner bevorstehenden Scheidung!«

»Du weißt, dass das nicht Joshs Art ist. Außerdem muss er selbst auch den Leuten im Ort begegnen.«

»Was bin ich nur für ein Mensch, Titch? Ich komme im Ort an, habe gleich eine Affäre mit Joe, von dem sich herausstellt, dass er verheiratet ist, und jetzt diese Geschichte mit Luke. Warum kann ich nicht einfach mit dem zufrieden sein, was ich habe?«

In dem Moment klingelte das Telefon. Es war Mary. Titch gab Rosa ein Zeichen, dass sie jetzt gehen werde.

»Hi, Mum«, sagte Rosa. »Kann ich dich später zurückrufen? Ich verabschiede mich gerade von Titch.«

Dann sagte sie zu ihrer Freundin: »Du kannst gerne noch bleiben, Titch.« Bei dem Gedanken, den Abend wieder allein verbringen zu müssen, graute es Rosa.

»Tut mir leid, aber ich muss.« Titch bemerkte, wie sich Rosas Gesicht verdunkelte. »Wir sind ja morgen wieder zusammen im Laden. Und dann klatschen wir bei einer großen Tasse Kaffee.« Sie legte tröstend die Hand auf Rosas Arm und flüsterte: »Es wird sich alles in Wohlgefallen auflösen, wirst schon sehen. Alles wird gut.«

»Und wenn nicht?«

»Dann kümmern wir uns darum, wenn es so weit ist. Und zwar wie sonst auch: gemeinsam.«

Kapitel 29

Rosa zog Hot sein Mäntelchen an und wagte sich auf die Straßen von Cockleberry Bay hinaus. Sie ging zum Co-op, wo sich ihr ungezogener Vierbeiner entschied, direkt vor den Einkaufswagen sein großes Geschäft zu verrichten.

»Hallo, Rosa. Ist die Kacke am Dampfen?«, fragte Edie Rogers, die gerade aus dem Supermarkt kam und vieldeutig grinste.

Rosa wurde heiß. Sie band Hot fest, räumte eilig die Hinterlassenschaften weg und betrat den Supermarkt. »Mary, hast du irgendwas zu ihr gesagt?«

»Zu wem?«

»Zu Mrs Rogers von der Pommesbude.«

»Natürlich nicht, Rosa. Ich plaudere zwar gern, aber nicht, wenn es meine eigene Familie betrifft. Da bin ich so loyal wie ein Löwe. Worum geht's denn? Du hast mir sowieso noch nichts gesagt. Wobei ich zugegebenermaßen schon gesehen habe, dass Joshs Auto weg ist.«

»Was ich dir lieber persönlich sagen wollte. Deshalb habe ich auch noch nicht zurückgerufen.« Jetzt stellten sich ein paar Kunden an der Kasse an. »Ich gehe wieder und führe Hot Gassi. Soll ich später zu dir ins Seaspray Cottage kommen?«

»Gerne. Ich bin ab drei wieder zu Hause. Hast du dich schon um dein Handy gekümmert?«

»Ich habe ein neues bestellt. Wird morgen geliefert.«

»Sehr gut. Komm doch zum Abendessen, ich mache uns was Leckeres.«

»Okay, gut. Danke.«

Bevor sie den Supermarkt verließ, holte Rosa drei von den kleinen Weinflaschen und ging damit zur Selbstservice-Kasse. Zum Glück funktionierte der Automat, ohne dass ein Mitarbeiter gerufen wurde, um das Alter zu kontrollieren. Vielleicht hatte Josh ja recht, dachte sie. Vielleicht trank sie tatsächlich ein bisschen zu viel. Der Inhalt dieser kleinen Flaschen füllte gerade ein Weinglas. Sie würde nur eine am Tag trinken. Aber das ganze Wochenende ohne Josh und ohne Wein zu verbringen, wäre nicht zu ertragen gewesen.

Sie steckte die Flaschen in die Handtasche, dann band sie Hot los, und ging mit ihm zum Strand hinunter. Ihr kleiner Fellfreund trottete fröhlich mit wedelndem Schwanz vor ihr her, während er überall schnüffelte und immer wieder stehen blieb, ein Beinchen hob und sein Revier markierte.

Die Läden und Bistros sahen so hübsch aus. Alle hatten ihre Fenster weihnachtlich dekoriert und mit Lichterketten geschmückt. Die Gemeinde hatte sogar große Lichtergirlanden an den Gebäuden der schmalen Hauptstraße aufgehängt. Wie es schien, wurden hier weder Kosten noch Mühen gescheut. Bloß schade, dass man sonst kein Geld für eine anständige Straßenbeleuchtung während der restlichen Zeit ausgab.

Zum Glück war der Strand, abgesehen von einem verliebten Pärchen, menschenleer. Als Rosa sah, wie die beiden sich umarmten, fühlte sie sich trostloser als zuvor. Was, wenn Josh nicht mehr zurückkam? Sie ließ Hot von der Leine und ging zur Bank. Zu derselben Bank, die in der kurzen Zeit, seit Rosa hier wohnte, schon so viel Drama mit ihr und Titch erlebt hatte.

Letztes Jahr um diese Zeit hatte sie noch nicht einmal eine Beziehung mit Josh gehabt und jetzt war sie nicht nur mit ihm verheiratet, sondern fast schon wieder von ihm geschieden!

Kein Handy zu haben war gar nicht mal so schlecht, sagte sich Rosa. Keiner wusste, wo sie war, und man musste niemandem Rechenschaft ablegen. Es fühlte sich tatsächlich recht befreiend an. Außerdem musste sie nicht ständig auf Joshs Anruf hoffen, der sowieso nicht käme.

Der eiskalte Wind ließ sie wieder aufstehen. Sie zog sich die Mütze tiefer über die Ohren. Mary hatte gesagt, dass es in der Gegend nur selten schneie, aber wenn, dann richtig.

Als sie gerade Hot rufen wollte, ging die Tür des Ship Inn auf und eine altbekannte Gestalt mit weißem Haar kam angestakst. Sheila Hannafore.

»Hot, Hot! Wir müssen gehen«, rief Rosa ihren kleinen Vierbeiner und hoffte inbrünstig, ihn an die Leine zu bekommen, bevor die blöde Publady sie erreicht hatte.

»Hallo, Rosa.« Aus Sheilas Mund mit den perfekt weißen Zähnen würde sicher gleich bittere Galle kommen. »Dir habe ich es zu verdanken, dass mein Junge so überstürzt nach London gefahren ist!«

Es war fast eine Erleichterung zu hören, dass Lucas von der Bildfläche verschwunden war. Andererseits entsetzte Rosa der Gedanke, dass Sheila vielleicht etwas wusste.

»Ich weiß nicht, was Sie meinen.«

»Du hast mich mit deinen Lügen schon genug in Schwierigkeiten gebracht, Missy. Wag das bloß nicht noch einmal. Ich habe dich mit ihm gesehen.«

»Ach ja? Hot, komm jetzt.« Endlich folgte der kleine Dackel und kam angetrottet. »Tut mir leid, Sheila, ich muss jetzt gehen.«

»Nicht so schnell. Setz dich für einen Moment.«

»Nein, ich …«

Sheila drückte Rosa an der Schulter auf die Bank. Wütend sprang Rosa sofort wieder auf. Auch Hot war jetzt ganz aufgebracht und rannte herum, bis Rosa es schließlich schaffte, ihn an die Leine zu nehmen.

»Fass mich nie wieder an!«, zischte Rosa und marschierte zum Pfad Richtung Klippen.

»Und der Abend neulich, wo ihr so gelacht habt und er dich huckepack getragen hat … willst du behaupten, dass das nichts damit zu tun hat, dass er sich schon vor Weihnachten aus dem Staub gemacht hat?«, rief Sheila ihr hinterher.

Rosa drehte sich um. »Das reicht jetzt.«

»Ach, ich kann auch noch lauter werden, meine Liebe.«

Rosa ging wieder zu ihr zurück und seufzte schwer.

»Willst du, dass ganz Cockleberry Bay erfährt, was für ein Flittchen du bist, Rosa Larkin oder wie auch immer du jetzt heißt! Oder reicht es dir, wenn nur dein Mann davon erfährt?«

»Also gut, ich habe an dem Abend mit deinem Sohn geredet, stimmt. Und? Ich habe keine Ahnung, warum er nach London zurückgefahren ist. Ehrlich gesagt, ist mir das auch herzlich egal.«

»Aber findest du es nicht auch ein bisschen komisch, dass er einfach so abgehauen ist?«

»Ich habe keine Ahnung, Sheila.« Rosa zuckte mit den Achseln. »Das ist die Wahrheit.«

»Hat er irgendwas gesagt?«

»Ich kann mich nicht erinnern. Du kannst mir gar nichts anhaben. Josh weiß nämlich, dass ich deinen ach-so-wunderbaren Sohn gesehen habe.«

»Da warst du wohl wieder besoffen, was?« Die Frau lachte höhnisch. »Wenn du daran schuld bist, dass er Weihnachten nicht mit mir und seiner Familie verbringt, kannst du dich auf was gefasst machen! Aber das weißt du, oder?«

»Jeder Mensch ist für seine eigenen Taten verantwortlich, Sheila. Auch du.«

»Was soll das denn heißen?« Und als Rosa ihr keine Antwort darauf gab, setzte Sheila nach: »Du elendes Flittchen!« Damit machte diese schreckliche Frau auf dem Absatz kehrt und marschierte zu ihrem Pub zurück.

Zitternd griff Rosa in die Handtasche, holte eine von den kleinen Weinflaschen heraus, drehte sie auf und trank in großen Schlucken. Der Wein würde sie beruhigen. Während Rosa im Gehen trank, um ihren Herzschmerz zu stillen, zog sie Hot mit sich und ging zu den Klippen hinauf. Der beißende Wind, die Wellen, die unten gegen die Felsen peitschten, die bedrohlich dunklen Wolken der Schlechtwetterfront taten ihr Übriges, um Rosas schlechte Laune zu steigern.

Die Gedanken kreisten in ihrem Kopf. Warum war Lucas gleich nach London aufgebrochen? Hatte er Angst, dass Josh von dem Abend erfahren würde? Aber das war schließlich allein ihr Problem und nicht seines. Sie war erwachsen und sie hatte nur gemacht, wozu sie Lust gehabt hatte. Oder nicht? Es war schrecklich, dass sie nicht die geringste Ahnung hatte, was passiert war. Hatte Lucas ein schlechtes Gewissen?

Sie hatte Angst vor dem, was sie vielleicht gesagt oder getan hatte. Und aus diesem Grund trank sie die letzten Tropfen aus und öffnete gleich die nächste Flasche. Im Moment war es das Einzige, das sie tun konnte. Oben an den Klippen vergaß sie, wie gefährlich es dort war. Sie löste Hots Leine und ließ ihn frei herumlaufen. Währenddessen blickte sie hinunter zur Bay, wo in der Ferne die blinkenden Lichter entlang der Strandmauer vor dem Ship Inn zu sehen waren.

Leicht beschwipst hob sie die halb volle Flasche zum Himmel. »Frohe Weihnachten, Uropa Ned! Frohe Weihnachten, Queenie! Frohe Weihnachten, Granny Maria … Trefft mich, wo der Himmel das Meer berührt«, sang sie, wobei sich ihre Stimme überschlug.

Sie hob Hot hoch, um sich zu trösten, und sagte: »Es ist alles gut, mein Junge. Mummy ist nur traurig, weil Daddy weggefahren ist und weil Sheila Hannafore, diese blöde Kuh, ihr Angst machen will.«

Hicksend blickte sie zum düsteren Himmel. »Komm, Würstchen, jetzt gehen wir wieder heim. Wie es aussieht, schneit es gleich.« Nachdem sie Hot abgesetzt hatte, rannte er plötzlich davon. Sie hörte ein tiefes Bellen, wie es nur von einem großen Hund stammen konnte, dann sah sie aus dem Augenwinkel eine Bewegung. Ein Ball flog Richtung Abgrund durch die Luft und ein kleiner Dackel sauste mit flatternden Ohren hinterher.

Rosas entsetztes »Nein!« trug der Wind davon, als ihr geliebter Vierbeiner plötzlich von der Bildfläche verschwand. In ihrem besoffenen Zustand rannte sie zum Rand der Klippe, ohne einen Gedanken an ihre eigene Sicherheit zu verschwenden. Und dann hörte sie drei Meter unter sich ein Winseln. Hot, dem Blut aus dem Mund tropfte, kauerte auf einem Felsvorsprung. Rosa warf die Handtasche von sich und begann, nach unten zu klettern.

Auf der Hälfte des Weges zu ihrem geliebten Hund wurde Rosa bewusst, welchen furchtbaren Fehler sie begangen hatte. Der eisige Wind ließ ihre nackten Hände taub werden und ihre Beine waren vom Wein ganz wacklig. Krampfhaft versuchte sie, am rutschigen Felsen Halt zu finden, als sie plötzlich mit einem Fuß abrutschte und mit einem markerschütternden Schrei in die Tiefe fiel.

Kapitel 30

Mary kam von der Arbeit nach Hause und wollte in der Küche Feuer machen, als das Licht dreimal an- und wieder ausging.

»Queenie«, sagte Mary laut. »Komm schon, hör auf damit.« Durch die Katzenklappe kam Merlin reingeschossen und war ungewöhnlich anschmiegsam. Plötzlich zuckte Mary zusammen, weil ein stechender Schmerz ihren rechten Arm durchzog.

Sie blickte auf die Uhr. Es war erst halb vier, aber wegen der Schneewolken am Himmel kam es einem schon viel später vor. Sie würde anheizen, sich duschen und anschließend das Roastbeef fürs Abendessen mit Rosa in den Ofen schieben.

Vor Kälte zitterte sie und wärmte sich selbst dann kaum auf, als das Feuer laut im Kamin prasselte.

Kapitel 31

»Suggs, was ist los, Großer? Ach, ist etwa der Ball über die Klippen gegangen?«

Joe Fox war nicht schwindelfrei und wagte sich deshalb nicht zu nah an den Klippenrand. Der Wind hatte zugenommen, und es war fast schon dunkel. Außerdem hatte Joe bereits die erste Schneeflocke auf der Wange gespürt.

»Komm, wir haben genügend andere Bälle zu Hause.« Er machte der Dogge ein Zeichen, damit sie käme, doch der Hund blieb weiter vor dem Abgrund stehen. »Suggs!« Joe wurde ärgerlich. »Komm jetzt!« Suggs bellte, als wolle er ihm etwas sagen. Als er kurz aufhorchte, meinte Joe, ein Geräusch zu vernehmen. Er legte den Kopf schief und lauschte, dann hörte er es wieder.

»Hilfe! Helft uns, irgendwer, bitte!« Und dann hörte er das hohe Kläffen eines kleinen Hundes. Immer noch hatte Joe Angst, zum Rand der Klippen vorzulaufen. Während sich sein Magen vor Furcht zusammenzog, ging er auf alle viere und kroch übers Gras zum Abgrund. »Hallo, ist da jemand?«

»Hilfe! Wir brauchen Hilfe!« Da erkannte Joe, dass es sich um Rosas Stimme und das Bellen von Hot handelte. Schließlich war er letztes Jahr so oft hier mit Rosa und Hot spazieren gegangen.

»Rosa?«

»Joe? Bist du das? Ich hätte nie geglaubt, dass ich das einmal sagen würde, aber ich bin verdammt froh, dass du hier bist. Du musst uns helfen. Ich bin hier auf dem Vorsprung, der ist ganz schmal. Und bald wird es ganz dunkel …« Ihre Stimme überschlug sich vor Panik. »Ich hab mir irgendwie den Arm verletzt, er tut unglaublich weh. Und ich habe solche Angst, dass Hot runterfällt.«

Joe versuchte, sich seine eigene Angst nicht anmerken zu lassen. Mit fester Stimme rief er: »Okay, okay, bleib ganz ruhig. Ich klettere besser nicht zu dir runter, sondern hole gleich Hilfe, okay?« Der Vorsprung, auf dem die beiden kauerten, war nicht mal einen Meter breit. Es grenzte an ein Wunder, dass sie darauf gelandet waren. Joe hatte große Angst, dass sie abstürzen könnten.

»Geh nicht weg!«, rief Rosa panisch.

»Keine Angst, ich bleibe bei euch. Bewegt euch nicht.«

Jetzt sah Joe, dass die Flut im Anmarsch war und als er sein Handy herauszog, um Hilfe zu rufen, setzte der Schneesturm ein. Es schneite keine kleinen, romantisch schwebenden Flöckchen. Nein, vom Himmel fielen Riesenflocken – so groß, dass sie sogar eine Weile auf dem Meer treiben würden.

»O Gott! Nein.« Rosa hatte solche Angst wie noch nie in ihrem Leben. Sie kauerte sich auf dem Vorsprung zusammen und konzentrierte sich darauf, nicht das Gleichgewicht zu verlieren. Hot drängte sich so gut es ging an sie. Sie zitterten beide vor Kälte und Furcht.

»Bleib ganz ruhig, Rosa. Die Küstenwache kommt gleich. Es dauert höchstens fünfzehn Minuten, haben sie gesagt. Bleib in Bewegung, um dich warm zu halten. Oder halt, bloß nicht bewegen!« Joe geriet in Panik.

Rosa rief etwas zu ihm herauf, das der starke Wind fast davontrug. »Wenn mir etwas passiert, sag Josh, dass es mir leidtut und dass ich ihn liebe.« Sie gab einen kläglichen Laut von sich. »Mir ist so kalt.« Jetzt glaubte Joe trotz des lauten Getöses ihr Zähneklappern zu hören.

»Es wird euch nichts passieren. Alles wird gut. Halte dich weiter fest.« Joe überwand seine Angst und stand auf. Er hielt Suggs ganz nah bei sich. Der Hund spürte wohl, dass etwas passiert war. Er bellte, als wolle er Rosa und Hot sagen, dass er ihnen Beistand leistete.

»Okay, jetzt sehe ich das Boot kommen, Rosa. Halte durch, es dauert nicht mehr lange.«

* * *

Joe hatte von der Küstenwache eine starke Taschenlampe geliehen bekommen und war zurückgelaufen. Rosa lag unterdessen in eine Aluminiumdecke eingewickelt auf dem Rettungsschiff und stöhnte leise vor sich hin. Hot schmiegte sich an sein Frauchen und fiepte. Seine Wunde war zum Glück nicht tief und war desinfiziert worden.

»Sie hatten großes Glück, Rosa«, sagte der glatzköpfige Mann von der Küstenwache zu ihr. »Die Flut ist sehr schnell angestiegen, und wer weiß, was passiert wäre, wenn man Sie in dem Schneesturm nicht rechtzeitig gefunden hätte. Gott sei Dank ist der Spaziergänger gekommen.«

»Wenn er nicht da gewesen wäre, hätte aber auch niemand den verdammten Ball geworfen. Au! Mein Arm tut so weh, dass es sich nicht gerade anfühlt, als hätte ich großes Glück gehabt«, jammerte Rosa, bei der langsam ein Kater einsetzte.

»An der Küstenstation wartet ein Rettungswagen, der bringt Sie zur Untersuchung ins Krankenhaus.«

»Aber was ist mit meinem Hund? Den kann ich wahrscheinlich nicht mitnehmen, oder?«

»Gibt es vielleicht jemanden, den Sie anrufen können?« Er blickte auf ihren Ehering. »Vielleicht Ihren Mann?«

Rosa schossen die Tränen in die Augen. »Nein, ich habe kein Handy … und im Moment auch keinen Ehemann.«

»Verstehe. Gibt es vielleicht sonst jemanden, dessen Nummer Sie wissen?«

»Ja, Jacob. Können Sie Jacob vom Lobster Pot in Cockleberry Bay anrufen? Der weiß genau, was er tun muss. Und er soll auch Mary, meine Mutter, anrufen.« Rosa stöhnte wieder. Die Schmerzen im Arm wurden immer stärker. »Könnte ich vielleicht eine Tablette bekommen?«

»Wir sollten lieber warten, bis ein Arzt Sie untersucht hat«, entgegnete er.

»Ich muss dringend aufs Klo«, sagte Rosa. »Und mir ist ganz schlecht.«

Bevor einer der beiden Männer die Möglichkeit hatte, ihr eine Schüssel zu reichen, krümmte sich Rosa und übergab sich über das gesamte Deck. Selbst Hot bekam etwas ab. Die Kraft, die durch ihren Körper gefahren war, führte auch noch dazu, dass sich ihre Blase entleerte. Jetzt schluchzte Rosa ohne Zurückhaltung. »Es tut mir schrecklich leid. Und angepinkelt habe ich mich auch noch.«

Kapitel 32

»Oh, Rosa!« Jacob hielt die Hand seiner Freundin. Er sah den Bluterguss an der Stirn und eine kleine Wunde daneben, die mit wenigen Stichen genäht worden war. Ihr Arm wurde von einer Schlinge gehalten. Rosa war sehr blass. Sie war zum Glück in einem Einzelzimmer untergebracht worden, da kein anderes Bett zur Verfügung stand.

»Du hast aber nicht etwa Josh angerufen, oder?«, fragte sie bang.

»Nein, ich wollte erst mal sehen, wie es dir geht. Deine Mum hat gesagt, dass ihr Probleme hattet, und ich wusste ja auch nicht, mit wem du da oben auf den Klippen warst. Der Mann von der Küstenwache hat berichtet, dass dir irgendwer das Leben gerettet hat.«

Rosa befühlte ihre Wunde an der Stirn. »Ja, das war Joe.«

»Was? Etwa Joe Fox, der Mistkerl? Wirklich?« Jacob war entsetzt.

»Er war zufällig da, ich schwöre es.«

»Na gut, wenn du es sagst.« Jacobs Miene hatte sich verdunkelt, doch jetzt versuchte er, sich zu entspannen. »Deine Mum wollte auch mitkommen, aber ich habe gesagt, dass du sie anrufst. Ich war gerade mit hundertfünfzig Stundenkilometern unterwegs, um so schnell es geht zu dir zu kommen.« Er seufzte tief. »Ich habe mir solche Sorgen um dich gemacht.«

»Da bist du wohl der Einzige.«

»Komm schon, du wirst sehr geliebt und das weißt du ganz genau.«

»Kannst du Mary nicht einfach eine SMS schreiben?«

»Nein, du musst sie schon selbst anrufen, Rosa. Hier.«

Rosa nahm das Telefon, das er ihr hinhielt, und in dem Moment wurde ihr bewusst, dass sie vorerst nur eine Hand zur Verfügung hatte. Ihr rechter Arm war möglicherweise gebrochen.

Jacob bemerkte ihren Gesichtsausdruck und wählte für sie die Nummer, dann reichte er ihr das Handy zurück.

»Betrunken? Ist das alles, worüber du dir Sorgen machst – ob ich betrunken war?« Rosa wollte das Handy gleich wieder an Jacob zurückgeben, doch er verweigerte die Annahme. »Mum, mir geht es gut. Ich warte noch aufs Röntgen. Vielleicht ist der Arm gebrochen. Sie haben gesagt, dass ich über Nacht hierbleiben soll, weil ich mir auch den Kopf verletzt habe. Aber bitte erzähl Josh nichts. Oder hast du etwa schon mit ihm gesprochen?« Obwohl das Handy nicht auf Lautsprecher gestellt war, konnte Jacob hören, wie besorgt Marys Stimme klang. »Okay, dann mach das bitte auch nicht. Ja, Hot geht es gut. Raff hat ihn zu sich geholt. Jacob und Raff waren meine Retter in der Not, wie immer.«

Sie beendete das Gespräch und reichte Jacob das Handy zurück, wobei sie vor Schmerz zusammenzuckte.

»Unglaublich, wie weh das tut! Nicht einmal die Schmerztabletten helfen.«

In dem Moment kam der Arzt herein. »Mrs Rosa Smith?«

»Ja, hier.«

»Sie haben Glück, Mrs Smith. Ihr Arm ist nicht gebrochen, sondern nur geprellt. Trotzdem sollten Sie ihn eine Weile ruhighalten, am besten mithilfe der Schlinge. Es dauert ungefähr zwei Wochen, bis Sie wieder völlig schmerzfrei sind. In der Zwischenzeit können Sie gegen die Schmerzen Paracetamol nehmen.«

Er blickte sie freundlich an. »Wie geht es Ihnen sonst? Wahrscheinlich haben Sie auch Kopfschmerzen, oder?«

Tränen traten in Rosas Augen. »Ich fühle mich furchtbar«, antwortete sie und begann zu weinen.

Der junge Arzt legte die Hand auf ihren unverletzten Arm. »Ich kann Ihnen etwas geben, damit Sie besser schlafen können.« Er wandte sich an Jacob. »Bleiben Sie noch ein bisschen hier?« Als Jacob nickte, sagte der Arzt: »Ja, das ist gut.« Er verabschiedete sich und verließ mit einem Blick auf sein Clipboard den Raum.

»Wie soll ich jetzt nur im Laden arbeiten?«, jammerte Rosa. »Zurzeit ist Hochkonjunktur.« Doch dann wechselte sie in den Überlebensmodus, den sie schon so oft gebraucht hatte. »Na ja, so schlimm ist es wohl nicht. Es reicht, wenn ich zur Aufsicht da bin. Ich kann nur nichts heben. Aber Titch wollte eh mehr Geld verdienen und jetzt, da ihr Kleiner die Flasche kriegt, kann ihre Mum babysitten. Alles ist gut, es wird schon klappen.«

»Aber es ist auch okay, wenn man zugibt, dass es einem nicht gut geht, Rosa«, meinte Jacob.

Da begann Rosa wieder zu weinen. »Ich habe alles vermasselt. Was, wenn Josh nie mehr zurückkommt?«

»Erzähl mir doch erst mal, was eigentlich passiert ist. Vielleicht kann ich helfen?«

»Es ist so kompliziert und wirklich lächerlich. Hast du gewusst, dass Josh das Café kaufen wollte?«

»Was? Nein, davon hat er kein Wort gesagt. Wow, das ist ja toll! Warum, wann, wie? Heißt das, du verkaufst den Eckladen?«

»Zu viele Fragen«, stöhnte Rosa. »Und nein, ich darf den Eckladen ja nicht verkaufen. Und ihn auch nicht irgendwem

X-beliebigen vermachen, sondern nur jemandem, der ihn richtig verdient hat. Das war die Bedingung, und ich bin es Ned schuldig, sie zu erfüllen.«

»Und er hat das ›Kaffee, Tee und Meer‹ gekauft? Wie ist Josh denn darauf gekommen?«

»Ich weiß nicht, was ihm durch den Kopf gegangen ist. Ich habe öfter erwähnt, dass ich gerne ein Café hätte, und du kennst ja Josh, er dachte, dass er mich glücklich macht, wenn er es für mich kauft.«

»Ja, ich kenne Josh. Er wollte dir damit zeigen, wie sehr er dich liebt, und dass er einfach alles für dich tun würde.«

Rosa biss sich auf die Lippe. »Ich habe gedacht, dass er eine Affäre hat.«

»Wie bitte? Das ist genauso absurd, wie wenn du behaupten würdest, dass ich gerne Mädchen küsse.« Mit diesem Kommentar entlockte er ihr sogar ein schwaches Lächeln. »Josh ist ein anständiger Kerl, Rosa. So etwas würde er nie tun.«

»Was ich jetzt, verdammt noch mal, auch weiß.«

»Wie oft muss ich dir noch sagen, dass er dich liebt? Warum kannst du das nicht einfach glauben?«

Rosa ignorierte, was ihr Freund sagte, und jammerte: »Ich hätte Josh einfach darauf ansprechen sollen, statt mich so kindisch zu benehmen. Vor lauter Trotz habe ich beim erstbesten Mann, der nur ein Fünkchen Interesse gezeigt hat, die Beine breitgemacht. Was für ein blöder Racheversuch.« Sie warf niedergeschlagen den linken Arm in die Luft, doch sie zuckte sogleich zusammen, denn sie hatte dabei auch den verletzten bewegt.

»Vorsicht, Prinzessin. Und wer war dieser ›erstbeste Mann‹?« Jacob strich sich mit einer feminin wirkenden Geste die Haare aus dem Gesicht. »Bitte sag nicht, dass es dieser Mistkerl Lucas Hannafore war.«

»Doch, leider schon. Wir sind heimlich in ein Ferienhaus eingedrungen.«

»Nein!« Jacob stöhnte auf. »Was in aller Welt hast du dir nur dabei gedacht, Rosa?«

»Na, gedacht habe ich gar nichts!« Und dann murmelte sie kleinlaut: »Wir haben uns geküsst. Was schon schlimm genug ist. Aber ich weiß nicht, ob wir sonst noch was gemacht haben. Ich hatte tatsächlich zu viel getrunken.« Sie gähnte und fügte hinzu: »Aber jetzt habe ich keine Lust mehr, darüber zu reden.«

Jacob, den sonst wenig aus der Ruhe brachte, war fassungslos. »Und meinst du nicht, dass Josh ein Recht hat, wenigstens von deinem Unfall zu erfahren?«

Rosa setzte sich auf. »Nein, auf gar keinen Fall! Versprich mir, dass du ihm nichts sagst. Er soll zurückkommen, weil er es will, und nicht, weil er Mitleid hat.«

»Du bringst mich in eine höchst unangenehme Situation, Rosa. Wo ist er überhaupt?«

»Er ist zu seiner Mum gefahren, um in Ruhe nachzudenken. Da sucht er sich jetzt eine anständige Frau, nicht so ein elendes Flittchen, wie ich es bin.«

»Elendes Flittchen?«

»Das hat Sheila zu mir gesagt.«

Dann fiel ihr wieder ein, wie sie sich im Rettungsboot übergeben und eingenässt hatte. Wie furchtbar peinlich das war! Es kam ihr vor, als wäre sämtliche Lebensenergie aus ihr gewichen.

»Jacob?«, flüsterte sie.

»Was, Schätzchen?«

»Ich glaube, ich brauche Hilfe.« Sie streckte die Hand nach ihm aus, und er ergriff sie mit beiden Händen. »Ich darf einfach nicht mehr so große Scheiße bauen.«

Jacob beugte sich vor und gab ihr einen Kuss auf die Wange. Mit feuchten Augen sagte er: »Ja, ich verstehe.«

Kapitel 33

Rosa füllte gerade einhändig den Napf mit knochenförmigen Hundekeksen, als Titch in den Laden kam, und ihre Handtasche schwungvoll auf die Kassentheke warf.

»Frohes neues Jahr, Rose. Ups, wahrscheinlich darf ich das gar nicht zu dir sagen.«

»Danke. Du weißt, dass ich kein großer Weihnachtsfan bin. Aber lustigerweise hatte selbst ich schon bessere Festtage als die letzten.«

»Ja, wirklich sehr lustig.« Titch zog ihre Jacke aus.

»Silvester mit Mary, Merlin und Jool Hoolands großer Silvestergala war wahnsinnig unterhaltsam.«

»Na ja, jetzt hast du's überstanden. Wie geht's deinem Arm?«

»Tut immer noch weh und ich kann noch nicht viel machen. Aber es wird langsam besser, danke.«

»Dann ist ja gut. Jetzt, da ich quasi die neue Managerin des Eckladens von Cockleberry Bay bin, habe ich einen guten Vorsatz fürs neue Jahr gefasst: Ich suche mir einen neuen Schwanz.«

»Du bist so was von derb, Titch.«

»Seit wann bist *du* so bieder?«

»Seit ich mich von der verdammten Klippe katapultiert habe.« Rosa stellte den leeren Pappkarton unter die Theke, um ihn später zu recyceln.

»Ja, was für ein Pech! Aber ich komme jetzt jeden Tag und wenn ich sonst noch irgendwas für dich tun kann, sagst du es mir einfach.«

»Danke. Ich brauche Hilfe bei den Bestellungen. Es ist wirklich unglaublich, für wie selbstverständlich man zwei gesunde Hände hält.«

»Du Arme. Ich mach uns jetzt erst mal einen Kaffee. Kekse habe ich auch dabei. Dann können wir in Ruhe plaudern. Ich denke, heute wird nicht so viel Betrieb sein.« Titch nahm ihre Tasche und ging nach hinten in die kleine Ladenküche.

Ding! Rosa blickte auf und hielt erschrocken die Luft an. Vor ihr stand Joe Fox.

Nach dem Unfall hatte sie ständig daran denken müssen, ob er vielleicht von ihrem Malheur auf dem Boot erfahren hatte, denn er war noch mal zur Küstenstation gekommen, um die Taschenlampe zurückzubringen. Rosa hoffte inbrünstig, dass wenigstens die Rettungsmannschaft dichtgehalten hätte.

»Hi«, sagte er etwas unsicher. »Ich wollte nur ein paar Hundedrops für Suggs kaufen – und mich nach dir erkundigen.«

»Mir geht's gut, danke.« Rosa setzte ein Lächeln auf. »Trotz meines kleinen Skydive-Sprungs ohne Fallschirm.«

»Ist dein Arm gebrochen?«

»Nein, zum Glück nicht. Aber er tut noch ziemlich weh.«

Joe tappte nervös von einem Fuß auf den anderen, während seine Bankkarte eingelesen wurde. »Ich hoffe, es geht dir bald wieder besser. Es tut mir so leid, dass ich den Ball geworfen habe.« Er schien sich ziemlich unwohl zu fühlen. »Also dann … ähm … dann gehe ich mal wieder.« Er wandte sich um und lief zur Tür, doch seine Karte und die Tüte mit den Leckerlis lagen noch auf dem Kassentisch.

»Joe?« Als er sich umdrehte, hatte er einen roten Kopf. Rosa gab ihm seine Sachen und sagte schnell: »Danke, dass du mich und Hot gerettet hast.«

»Dann habe ich wohl wenigstens ein kleines bisschen wiedergutmachen können.« Er zog entschuldigend die Schultern hoch und ging. Als er gerade die Tür hinter sich geschlossen hatte, trat Becca Fox draußen auf der Straße zu ihm. Die beiden Eheleute schienen einen kleinen Disput zu haben. Rosa schluckte schwer.

»Du siehst aus, als hättest du ein Gespenst gesehen«, meinte Titch, nachdem sie eine Tüte Ingwerkekse auf die Theke hatte fallen lassen, die sie mit den Zähnen getragen hatte, weil sie zwei dampfende Kaffeebecher in den Händen hielt.

»Nein, aber einen Fox.«

»Mist! Tatsächlich«, sagte Titch, die Joe draußen vor dem Schaufenster erspähte. »Der hat vielleicht Eier, dass er sich traut herzukommen. Zum Glück war ich gerade hinten.«

»Nein, es passt schon. Irgendwie war ich sogar froh, ihn zu sehen. Ich habe mir nämlich die ganze Zeit gedacht, dass ich mich persönlich bei ihm bedanken müsse. Das ist jetzt also erledigt. Wenn er nicht da gewesen wäre, hätten Hot und ich sterben können, ohne Handy, mit der nahenden Flut, dem Schneesturm …«

»Ja, aber wenn er den Ball nicht geworfen hätte …«

»Ach, Titch, was sagt deine Mum immer? ›Wenn das Wörtchen wenn nicht wär, wär ich längst schon Millionär‹.«

»Stimmt. Ritchies Mum hat neulich gemeint, dass es bei Joe und Becca nicht so läuft.«

»Sie haben draußen auch gerade gestritten.«

»Becca hat aber nie von euch erfahren, oder?«

»Nein, sonst würde Becca sicher nicht mehr bei mir einkaufen.« Rosa bewegte den Arm in der Schlinge, um eine angenehmere Position zu finden. Dann warf sie Titch eine Packung Paracetamol zu. »Kannst du mir bitte zwei davon rausdrücken?«

Titch gab Rosa die Tabletten und holte ein Glas Wasser. »Hier.«

Rosa nahm das Medikament, dann setzte sie sich umständlich auf den hohen Hocker hinter der Theke.

»Jedenfalls sagt meine Mum immer, wenn man darauf wartet, dass der Ex zurückkommt, ist es, als würde man vor einer roten Ampel warten, an der steht: ›Diese Ampel schaltet nie auf Grün.‹«

»Ich habe doch gar nicht gesagt, dass ich Joe Fox zurückhaben will!« Rosa war entsetzt. »Und außerdem war unsere Beziehung nicht gerade so, dass ich ihn als Ex-Freund bezeichnen würde.«

»Schon, aber als Schluss war, hast du dir die Augen ausgeheult. So ein Miesling.« Titch schwang sich auf den zweiten Hocker und tauchte ihren Keks in den Kaffee.

Rosa seufzte. »Ja, Titch, er war und bleibt trotz seiner Heldentat ein Miesling und ich werde weiterhin schön Abstand zu ihm halten.« Sie trank von ihrem Kaffee. »Aber du weißt schon, wie ernst meine Lage ist, oder? Ich habe von Josh zu Weihnachten bloß eine nüchterne SMS erhalten. Das war's. Und dabei wollte er eigentlich nur wissen, wie es Hot geht. Nicht mal an seinem Geburtstag haben wir geredet. Er antwortet einfach auf keine meiner Nachrichten.« Ihr Gesicht war schmerzverzerrt. »Ich weiß, dass das, was ich getan habe, furchtbar war, aber wenn er mich liebt, würde er doch wieder zurückkommen. Ich vermisse ihn so. Und ich weiß nicht, was ich tun soll.«

»Ich weiß, Rose. Ich denke, du solltest ihm jeden Tag schreiben, wie sehr du ihn liebst und wie leid es dir tut. Hast du eigentlich versucht, Lucas zu erreichen?«

»Nein, das hat keinen Sinn. Ich meine, jemanden zu fragen, ob du vielleicht mit ihm geschlafen hast, ist auch irgendwie peinlich, oder? Dafür ist es ohnehin zu spät. Am liebsten würde ich natürlich mit dem nächsten Zug zu Josh fahren, aber ich spüre, dass er Abstand zu mir braucht.«

»Aber wenn du vielleicht …«

»Nein, Titch. Lassen wir das Thema. Wie war denn dein Weihnachten?«

»Sehr ruhig. Nur Mum, Theo und ich.«

»Hast du weiter versucht, irgendwas über Theos Dad rauszufinden?«

»Nein, da Lucas jetzt nicht mehr mit der Kameraaufzeichnung helfen kann, fällt mir echt nichts mehr ein, wie ich sonst noch suchen könnte – abgesehen von einer Anzeige in der Zeitung.«

»Aber Theo geht's wieder gut, oder?«

»Ja. Ich habe ihn in der Woche vor Weihnachten zum Arzt gebracht und da war alles in Ordnung.«

»Gott sei Dank.«

»Ja, zum Glück. Das will ich echt nicht noch mal durchmachen.« Plötzlich änderte sich Titchs Gesichtsausdruck. »Am zweiten Weihnachtsfeiertag war es allerdings auch so ähnlich. Da hat er die ganze Zeit geweint. Ich habe Panik bekommen, weil ich dachte, dass es wieder dasselbe sei, und habe den Notarzt gerufen. Aber Theo hatte wohl nur Blähungen, weil ich zu viele saure Gurken von der Käseplatte gegessen hatte.«

»Heißt das, dass du doch noch stillst? Ich dachte, er kriegt längst die Flasche.«

»Na ja, halb, halb. Das klappt ganz gut. Aber wenn ich einen Freund finden will, sollte ich besser keine auslaufenden Titten mehr haben, was?«

»In meinem Kinderheim gab es mal einen Jungen, der hat auf laktierende Frauen gestanden.«

»Iih, das ist echt schräg.«

»Na ja, wir waren alle etwas schräg. Ein anderes Mädchen hat Eulen gesammelt.«

»Was ja ganz süß ist. So niedliche Figürchen und Stofftiere und so?«

»Nein.« Rosa lachte. »Tote, ausgestopfte Eulen.«

»Wie krass!« Titch spuckte fast den Kaffee aus. »Und was hast *du* gesammelt?«

»Geschlechtskrankheiten?«

»Rose!«

»Na, du musst grad reden, wo du nicht mal weißt, wer der Vater deines Kindes ist.«

»Na gut, du gewinnst.«

»Das war nur ein Scherz.« Rosa seufzte. »Lass uns dafür sorgen, dass wenigstens der Januar friedlich verläuft. Noch mehr Drama kann ich nicht vertragen.«

Hot bellte frustriert, weil die Hocker so hoch waren, dass er nicht auf den Schoß von einer der beiden springen konnte.

»Und du musst auch deinen Beitrag dazu leisten, du Wurst!«, sagte Titch und warf ihm einen halben Keks zu.

Kapitel 34

»So, da wären wir.« Jacob nahm Rosa die Hundeleine ab. Sie standen vor einem Reihenhäuschen mit einer gelben Haustür. Auf den Pfeilern des schmiedeeisernen Gartentors saßen zwei Löwenköpfe. »Bist du bereit?« Und als Rosa nickte, sagte er aufmunternd: »Du wolltest es so und es ist genau das, was du brauchst.«

Rosa stieß laut die Luft aus. »Ich weiß.« Vor Aufregung konnte sie kaum sprechen.

»Ich warte mit Hot auf dich und in genau fünfzig Minuten sehen wir uns wieder. Jetzt ab mit dir. Es wird dir guttun.«

Jacob gab Rosa einen Kuss auf die Wange. Im Gehen winkte er ihr, während sie vor der Tür stand und klopfte. Da klingelte auch schon sein Handy.

»Hallo, mein Freund … Ich habe sie gerade herbegleitet und hole sie nachher wieder ab. Sie war verständlicherweise ziemlich nervös … Ja, dafür habe ich auch gesorgt … Ich weiß, ich weiß. Aber ich verspreche dir, dass ich gut auf sie aufpasse, wie immer.«

* * *

»Alec?« Rosa war baff. Dann schlug sie sich auf die Stirn. »*Du* bist Dr. Burton? Alec Burton, natürlich! Wobei ich nicht im

Traum daran gedacht hätte, dass du es sein könntest. Deinen Nachnamen hatte ich ganz vergessen.«

Der große Mann erwiderte sachlich: »Da wir uns unter anderen Umständen kennengelernt haben, möchte ich dich zunächst fragen, ob du bereit bist, mit mir zu arbeiten. Ab sofort ändert sich die Natur unserer Bekanntschaft und wir haben eine andere Beziehung, nämlich eine zwischen Therapeuten und Patient. Das heißt, während du meine Patientin bist, werden wir nicht auf anderer Ebene befreundet sein.«

Rosa hörte gespannt zu, während Alec fortfuhr: »Was hier besprochen wird, bleibt streng vertraulich. Es verlässt den Raum nur, wenn ich deinen Fall innerhalb der Therapeutengruppe bespreche und auch dann wird natürlich dein Name nicht erwähnt.« Er lächelte sie an. »Wie klingt das für dich, Rosa?« Trotz seiner stattlichen Körpergröße war seine einfühlsame Art sehr beruhigend.

»Das klingt gut.« Rosa nickte. »Wir kennen uns kaum, aber ich finde dich sympathisch.«

»Das freut mich. Ich habe einen Vertrag entworfen, den kannst du mit nach Hause nehmen, in Ruhe durchlesen und dann unterschreiben. Für dich sind sechs Sitzungen reserviert, aber falls du auch danach noch zu mir kommen möchtest, ist das auf jeden Fall möglich. Okay?«

»Okay«, antwortete Rosa leise.

»Hier sind Wasser und Taschentücher, wenn du etwas davon brauchst.«

»Ich dachte, nur schwache Menschen müssen eine Therapie machen«, platzte es nervös aus ihr heraus, während sie versuchte, eine bequemere Position auf dem Sessel zu finden. Alec saß ihr gegenüber.

»Es erfordert sehr viel Kraft, zwischen den beiden Löwenköpfen durchzugehen, das kann ich dir versichern«, sagte er. Sofort stiegen Rosa Tränen in die Augen. »In diesem Raum darfst du dich ganz sicher fühlen. Hier wirst du angenommen, wie du bist, und du kannst deine Gefühle ohne Zurückhaltung betrachten und über deine Sichtweise aufs Leben nachdenken. Wenn du möchtest, Rosa, dann beginne doch einfach mal, indem du schilderst, warum du hergekommen bist. Wir sprechen ganz allgemein darüber und lassen uns überraschen, wohin das Gespräch uns führen wird.«

Rosa nahm das Wasserglas und trank einen großen Schluck. Dann zog sie ein Taschentuch aus der Box und hielt es zusammengeknüllt in der Hand. »Ich bin hier, weil ich jede Beziehung kaputtmache. Allen voran meine Ehe.«

»Okay.« Alec nickte ihr ermunternd zu und wartete.

»Ich trinke Alkohol, um meine Gefühle zu betäuben, und ich bringe mich in gefährliche Situationen, wenn ich zu viel getrunken habe. Ich verstehe nicht, warum das so ist. Mir ist so viel Gutes widerfahren, und ich habe tolle Menschen in meinem Leben, aber trotzdem bin ich irgendwie nicht richtig glücklich. Ich habe ständig Angst davor, allein und im Stich gelassen zu werden.«

Rosa wurde von einem heftigen Weinkrampf erfasst. Sie heulte so laut auf, dass sie selbst mit Merlin und dessen schrecklichem Gejaule hätte mithalten können.

Alec blieb unterdessen ruhig sitzen und wartete, während Wut und Trauer aus ihr herausbrachen.

Mit stockendem Atem schluchzte sie: »Ich hätte nicht gedacht, dass ich hier weinen müsste.« Sie rieb sich die geschwollenen Augen, dann griff sie nach ihrer Handtasche und stand mit wackligen Knien auf. An der Tür blickte sie sich um und sagte: »Tut mir wirklich leid, Alec, aber ich kann das nicht. Es ist zu schwer, es geht einfach nicht.«

In der Dunkelheit draußen wurde Jacobs Gesicht vom Licht seines Handydisplays erhellt. Er war nicht sehr weit gekommen, weil er stehen geblieben war, um eine E-Mail zu lesen. Rosa eilte an ihm vorbei und Hot schien sie auch nicht zu bemerken, denn er war gerade mit einem Hundekeks beschäftigt.

»Hey, Rosa! Warte!«, rief Jacob ihr nach. Da sah auch Hot hoch und bellte.

Rosa ging langsam zu ihnen zurück und stammelte: »T… tut mir leid, Jacob. Ich w…weiß es sehr zu schätzen, dass d…du das für mich organisiert hast. Aber … ich bin noch nicht bereit, mit j…jemandem über meine Vergangenheit und meine … Beziehungsunfähigkeit zu sprechen.« Dann weinte sie wie ein kleines Kind und schluchzte an Jacobs Schulter: »Ich will einfach nur meinen Joshy zurück!«

»Ich weiß, Schätzchen. Aber glaub mir, es wird alles wieder gut.«

Sie hob den Kopf. »Versprichst du mir das?«

Jacob drückte die Freundin von sich weg, um ihr tief in die Augen zu sehen. »Bist du ganz sicher, dass du nicht wieder reingehen und es noch mal versuchen willst? Du hast es ja noch gar nicht richtig probiert.« Alec kam nach außen, aber als er sah, dass Rosa sicher bei Jacob war, verschwand er leise wieder.

»Warum soll es mir helfen, mit einem Fremden zu reden?«

»Ich glaube, du musst erst richtig bereit dafür sein, tief in dein Inneres vorzudringen, sonst bringt es wohl nichts.«

»Eigentlich dachte ich ja, dass ich bereit wäre. Ach, ich weiß nicht. Aber danke, dass du so verständnisvoll bist.« Was würde ich nur ohne Jacob machen, dachte Rosa. Er stand ihr immer zur Seite und half, wo er konnte. Wie sollte sie sich jemals bei ihm revanchieren? Er und Raff würden für immer und ewig einen festen Platz in ihrem Herzen haben.

Arm in Arm machten sie einen kleinen Spaziergang, während der kleine Hot fröhlich nebenher trottete. Als Rosa wieder vor der Ladentür stand und in der Handtasche nach ihrem Schlüssel suchte, ärgerte sie sich darüber, dass Titch nicht daran gedacht hatte, das Außenlicht für sie anzulassen.

Nun klingelte Jacobs Telefon. »Wahrscheinlich ist das mein Göttergatte«, sagte er. »Wir haben heute viele Reservierungen.«

»Dann geh schnell ins Pub zurück. Du hast sowieso mehr als genug für mich getan. Ich komme allein klar, ehrlich.« Sie hatte es jetzt auch endlich geschafft, den Schlüssel ins Schloss zu stecken.

Jacob reichte ihr Hots Leine, dann gab er ihr einen Luftkuss und erwischte gerade noch den Anruf, während er schnellen Schrittes den Hügel zum Lobster Pot hinaufging.

* * *

»Ja, ich habe mich erst vor einer Sekunde von ihr verabschiedet«, sagte Jacob außer Atem. »Es tut mir leid, lieber Freund, aber sie will es doch nicht machen. Sie hat die Sitzung vorzeitig verlassen. Wahrscheinlich ist sie einfach noch nicht so weit.«

Josh, der im Arbeitszimmer seines Londoner Häuschens saß, raufte sich die Haare. »Mist! Wie schade! Aber gut, dann brauche ich wohl einen Plan B. Geht es ihr sonst gut?«

»Sie vermisst dich sehr.«

»Gut.« Josh seufzte. »Und abgesehen davon?«

»Nun ja, es geht ihr den Umständen entsprechend. Der Laden ist jeden Tag geöffnet, und Titch verbringt viel Zeit mit ihr. Sie ist also kaum allein.«

»Das ist gut. Könntest du vorerst für mich die Rechnung bei Alec begleichen?«

»Na klar. Wenigstens kannst du jetzt weiterhin mit ihm befreundet sein.«

»Ja, wenigstens ein kleiner Trost. Ich melde mich wieder. Richte Raff liebe Grüße von mir aus. Und noch mal vielen Dank, Jacob. Ich wüsste nicht, was ich ohne euch tun würde.«

»Ich weiß, Schätzchen, aber was ich mit *dir* tun würde, wüsste ich ganz genau«, flirtete der hübsche Pubbesitzer frech, was Josh zum Lachen brachte. Als das Gespräch beendet war, scrollte er durch seine Kontaktliste.

Dies war wohl das Schwierigste, was er jemals in seinem Leben tun würde, aber wenn er seine Ehe retten wollte, blieb ihm keine andere Wahl.

Kapitel 35

Rosa gab Hot etwas zu fressen, dann ließ sie sich ein Schaumbad ein. Während sie sich im warmen Wasser entspannte, kam ihr kleiner Vierbeiner angewackelt. Wie immer streckte sie die Hand über den Wannenrand, damit er sie ablecken konnte. Hot ließ sich auf dem Badeläufer nieder und rieb sich am weichen Frotteestoff die Schaumblasen von der Schnauze. Wenn Josh einfach zurückkäme und ihr sagen würde, dass er sie liebte, dann wäre alles wieder gut, dachte Rosa. Oder nicht? Hatte sie alles für immer ruiniert? Sie betete inbrünstig, dass es nicht so war.

Es war so nett von Jacob gewesen, die Therapiesitzung für sie zu organisieren. Doch offenbar war sie noch nicht so weit, in ihr Inneres blicken zu wollen. Immerhin war die Erkenntnis, dass sie Probleme hatte, zumindest ein Anfang. Früher war sie so taff gewesen, während sie jetzt schon beim geringsten Anlass losheulte. Was in aller Welt war nur los mit ihr? Die Sozialarbeiter hatten ihr damals mit solchen Gesprächen auch nicht helfen können. Ganz im Gegenteil. Aber jetzt war Rosa an einem Punkt angelangt, wo sie dringend Hilfe brauchte. Der Sturz von den Klippen war ein Weckruf gewesen. In dem Moment war ihr klar geworden, wie tief sie gesunken war. Was wäre passiert, wenn sie nicht auf diesem Vorsprung gelandet wäre? Es hätte schlimm ausgehen können. Allein die Vorstellung, dass Hot etwas hätte zustoßen können, schmerzte sie so sehr, dass sie den Gedanken nicht fortführen konnte. Und dass sie sich angepinkelt hatte, würde ihr für immer und ewig peinlich sein. Aber einen Seelenstriptease zu veranstalten, würde sie nicht fertigbringen. Oder wurde so etwas im Laufe der Zeit leichter?

Wieder versuchte sie mit aller Willenskraft, sich daran zu erinnern, was in jener Nacht mit Lucas passiert war. Sie hatte ein völliges Blackout. Bedeutete seine übereilte Abreise vor Weihnachten, dass irgendwas passiert war? Vielleicht sollte sie ihn doch anrufen. Andererseits wollte sie es lieber gar nicht erst wissen. Wenn sie tatsächlich mit ihm geschlafen hatte, wäre ihr Schuldgefühl unerträglich gewesen.

Sie trocknete sich gerade im Schlafzimmer ab, als sie ihre Freundin rufen hörte. »Rose, was ist los? Ist alles okay?« Titch stand in der Tür, den schlafenden Theo vor sich in der Trage.

»Ja, sag mal, Titch, du hättest schon klingeln können. Ich hätte hier ja wer weiß was machen können …«

»Was denn zum Beispiel? Ich wollte nur kurz vorbeischauen, habe mir Sorgen gemacht.«

»Titch, mir geht es gut. Ich war bloß in der Badewanne.«

»Deine Augen schauen aus wie Pisslöcher im Schnee.«

»Sehr charmant, vielen Dank auch. Und wenn wir hier schon so nett zueinander sind«, sagte Rosa und schnitt eine grimmige Grimasse, »dann will ich dich auch gleich freundlichst bitten, das nächste Mal das Außenlicht anzulassen, wenn du den Laden zusperrst. Ich hatte vorher einen Heidenspaß, im Stockfinsteren meinen Schlüssel zu finden.«

»Sorry, ich musste schnell heim, um den Kleinen zu stillen.« Sie strich dem Baby liebevoll über die Stirn. »Wie war deine Sitzung?«

»Es hat sich herausgestellt, dass dieser Dr. Burton kein Geringerer als Alec, der Allergrößte, ist.«

»Ist nicht dein Ernst!«

»Doch. Was wahrscheinlich auch der Grund ist, warum er nie erzählt hat, was er beruflich macht.«

»Und wie war es?«

»Ich will nicht darüber reden.«

»Sicher nicht?«

»Titch! Sicher nicht.«

»Na gut, ich bleibe gar nicht lange, ich bin nur raus, um Fish 'n' Chips zu holen. Soll ich dir auch welche bringen?«

»Nein, vielen Dank. Ich habe keinen Hunger. Du machst wohl alles, um Ritchie, den Heißen, zu treffen, was?«

Titch überging diesen Kommentar geflissentlich. »Hier, das lag auf der Fußmatte.« Sie reichte Rosa einen Umschlag.

»Was soll das sein?«

»Na, was schon. Ein Brief. Also, ich muss los. Ich schließe morgen mit dir den Laden auf.« Sie musterte Rosa, die lediglich das Handtuch um sich geschlungen hatte, und nun den Bademantel anzog. »Immerhin sieht dein Arm wieder besser aus.«

»Ja, es fühlt sich auch schon besser an. Ich glaube, ich brauche die Schlinge gar nicht mehr. Jetzt muss er nur noch weiter abschwellen, dann ist alles wieder normal.«

»Wobei du ja eigentlich nie ganz normal bist«, scherzte Titch. Nach einem kurzen Moment sagte sie: »Rose?«

»Ja, so heiße ich. Also fast.«

»Ich bin nicht gut in so sentimentalem Zeug. Aber ich wollte dir sagen, dass du mit mir über alles reden kannst. Das weißt du, oder?«

Schon wieder bekam Rosa feuchte Augen. Bevor sie erneut zu heulen anfing, sagte sie: »Los jetzt, hau ab zu deiner Pommesbude. Wir sehen uns morgen.«

* * *

Mit einem heißen Kakao und eng an Hot gekuschelt, saß sie auf dem Sofa. Da erinnerte sie sich wieder an den Umschlag, den sie zuvor in die Tasche ihres Bademantels gesteckt hatte. Als sie ihn öffnete, sah sie die krakelige Schrift ihrer Mutter.

> Liebe Rosa, du bist vorhin nicht drangegangen und du weißt ja, dass ich nicht so gerne Nachrichten auf diesem Anrufbeantwortungsgerät hinterlasse.

Rosa verzog belustigt das Gesicht. Eigentlich war sie sich sicher, dass sie keinen Anruf verpasst hatte. Aber Mary war im Umgang mit dem Handy nicht sehr versiert.

> Lass uns einen Spaziergang machen. Triff mich um elf Uhr vor dem Café. Liebe Grüße, Mum. X

Rosa rief sie sogleich an, doch Mary ging nicht ans Telefon. Es war schon halb zehn. Wahrscheinlich lag sie bereits im Bett, denn sie ging meistens früh schlafen. Manchmal war sie so altmodisch, aber irgendwie war es auch nett, wenn man im Zeitalter der Technologie noch einen handgeschriebenen Brief bekam.

Und dann rief Rosa, wie immer bevor sie ins Bett ging, ihren lieben Josh an. Wahrscheinlich hatte er ihre Nummer blockiert, weil der Anruf gleich zur Mailbox weitergeleitet wurde. Das tat ihr sehr weh. Trotzdem rief sie wie jeden Abend an und sagte, dass sie ihn liebte.

In der letzten, kurzen Nachricht zu Weihnachten hatte er geschrieben, dass er sie zwar immer noch liebe, aber im Moment einfach nicht mit ihr zusammen sein könne. Dass er Zeit zum Nachdenken brauche. Aber wie viel verdammte Zeit braucht er dafür, dachte Rosa bitter. Doch dann schämte sie sich für diesen Gedanken. Schließlich war sie diejenige, die höchstwahrscheinlich mit einem anderen geschlafen hatte. Josh dagegen hatte ihr Leben besser machen wollen und hatte das Café für sie gekauft.

Ihre Gedanken wanderten wieder zu Lucas. Ja, sie fand ihn zwar attraktiv und sexy, aber sie liebte ihn nicht. Sie hätte eine Million Pfund gezahlt, hätte sie jene Nacht bloß ungeschehen machen können. Josh und sie waren füreinander geschaffen, daran hatte sie keinen Zweifel.

Seit dem Vorfall hatte Rosa das Café gemieden. Sie hatte noch nicht einmal nachgesehen, ob das neue Schild wieder entfernt worden war. Es schmerzte sie einfach zu sehr. Josh war so vernünftig – nach dem Vorfall würde er seine ganzen Ersparnisse sicher nicht mehr für sie verschwenden wollen. Eigentlich war es erstaunlich, dass die Gerüchteküche von Cockleberry Bay noch nicht bis zu Mary vorgedrungen war. Anscheinend wusste Mary selbst nicht, was Sache war. Und Rosa wagte es einfach nicht, Sara direkt darauf anzusprechen. Die arme Frau hatte nichts Falsches gemacht. Sie hatte bloß helfen wollen, eine wunderbare Weihnachtsüberraschung für Rosa zu ermöglichen. Jetzt musste Sara wahrscheinlich wieder von vorn anfangen und einen neuen Käufer suchen.

Rosa ließ Hot auf die Dachterrasse hinaus, dann ging sie in die Küche und öffnete den Kühlschrank. Ihr Blick fiel sofort auf die Weinflasche. Sie schenkte sich ein Glas ein und trank es in einem Zug leer. Dann goss sie sich Wasser nach und ging damit ins Schlafzimmer. Seit ihrem Sturz hatte sie keinen Tropfen Alkohol mehr angerührt. Doch jetzt vermisste sie Josh so sehr, dass gegen ihr Leid nur Wein half.

Mit einem schweren Seufzer warf sie den Bademantel ab, legte sich ins Bett, und zog die Decke hoch bis zum Kinn. Dann ließ sie ihren Tränen freien Lauf.

Kapitel 36

Rosa wachte auf, weil Hot winselte, um rausgelassen zu werden. Als sie ihn hochnahm, leckte er ihr mit seinem stinkigen Hundeatem übers Gesicht. Sie hatte tatsächlich gute acht Stunden geschlafen. Nun ließ sie ihn auf die Dachterrasse. »Ich gehe nachher gleich mit dir zum Strand runter, mein Süßer«, versprach sie, während sie darauf wartete, dass er an seinen Lieblingsblumentopf gepinkelt hatte. Als er wieder reinkam, brachte er von draußen die Kälte mit.

Ding! Unten ging die Ladentür auf. Titch war an diesem Samstagmorgen superpünktlich. Wie sich das Mädchen doch geändert hatte, seit der kleine Theo auf der Welt war!

»Willst du auch ein Bacon-Sandwich?«, rief Rosa von oben.

»Nein, danke. Mum hat mir Scones eingepackt, die sogar noch warm sind. Genug für uns beide, falls du auch einen willst.«

* * *

Zurück vom Strandspaziergang und voll unbändiger Energie jagte Hot einen hübschen Jack Russell im Hof hinter dem Laden. Titch und Rosa saßen in der Teeküche und guckten mit einem Auge auf den Hundebesitzer im Laden, der sich ein wenig umsah, während sie die frisch gebackenen Scones mit Butter und Johannisbeermarmelade aßen.

»Ist es okay, wenn du ab elf für eine Weile hier allein bist?«, fragte Rosa. »Mary wollte mich treffen. Zum Glück *vor* dem Café und nicht drinnen.«

Titch leckte sich die Lippen und strich noch mehr Marmelade auf ihren zweiten Scone. »Hast du seit dem großen Streit mal mit Sara gesprochen?«

»Nein, ich habe versucht, das Café zu meiden, was nicht unbedingt leicht ist, weil es ja direkt am Strand liegt.«

»Kein Problem, ich halte die Stellung«, murmelte Titch zwischen zwei Bissen. »Aber nach dem Mittagessen muss ich Theo hierherholen. Mum hat heute Nachmittag einen Termin. Wenn ich ihn gefüttert habe, kann er im Kinderwagenaufsatz oben ein bisschen schlafen.«

»Schon gut. Häng einfach das ›Zurück in 20 Minuten‹-Schild vorne rein, falls ich noch nicht da bin. Vielen Dank, meine Liebe.«

Rosa räumte die Ladenküche auf, als Titch plötzlich käsebleich zu ihr gerannt kam. »O Gott, Rose, du musst rausgehen. Ich kann nicht. Ich kann einfach nicht.«

»Schon gut. Was ist denn?« Rosa wischte die Hände an einem Küchenhandtuch ab und ging etwas angespannt zur Ladenfläche.

»Hallo, Rosa«, grüßte sie ein rothaariger Mann mit glatt rasiertem Gesicht.

»Ich habe dich ohne den Bart gar nicht erkannt«, sagte Rosa, ohne zu lächeln.

»Das sagst du wahrscheinlich zu allen Jungs«, meinte ihr Gegenüber schmierig. »Wie geht's?«

»Gut.«

»Und Titch und ihrem kleinen Hosenscheißer?«

»Das geht dich gar nichts an, Seb.«

»Warum bist du so zickig, Rosa? Ich habe nichts Falsches gemacht, sagt unser Gesetzeshüter.«

»Du hattest nur Glück, dass du davongekommen bist, und das weißt du ganz genau. Du hast das Mädchen angefahren.«

»Sheila hat mir erzählt, dass du ihren Sohn vertrieben hast«, gab Seb zurück und grinste schief, wobei auf seiner dünnen, wettergegerbten Haut Falten entstanden, die ihn alt aussehen ließen, obwohl er erst Mitte dreißig war.

Rosa wurde ganz schlecht bei dem Gedanken, dass Sheila Hannafore über sie redete. »Was willst du hier?«

»Von dir will ich nichts. Ich wollte nur den blonden Feuerwerkskörper sehen, sonst nichts.«

»Sie ist nicht da.«

»Ich hätte dich für eine bessere Lügnerin gehalten, Rosa. Na ja, sag ihr, dass ich wieder zurück bin. Ich wohne für eine Weile im Ship.«

»Zurück von wo?«

»Ich besitze einen Reisepass, Rosa. Ich habe eine kleine Auszeit gebraucht, weißt du?« Er kratzte sich an der Nase.

»Du meinst, du bist weggegangen, damit sich nach deinen Untaten der Staub ein bisschen legt, was? Sehr clever.«

»Sarkasmus steht dir nicht. Man kann auch außerhalb von Cockleberry Bay ein gutes Leben haben. Aber jetzt braucht Sheila jemanden, der ihr zur Hand geht, nachdem ihr Lucas einfach abgehauen ist. Für mich ist es um diese Jahreszeit angenehmer, in der Bar zu arbeiten als in dem kalten Kioskwagen am Bahnhof.« Jetzt änderte er seinen Tonfall. »Komm schon, hol Titch her.«

»Sie will nicht mit dir reden.«

»Sie kann selbst sprechen, Rosa. Und sie kann ihre eigenen Entscheidungen treffen.«

»Ja, und damals war ihre Entscheidung eindeutig ›Nein‹, was du ignoriert hast, du …«

Rosa war rot vor Zorn. Doch bevor das Wort »Vergewaltiger« ihre Lippen verließ, war Seb Watkins schon zur Tür hinaus.

»Das halte ich nicht aus. Ich hatte gehofft, dass ich ihn nie mehr sehen muss«, sagte Titch, die jetzt wieder im Laden erschien. An ihrem Mund klebte noch ein Marmeladenrest, doch sie sah aus, als müsse sie sich gleich übergeben.

»Ich weiß, ich auch. Aber jetzt ist er zurück, und wir müssen damit klarkommen. Du hast der Polizei gesagt, dass er das Mädchen angefahren hat. Wenn er dich nicht vergewaltigt hätte, dann hättest du das auch nicht getan, oder?« Rosa zog die Stirn in Falten. »Wenn Seb Watkins nur ein Fünkchen Grips in der Birne hat, wird er die Sache lieber auf sich beruhen lassen. Ich glaube, er wollte bloß die Lage checken. Sichergehen, dass er von dir nichts zu befürchten hat. Wobei ich der Meinung bin, dass er verdammt noch mal kastriert werden sollte.«

»Rose, bist du verrückt? Ich habe ihn verpfiffen.« Titch schauderte es. »Er ist bloß davongekommen, weil Sheila Hannafore den Richter bestochen hat. Seb ist stinksauer auf mich.«

»Vielleicht solltest du doch zur Polizei gehen und aussagen, was er dir angetan hat!«

»Auf gar keinen Fall!«, rief Titch aufgebracht.

»Schon gut, beruhige dich.«

»Jetzt gibt es sowieso keinen Beweis mehr dafür. Das war vor mehr als einem Jahr. Und sein Transporter ist auf dem Schrottplatz gelandet, um die Spuren des Fahrerfluchtunfalls zu beseitigen. Um ehrlich zu sein, fürchte ich, dass mein früherer Ruf mich nicht sehr glaubwürdig macht.«

Rosa ging die Sache an die Nieren. »Das ist alles so verkehrt. Aber irgendwie verstehe ich dich ja.«

»Ich will einfach nicht, dass Theo etwas davon erfährt. Wenn ich vor Gericht ginge, würde er es doch irgendwann mal herausfinden, wenn er älter ist. Ich muss Seb einfach aus dem Weg gehen.«

»Ja, besser ist es. Aber selbst wenn er wütend ist, wird er nichts tun können, denn die Polizei hat durchaus ein Auge auf ihn. Wo Rauch ist, ist auch Feuer.«

Ding! Eine alte Frau kam in den Laden mit einem Korb auf Rädern, in dem ein blinder Pudel saß.

»Hallo, Mrs Tregor«, rief Rosa. »Titch kümmert sich heute um Sie. Ich muss gleich gehen.«

»Tisch? Was für ein Tisch?«

Rosa zwinkerte grinsend ihrer Freundin zu, dann fütterte sie dem blinden Hund ein Leckerli und ging.

Kapitel 37

Die sieben Lektionen
Lektion 1: Angst

Nach ein paar schneereichen Tagen war das Wetter wieder deutlich milder geworden. Da in der Bay aber meistens ein kräftiger Wind blies, hatte Rosa ihre blaue Pudelmütze aufgesetzt und tief über die Ohren gezogen.

Nachdem sie jetzt keine Schlinge mehr brauchte, fiel ihr das Anziehen der Jacke wesentlich leichter. Und noch besser war, dass der Arm kaum noch schmerzte. Titch hatte sie überredet, den friedlich schlafenden Hot bei ihr und Theo im Laden zu lassen. Es war fast ein bisschen komisch, ohne den kleinen Dackel unterwegs zu sein.

Als Rosa zum Strand hinunterkam, sah sie zum Café hinüber und zu dem steilen Pfad, der zu den West Cliffs hinaufführte. Sie hatte Angst, Sara zu begegnen. Mittlerweile war ein Strandspaziergang zu einer schwierigen Angelegenheit geworden, da sie sowohl ein Zusammentreffen mit Sara als auch mit Sheila Hannafore zu meiden versuchte.

Als Mary nach einer ganzen Weile immer noch nicht gekommen war, blickte Rosa aufs Handy und entdeckte eine SMS. Marys Chef hatte angerufen und sie musste kurzfristig einspringen. Seufzend steckte Rosa das Telefon in die Tasche, als plötzlich jemand hinter ihr auftauchte.

»Rosa? Rosa Smith?«

Rosa drehte sich zu dem großen, glatzköpfigen Mann, der Anfang fünfzig sein mochte, um. »Äh ja. Wer will das wissen?«

»Ich bin Darren. Darren Pitt. Erinnerst du dich noch an mich? Ich bin von der Küstenwache. Wir haben uns vor zwei Wochen kennengelernt. Nicht gerade unter den besten Umständen.«

Eigentlich hätte sich Rosa bei ihm dafür bedanken sollen, dass er sein Leben riskiert hatte, um sie und Hot zu retten. Doch alles, was sie hervorbrachte, war: »Also, das war wirklich peinlich. Ich … äh …« Sie dachte daran, wie sie sich auf dem Boot übergeben und dann auch noch eingenässt hatte. Dieses Bild würde sie für immer und ewig verfolgen.

Darren legte ihr sanft die Hand auf die Schulter. »Rosa, manchmal wirft uns das Leben ziemlich krumme Bälle zu.«

»Und manchmal auch runde«, gab sie zurück und setzte fröhlicher hinzu: »Und auch da sieht man mal, wohin mich das geführt hat.«

Der Mann von der Seerettung lachte laut auf. »Dabei habe ich gerade versucht, ganz ernst zu sein. Aber Scherz beiseite, für uns war es ein Rettungseinsatz wie viele andere, und nichts, was geschehen ist, muss dir peinlich sein. Es gehört alles zum Job.«

»Sie sind wirklich nett, Darren. Ich meine, wenn Sie Ihr Mittagessen auf mich gespuckt hätten, dann weiß ich auch nicht …«

»Sag doch einfach Du zu mir. Wie geht's dir und deinem mutigen kleinen Hund?«

»Sehr viel besser, danke. Auch Hot Dog ist wieder ganz der Alte, was ich nur dir und den anderen Crewmitgliedern zu verdanken habe.«

»Das freut mich.« Als er lächelte, leuchtete sein Gesicht auf. »Wo gehst du denn an diesem schönen Tag hin?«

»Eigentlich war ich mit meiner Mum verabredet, aber sie hat mir gerade geschrieben, dass sie es doch nicht schafft. Meinen Hund habe ich zu Hause gelassen, weil man sonst nicht zum Reden kommt, wenn er ständig nach Aufmerksamkeit heischt.«

»Das glaube ich. Dackel sind süße, aber auch sehr eigensinnige Hunde.«

Rosa lachte. »Stimmt. Und ja, es ist wirklich ein wunderbarer Tag. Ich werde jetzt einen kleinen Spaziergang machen.«

»Zu den Klippen?« Darren deutete zum Pfad.

Plötzlich durchströmte Rosa ein panisches Gefühl. Sie fühlte förmlich, wie sie blass wurde. »Äh … nicht heute. Um ehrlich zu sein, habe ich ein bisschen Angst davor. Ich war seit dem Unfall nicht mehr dort.«

»Das kann ich gut verstehen. Aber weißt du was? Du kannst dich bei mir einhaken und wir gehen gemeinsam hoch, wenn du willst. Für mich wäre es auch ganz gut, mir die Küste von oben anzusehen, damit ich weiß, wo man gut anlanden kann. An einem klaren Tag wie heute kann man so was sehr gut erkennen.«

»Aber bist du nicht gerade von oben gekommen?«

Darren ging nicht darauf ein, sondern sagte nur: »Nach deinem Unfall habe ich gemerkt, dass ich doch noch nicht alle Ecken und Enden dieser Küste so gut kenne. Wir würden uns also gegenseitig einen Gefallen tun.«

Also hakte sich Rosa bei ihrem Retter unter. Als der Pfad schmaler und der Abhang steiler wurde, beschleunigte sich ihre Atmung. »Ich glaube, ich kann nicht weitergehen«, sagte sie schließlich und krallte sich an Darrens Arm fest.

»Ängste, denen man sich nicht stellt, schränken einen ein, Rosa. Stell dir vor, du würdest nie wieder zu den wunderschönen

Klippen hochgehen können. Du warst an jenem Tag betrunken, oder?«

»Ja«, gab sie kleinlaut zu, während sie sich immer noch festhielt und Angst hatte, den Blick Richtung Meer zu wenden.

»Ich bezweifle sehr, dass du jemals wieder bei Schneefall allein und betrunken dorthin gehen würdest. Darauf würde ich eine Menge Geld wetten.«

»Ja, es war nicht gerade meine beste Stunde, das muss ich zugeben.«

»Mutig zu sein, heißt nicht, dass man keine Angst hat. Mutig zu sein heißt nur, dass man es schafft, seine Angst zu überwinden. Komm, vertrau mir.«

Rosa atmete tief durch und ging schließlich weiter. Die Möwen über ihren Köpfen kreischten, als wollten sie Rosa ermutigen, einen Fuß vor den anderen zu setzen, bis sie ihr Ziel erreicht hatte.

»Geht's?« Darren merkte, dass sich Rosas Griff nun etwas lockerte. Auch ihre Schritte wurden größer. »Bei einem Rettungseinsatz unter schwierigen Bedingungen sehe ich die Furcht in den Augen meiner Kollegen – dabei sind es lauter alte Hasen. Es ist nur menschlich, Angst zu haben. Aber wenn die Angst uns lähmt, kann uns auch nichts Gutes widerfahren. Wir Rettungsleute dürfen uns jedenfalls davon nicht einschränken lassen.«

»Ihr seid alle wahnsinnig mutig, und ich bin euch sehr, sehr dankbar.« Rosa kamen Tränen. Darren war so ein anständiger, warmherziger Mensch.

»Mutig? Da bin ich mir gar nicht so sicher. Vielleicht dumm. Wenn jemand neu in der Crew dabei ist, sage ich ihm ein Gedicht auf. Es heißt ›Das wahre Gesicht der Angst‹.« Der Rettungsmann räusperte sich und begann mit Blick auf den Horizont das Gedicht zu rezitieren:

»Du fürchtest dich nicht vor der Höhe – sondern davor zu fallen.
Du fürchtest dich nicht vor der Dunkelheit – sondern vor dem, was sich darin verbirgt.
Du fürchtest dich nicht vor dem Meer – sondern davor zu ertrinken.«

Seine Stimme wurde sanfter. »Den letzten Vers sage ich nicht oft …«

»Aber mir schon?«, fragte Rosa.

»Du fürchtest dich nicht vor der Liebe – sondern davor, geliebt zu werden.«

Darren blieb stehen, dann entfernte er sich ein Stück von Rosa und blickte aufs endlose Meer. Es lag ruhig vor ihnen, nur kleine Wellen klatschten sanft gegen die Felsen.

»Das Leben ist da, um gelebt zu werden, Rosa. Und Angst zu haben, ist ein Teil davon. Nach allem, was passiert ist, bist du weiser und stärker geworden. Schau dir den Horizont an.«

»Dort ist die Stelle, wo der Himmel das Meer berührt«, murmelte Rosa mit Blick in die Ferne.

»Was?«

»Ach, das ist ein Spruch, den meine Urgroßeltern immer gesagt haben.«

Sie ging zum Abgrund vor. »Halt kurz meinen Arm fest, Darren.« Er hielt sie, während Rosa vorsichtig hinabblickte. Sie sah den Vorsprung aus der Felswand ragen. »Ist das die Kante, auf der wir gelandet sind?« Sie klammerte sich an Darren fest. »Die ist wirklich megaschmal.«

»Ja, du hattest großes Glück. Und dein kleiner Dackel auch, er hätte so leicht abrutschen können.«

»Stimmt. Wir hatten Riesenglück. Offenbar war unsere Zeit noch nicht gekommen.«

»Um dorthin zu gehen, wo der Himmel das Meer berührt?«

Rosa lächelte. »Genau. Vielen Dank, Darren. Dafür, dass du mein Leben gerettet hast und auch dafür, dass du mich heute begleitet hast. Allein hätte ich das nicht geschafft.«

»Das habe ich gespürt.« Dann änderte sich Darrens Ton. »Leider muss ich jetzt wieder gehen. In einer halben Stunde kommt eine Bewerberin. Hoffentlich wird sie die zweite Dame unserer Crew. Sollen wir zusammen runtergehen?«

»Nein, geh ruhig schon los. Ich komme jetzt allein klar. Ängste, denen man sich nicht stellt, schränken einen ein und so …« Sie lachte.

»Das ist genau die richtige Einstellung.« Darren lächelte. »Hat mich gefreut, dass ich dich kennengelernt habe – auf deinem Weg nach oben, Rosa.«

Als er auf dem Klippenpfad verschwunden war, entfernte sich Rosa vom Abgrund. Sie setzte sich auf einen Felsblock und dachte über das Gedicht nach, das Darren für sie aufgesagt hatte.

Vielleicht war genau das ihr Problem? Sie hatte Angst davor, geliebt zu werden.

Kapitel 38

Rosa lehnte sich an ihre Mutter, in deren Brust es beim Atmen laut rasselte.

»Ich weiß einfach nicht, was ich ohne ihn machen soll«, schluchzte Rosa.

»Ach, meine Liebe. Khalil sagt: ›Seit jeher war es so, dass die Liebe erst in der Stunde der Trennung ihre eigene Tiefe erkennt.‹ Jetzt weißt du wenigstens, dass du ihn liebst.«

»Was ich nie bezweifelt habe. Aber ich will, dass er wieder nach Hause kommt.« Rosa schimpfte mit sich selbst: »Warum habe ich mich nur mit Lucas eingelassen, obwohl ich Josh liebe?«

»Augen sehen und Ohren hören, aber das Herz hat eine eigene Agenda. Jeder Mensch ist anders, mein Entlein. Kopf und Herz sind nicht immer derselben Meinung. Ein Herz hat bloß zwei Sachen im Sinn: zu klopfen und zu lieben.«

Mary ging zum Schrank und holte Trockenfutter für Merlin heraus, der nirgends zu sehen war.

»Ich glaube, an jenem Abend, als das mit Lucas passiert ist, war weder mein Herz noch der Kopf involviert.«

»Ach, mein Entlein. Da warst du an einem Tiefpunkt angelangt. Und außerdem war da wieder der dämonische Alkohol im Spiel. Wahre Liebe bedeutet, dass ihr mit einem unsichtbaren Band miteinander verbunden seid. Selbst wenn Josh in Timbuktu wäre, würdet ihr zusammen sein. Er fühlt es genauso wie du. Genau hier.« Sie legte sich die Hand auf den Bauch. »Gib ihm Zeit. Er wird zurückkommen, Rosa, ganz sicher.«

»Hast du von ihm gehört?«

Plötzlich kam Merlin mit hundert Stundenkilometern durch die Katzenklappe ins Haus geschossen. Er hielt eine halb lebendige Maus zwischen den Zähnen gepackt. In Windeseile öffnete Mary die Hintertür und jagte die Katze mithilfe des Wischmopps wieder nach draußen. Dann warf sie die Tür zu, verriegelte die Klappe, griff in die Schürze nach ihrem Inhalationsspray und nahm einen tiefen Stoß davon.

»Sag, Mum, hast du von Josh gehört? Du hast meine Frage noch nicht beantwortet.«

»Du, die Mittagspause ist gleich vorbei. Ich muss zur Toilette und dann wieder zur Arbeit.«

Und damit verschwand die etwas in Atemnot geratene Mary im Bad und ließ ihre Tochter stehen, wo sie stand.

Kapitel 39

Im Wohnzimmer über dem Eckladen erwachte Hot von einem Albtraum, in dem die siamesische Katze aus dem Nachbarhaus ihn gejagt hatte. Er roch Rauch. Sein Geruchsinn war ein hochsensibles Instrument. Er versuchte, die Quelle zu erschnuppern, wobei er so niesen musste, dass seine Schlappohren schlackerten. Als er ein vertrautes Schreien hörte, tappte er zu den Sofakissen, mit denen ihm der Weg zum Schlafzimmer versperrt wurde, wo Theo gerade sein Schläfchen hielt. Hot steckte die Schnauze zwischen die Polster und grub sich hinein, als würde es sich um einen Dachsbau handeln.

Fest entschlossen, sich durch die Kissen zu zwängen, kämpfte er sich zur anderen Seite vor. Er lief zur Treppe, doch von dort schlug ihm jetzt schwarzer Qualm entgegen. Der Rauch drang auch in Rosas Schlafzimmer, wo Theo im Kinderwagenaufsatz auf dem Boden neben dem großen Bett lag. Als das Baby zu weinen begann, hüpfte der kleine Hund hinein, schob das Kind ein wenig zur Seite, um Platz zu machen, dann zog er mit der Schnauze die Häkeldecke über ihre Köpfe, was den Rauch abhielt und eine Luftblase für sie schuf. Das Baby, von der Wärme des Hundes beruhigt, schlief wieder ein, während Hot wachbleiben wollte, um das kleine Menschenkind zu beschützen.

Es hätte friedlich aussehen können – Mensch und Hund so nah beieinander. Doch der beißende Rauch zog durch die Wohnung und wurde immer dichter.

* * *

Als Rosa das Cottage ihrer Mutter verließ, roch sie Rauch. Sie blickte die Straße entlang nach unten und plötzlich blieb ihr das Herz stehen. Der Qualm kam direkt aus der Hintertür des Ladens! Rosa rannte los, und in dem Moment kam auch schon Jacob von oben gerannt und holte sie ein.

»Hat dich Titch nicht angerufen?«, keuchte er. Rosa tastete nach ihrem Handy, fand es aber nicht. Wahrscheinlich hatte sie es bei Mary in der Wohnung liegen lassen. »Der Laden brennt! Die Feuerwehr ist schon alarmiert.«

»O Gott! Titch, Hot und Theo sind da drinnen.« Dann hörte sie Titch schon laut rufen, die unten vor dem Laden stand.

Auch Ritchie war aus der Pommesbude herausgekommen und rannte sofort los.

Titch hustete und berichtete dann mit atemloser Stimme: »Ich habe mich vor der Ladentür mit jemandem unterhalten und erst nichts gemerkt. Und plötzlich war alles voller Rauch, und ich habe nichts gesehen und keine Luft gekriegt … Theo ist oben im Schlafzimmer. Man kommt nicht hoch, der Rauch ist zu dicht.« Sie war außer sich und griff sich verzweifelt an den Kopf.

Rosa war ebenfalls voller Panik. »Und wo ist Hot?«

»Auch oben. Im Wohnzimmer.«

Ritchie zog den Pullover aus und band ihn sich ums Gesicht. »Nur eine Treppe hoch, oder? In welchem Zimmer?«

»Ja, die Treppe rauf, gleich rechts ist das Schlafzimmer.« Und schon rannte Ritchie los. »Ich komme mit«, rief Rosa.

Doch Jacob hielt sie fest. »Nein, bleib hier.« Dann rannte er selbst mit dem Feuerlöscher, den er geistesgegenwärtig aus dem Pub mitgenommen hatte, zum Hintereingang.

In dem Moment hörte man schon die Feuerwehr. Der Löschzug hielt in der schmalen Straße, zwei Feuerwehrmänner in Schutzkleidung und Atemmasken eilten herbei. »Wie viele vermisste Personen?«

»Ein Baby und ein Hund. Gerade ist ein Mann reingegangen, um sie zu retten. Schnell! Bitte machen Sie schnell.« Rosa hielt jetzt die hysterische Titch zurück, die ebenfalls wieder ins Haus stürzen wollte.

Zwei weitere Feuerwehrmänner rollten jetzt den Schlauch aus und drangen damit zur Küche vor.

Was Rosa wie Stunden vorkam, dauerte in Wirklichkeit wohl kaum mehr als eine Minute. Da erschien Ritchie mit dem schreienden Theo, der in eine Decke gehüllt war.

Titch und Rosa weinten. »Er weint, Titch. Das heißt, er lebt!«, rief Rosa ganz außer sich. »Aber wo ist Hot? Wo ist mein kleiner Hund?«

Sanitäter sprangen aus dem vorgefahrenen Rettungswagen und kümmerten sich sofort um Theo und Ritchie.

Plötzlich tauchte Mary wie eine Erscheinung in der qualmenden Tür auf und hielt Hot auf dem Arm.

Rosa traute kaum ihren Augen und rannte zu Mary, die jetzt heftig hustete. Rosa zog sie sofort vom Haus weg. »Mum! Wie, was …? Schnell, du musst gleich zum Rettungswagen!« Sie nahm ihr den Hund ab. Das kleine Fellbaby zitterte, sein Herz pochte wie wild.

Nach Luft japsend, keuchte Mary: »Irgendwie … ist er zu Theo geklettert … Er hat … aus der Decke ein Zelt gebildet, um den Rauch abzublocken … Hot hat dem Baby übers Gesicht geleckt … um die Nase freizuhalten. Wahrscheinlich hat er dadurch Theos Leben gerettet.«

»O Mum!«, sagte Rosa mit heiserer Stimme, wobei ihr Tränen übers Gesicht liefen und auf Hot tropften. »Ich kann nicht glauben, dass du das gemacht hast! Ich habe gar nicht mitbekommen, wie du reingerannt bist.«

»Ich habe dir neulich schon gesagt, dass ich Rauch rieche.« Und damit schien Marys Kraft zu schwinden. Sie bekam einen starken Hustenanfall, der sie auf die Knie zwang.

Ohne Hot vom Arm zu lassen, stützte Rosa ihre Mutter. Zum Glück kam gleich ein Rettungssanitäter herbeigeeilt, der Mary umgehend eine Sauerstoffmaske aufsetzte.

»Mit deiner kranken Lunge hättest du da niemals reingehen dürfen«, sorgte sich Rosa, die nach der Hand ihrer Mutter griff.

Mit ihren durchdringenden grünen Augen blickte Mary Cobb ihre Tochter an, hob die Maske hoch und stammelte: »Vor vielen Jahren … hast du mein Leben gerettet.«

Rosa gab Mary einen Kuss auf die Stirn. »Ich liebe dich, Mum.«

Über Marys Gesicht lief eine Träne, während sie atemlos sagte: »Ich habe nie aufgehört, dich zu lieben, Rosa.«

Selbst der Rettungssanitäter schien von dieser emotionalen Szene ergriffen zu sein. Er räusperte sich kurz, dann setzte er Mary behutsam die Maske wieder auf und legte ihr eine Blutdruckmanschette an.

Rosa steckte die Nase in Hots nach Rauch stinkendes Fell. »Dich bringe ich zum Tierarzt und lass dich gründlich untersuchen. Mein Bester. Mein Held. Mein Mr Würstchen!«

Als er ihre Tränen ableckte, weinte und lachte sie gleichzeitig.

In dem Moment erschien Jacob mit verrußtem Gesicht und meldete: »Es ist alles gelöscht. Zum Glück ist der Schaden nicht so groß, wie man denken könnte. Es war nur ein Schwelbrand.«

Einer der Feuerwehrmänner, der in der Nähe stand, meinte: »Aber wenn das mitten in der Nacht passiert wäre, hätte es ganz anders ausgehen können.«

Rosa drückte Jacob den kleinen Hot auf den Arm. »Kannst du ihn nehmen? Wenn ich ihn länger trage, tut doch noch mein Arm etwas weh.« Sie streichelte Hots samtiges Köpfchen, dann blickte sie ihrem Freund in die Augen. »Du bist auch mein Held, Jacob. Und wie die anderen musst auch du dich im Rettungswagen untersuchen lassen.«

Jacob zuckte mit den Achseln. »Ach, mir ist nichts passiert«, entgegnete er mit seiner üblichen Gelassenheit. »Ich habe mir lediglich Sorgen um meine schöne Armani-Jacke gemacht, Schätzchen.«

Kapitel 40

Die sieben Lektionen
Lektion 2: Selbstwertgefühl

Es war spät am Sonntagvormittag. Rosa putzte gerade die hintere Küche, als es vorn an der Ladentür klingelte. Wenig erfreut über die Störung, ging sie mit dem Putzlappen in der Hand nach vorn. Vor der Tür stand eine bekannte Person. Raffaele.

»Hallöchen! Komm rein … Ist alles okay?« Es war untypisch für Raff, sich ohne Jacob blicken zu lassen. »Och, wie süß.« Die kleine Duchess lugte aus seiner Jacke heraus.

»Ich habe gerade die Mittagsschicht beendet, und Jacob hat die zwei Jungs zur Tierärztin gebracht. Keiner von uns beiden traut sich, dieses Flohzeugs aufzusprühen. Sonst hassen sie uns und machen tagelang Theater.«

»Er ist am Sonntag zur Tierärztin? Da sind doch alle Praxen geschlossen.«

»Na ja, du weißt ja, dass wir nur zu Vicki gehen. Wir sind mit ihr befreundet und wollen später zusammen essen. Brad und Alyson arbeiten heute Abend im Pub und ich treffe Jacob dann später zu Hause.«

»Stimmt, Jacob hat mal gesagt, dass Vicki Cliss die einzige Tierärztin in ganz Devon ist, die Pongo und Ugly anfassen kann, ohne dass die beiden ausflippen. Ich muss auch einen Termin ausmachen, um Hots Lunge abhören zu lassen. Ich kann immer noch nicht glauben, dass er in Theos Trage geklettert ist, um ihn zu schützen.«

»Er ist ein gewieftes Kerlchen. Genau wie sein Frauchen.«

»Dabei hat nicht viel gefehlt und er wäre ein echter Hot Dog geworden.«

Die Duchess fiepte leise und Raff streichelte sie. »Ich gehe jetzt mit ihr ein bisschen an die frische Luft und wollte fragen, ob ihr, also du und Hot, uns vielleicht zu den South Cliffs begleitet? Es ist ein wunderschöner Tag.«

»Das ist eine ganz fantastische Idee.«

»Hast du deine Küche wiederhergerichtet?«

Rosa winkte ihn herein. »Schau selbst. Mary, Titch und ich haben hier schon stundenlang geschrubbt. Jetzt haben wir eine Schüssel Essig und gemahlenen Kaffee in alle Räume gestellt, um den Geruch zu binden. Das war natürlich Mums Idee, aber es wirkt tatsächlich. Wir lüften auch ständig. Zum Glück soll es bald wärmer werden.«

»*Mia cara ragazza*, meine Liebe.« Der gut aussehende junge Italiener gab ihr einen Kuss auf die Stirn, wobei die kleine Duchess etwas gedrückt wurde und ein Quietschen von sich gab. Raff warf dramatisch die Arme in die Luft. »Wie unfair, dass euch das passiert ist.«

»Ich weiß, aber das Leben ist eben nicht fair. Zum Glück ist niemand zu Schaden gekommen. Ich habe es jetzt der Versicherung gemeldet. Aber ich würde schon gerne wissen, wie es passiert ist.« Und ich wünschte, dass Josh hier gewesen wäre, dachte sie, ohne es laut auszusprechen. »Also gut, dann machen wir uns gleich auf den Weg. Jetzt gehen wir Gassi.« Als Hot sein Lieblingswort hörte, wurde er ganz aufgeregt und konnte kaum stillhalten, während Rosa ihm das Geschirr für die Leine anlegte. Jede Bewegung von ihm wurde von der kleinen Duchess genau beobachtet.

Am Strand angekommen, sog Rosa die frische Meeresluft ein und drehte das Gesicht zur Sonne. »Ich kann es gar nicht mehr erwarten, endlich mal diesen Weg raufzugehen. Verrückt, jetzt wohne ich seit mehr als einem Jahr hier und war noch nie auf dieser Seite der Klippen.«

»Da geht es nicht so steil hoch, was leichter für die Duchess ist. Oben gibt es eine Wiese zum Herumtollen, das liebt sie.«

Sie betraten den Pfad. »Aber noch mal zum Brand. Geht die Polizei davon aus, dass jemand das Feuer absichtlich gelegt hat?«, wollte Raffaele wissen.

»Nicht unbedingt. Nach dem Vorfall wurde alles untersucht. Es könnte sein, dass etwas im Abfalleimer lag, das Feuer gefangen hat. Der Qualm war deshalb so dicht, weil das Feuer nur geschwelt hat. Zum Glück hat es nicht lichterloh gebrannt.«

»Also war es nicht Titch, die was Verrücktes gekocht hat?«

»Sie sagt Nein.« Rosa lachte.

»Aber es war echt ein Schock, vor allem mit dem Baby und Hot in der Wohnung.«

»Ich weiß. Die Polizei kommt noch mal, wenn der Untersuchungsbericht fertig ist. Seb wäre der Einzige, dem ich so was Schreckliches zutrauen würde.«

»Nicht mal bei ihm kann ich mir vorstellen, dass er so blöd ist und Brandstiftung begeht, wo er nach der Fahrerfluchtgeschichte gerade noch so davongekommen ist.«

»Stimmt, Inspector Clouseau.«

»*Dio mio!* Bitte keinen Franzosen, *per favore*. Wenn schon, dann Inspector Montalbano.«

»Ich will gar nicht daran denken, dass mich irgendwer so hasst, dass er gleich den Eckladen anzündet. Aber weißt du, Raff, ich vermisse Josh so sehr, dass ich mir darüber kaum Gedanken machen kann.«

Ihr Freund zeigte sich verständnisvoll. »Rosa, wie kommst du damit zurecht, dass dein Mann nicht hier ist?«

»Unterschiedlich. Heute bin ich zum Beispiel sehr wütend.« Dann fügte sie etwas nachdrücklicher hinzu: »Und zwar so richtig wütend. Was total doof von mir ist, denn ich würde gar nicht wollen, dass er was von dem Feuer weiß. Ich will nämlich nicht, dass er aus Mitleid zurückkommt oder weil er denkt, dass ich es nicht allein schaffe. Aber warum ist er nur so ein sturer Hund?«

»Ihr seid beide sture Hunde. Warum bist du so wütend?«

»Ich hätte ihn gerne zur Unterstützung bei mir. Er würde mir helfen.«

Raff schüttelte den Kopf. »Aber du hast gerade gesagt, dass du nicht sein Mitleid willst, Rosa. Ich verstehe dich nicht.«

»Ich verstehe mich selbst auch nicht.« Sie holte tief Luft. »Ich hätte einfach gern, dass er mich mit seinen starken Armen hält und mir sagt, dass alles wieder gut wird.«

»Was aber selbst Josh nie sicher wissen kann.«

»Du bist ein verdammter Realist.«

»Die Realität ist, dass wir nie wirklich wissen, ob alles gut wird. Ein Mensch, der Krebs hat, eine Frau, die bald ein Baby kriegt … oder wenn man an den Klippen ausrutscht … Man weiß nie, ob alles gut geht, und es wäre gelogen, wenn man behauptet, alles werde gut.« Er zuckte mit den Schultern. »Natürlich geht es meistens gut aus, aber manchmal nicht. Verstehst du, was ich sagen will?«

»Ich weiß nicht.« Rosa hatte das Gefühl, dass sich ihr Gehirn verknotete.

»Ist mein Englisch nicht gut genug?«

Sie schnalzte mit der Zunge. »Quatsch, dein Englisch ist nahezu perfekt.«

»Wenn du so stark bist, dass du diesen Gedanken erträgst, brauchst du keinen Josh, der seine kräftigen Arme um dich legt. Dann kannst du deine Arme um dich selbst legen, dich selbst unterstützen. Dann kann jeder dem anderen eine Stütze sein. Eine Beziehung ist keine Einbahnstraße, sie führt in beide Richtungen, Rosa.«

»Ich will einfach nicht mehr alles alleine managen müssen.«

»Wenn Josh also kein Mitleid haben soll, was dann?«

»Ich will, dass er mir sagt, wie sehr er mich liebt und dass er mir alles vergibt, was ich mit Lucas gemacht habe.« Sie hielt inne. »Und weißt du, es belastet mich sehr, dass ich mich einfach nicht erinnern kann, was passiert ist.«

Duchess und Hot spielten und jagten sich zwischen den Büschen und Felsen, die eine sichere Grenze zur Steilküste bildeten.

»Warum rufst du Lucas nicht einfach an?«

»Weil ein Teil von mir zu große Angst hat, die Wahrheit zu erfahren.« Rosa stöhnte. »Ich weiß, lass uns lieber das Thema wechseln. Übrigens, Raff, neulich habe ich zufällig einen Mann aus der Rettungscrew getroffen, der auf dem Schiff gewesen ist, als Hot und ich gerettet wurden.«

»Oha, war er groß und kräftig?«

Rosa grinste. »Na, hör dich einer an. Jedenfalls hat er mir ein Gedicht aufgesagt. Es handelt davon, dass man nicht Angst hat, jemanden zu lieben, sondern *geliebt zu werden*.« Ihr kamen die Tränen. »Ich hatte immer Angst, dass Josh mich verlassen könnte und dass ich nicht gut genug für ihn bin. Und jetzt hat er mich tatsächlich verlassen. Was, wenn ich …« Rosas Stimme brach ab.

Raff nahm ihre Hand. »Ganz ruhig«, sagte er sanft.

»Was, wenn ich mit …«, stammelte sie, »wenn ich es *mit Absicht* kaputtmachen wollte? Aus welchem Grund auch immer. Wie sonst hätte es mir einfallen können, mich mit Luke einzulassen? Allerdings habe ich zu dem Zeitpunkt auch geglaubt, dass Josh mich betrog.«

»Hat er aber nicht, oder?«

»Das weiß ich jetzt auch«, jammerte Rosa.

»Meinst du, du hast tatsächlich Angst davor, geliebt zu werden?«

»Keine Ahnung. Aber die Vorstellung, dass er mich vielleicht für immer verlassen hat, ist unerträglich.«

»Du meinst, so wie dich deine Mutter verlassen hat?«

Rosa schlug sich auf die Stirn. »Scheiße, Raff! Das ist verdammt starker Tobak. Daran habe ich noch gar nicht gedacht.«

»Ja, manchmal muss man mit der Schnauze direkt in den Haufen gedrückt werden, um ihn zu riechen. Erst dann verstehen wir unser Verhalten. Rosa, wir haben noch nie so eine tiefgehende Unterhaltung geführt.«

»Tut mir leid.«

»Du musst dich nicht entschuldigen, wir können beide gleich viel dafür.« Nach einem Blick auf seine Uhr sagte der hübsche Italiener: »Wir sollten jetzt lieber wieder umdrehen. Noch scheint die Sonne, aber es wird schneller dunkel, als man denkt. Ich kann es selbst kaum glauben, aber ich *liebe* dieses Wetter. Kalt und trotzdem klar und sonnig.« Er lachte. »Nicht ganz so wie im schönen *Roma*, aber im Sommer kann es hier auch ziemlich heiß werden.«

»Ich liebe Cockleberry Bay«, seufzte Rosa. »Zum ersten Mal in meinem Leben habe ich das Gefühl, irgendwohin zu gehören.« Dann fügte sie hinzu: »Raff, bitte sag mir, dass Josh wieder zurückkommt.«

»Wie gesagt, das geht nicht. Aber ich bin der Meinung, dass sich alles regelt, wenn du ihn ohne Druck liebst. Und er liebt dich auch, ohne etwas von dir zu erwarten. Das weiß ich gewiss.«

»Trotz meines schwierigen Charakters und meines fiesen Verhaltens, wenn ich besoffen bin?«

»Wir bestehen aus vielen Facetten, Rosa. Du brauchst mehr Selbstvertrauen und musst erkennen, wie großartig du bist.«

»Er könnte jede haben, die er will«, sagte sie missmutig.

»Könnte er das? Wirklich? Und selbst wenn, hat er trotzdem *dich* gewählt. Er hat viel für dich aufgegeben, um mit dir zusammen zu sein. Auch wenn er während der Woche noch woanders arbeitet, liebt er dich so sehr, dass er sein Leben für dich umgekrempelt hat und dir gefolgt ist. Er hat dich, verdammt noch mal, sogar geheiratet.«

»Aber das ist es ja. Was, wenn ihm langweilig wird?«

»Und was, wenn *dir* langweilig wird?«, forderte Raff sie heraus. »Liebe einfach dein Leben, Rosa, und mach dir nicht so viele Sorgen. Du selbst musst erkennen, was für ein wunderbarer Mensch du bist.« Er legte Rosa den Arm um die Schultern. »Ich vertraue dir jetzt ein kleines Geheimnis an.«

Das Wasser in der Bucht hob und senkte sich, die Möwen drehten ihre Kreise, während die orange-rote Sonne langsam gen Horizont wanderte. Rosa zog ihre Jacke fester um sich. »Dann schieß mal los.«

»Ich bin adoptiert worden. Ich war noch ein kleines Baby, als ich zu meinen Adoptiveltern kam. Die besten Eltern, die man sich vorstellen kann. Meine leiblichen Eltern habe ich nie kennengelernt und auch nicht das Bedürfnis dazu.«

»Wow! Das hast du mir noch nie erzählt.«

»Weil es mich nicht definiert. Versteh mich nicht falsch, ich habe auch meine Unsicherheiten. Es ist sehr traurig, wenn die Frau, die dich zur Welt gebracht hat, dich nicht will, oder?« Rosa nickte.

»Ich bin hergekommen, um Geld zu verdienen. Dann habe ich Jacob kennengelernt. Er war älter und so cool und weise. Und er sah so gut aus! Ich war fast noch ein Kind, erst Anfang zwanzig. So ähnlich wie du, Rosa. Ich habe mich ständig gefragt, warum er *mich* will! Mich, einen ungebildeten italienischen Koch. Weil ich jung und attraktiv war? Ich meine, schau mich an, ich bin natürlich wunderschön«, scherzte er, um Rosa ein Lächeln zu entlocken. »Vielleicht war es anfangs nur Leidenschaft, die uns zusammengeführt hat. Aber bald war klar, dass er mich liebte. Mich – mit all meinen Facetten. Er hat meine Arbeitseinstellung bewundert, meine Kochkünste. Und ich bewundere seinen Geschäftssinn und dass er, wie du ja weißt, der beste Mensch auf Erden ist. Es ist eine gleichwertige Partnerschaft. Ausgeglichen. Jacob hat schon immer an mich und meine Fähigkeiten geglaubt. Anfangs wollte ich, dass er mir ständig sagte, wie sehr er mich liebte und wie gut ich meinen Job machte. Aber irgendwann habe ich verstanden, dass unsere Taten uns definieren, nicht unsere Worte oder unsere Herkunft. Er respektiert mich. Ich habe großes Glück.«

»Ja, ihr beide habt großes Glück, dass ihr euch habt.« Rosa war sehr bewegt. Sie konnte sich selbst auch glücklich schätzen, Jacob und Raffaele in ihrem Leben zu wissen.

»Ja, das stimmt. Wir arbeiten gut zusammen, wir unterhalten uns gut miteinander und am wichtigsten: Wir lieben uns gut.«

Über Rosas Wange liefen Tränen. Sie umarmte ihren Freund und sagte: »Vielen Dank, Raff. Genau das musste ich hören.«

»Ich weiß. Es ist so leicht, das zu sagen und so schwer, es zu tun. Wenn du dich selbst liebst, wird sich alles fügen. Wenn dir das Leben hart mitspielt, wirst du trotzdem stark genug sein, damit umzugehen. Und zwar ganz alleine, wenn es sein muss.«

»Danke, Raff.« Rosa schenkte ihm ein Lächeln. »Vielen, vielen Dank.«

Plötzlich hörten sie die Duchess quietschen, weil Hot ihr ein bisschen zu sehr zu Leibe gerückt war.

»Apropos Respekt …« Rosa rannte zu den Hunden. »Hey, Hot, geh runter von ihr, sofort!«

Kapitel 41

Titch schlenderte vor sich hin singend den Hügel hinunter, als Ritchie gerade mit Leiter und Eimer aus dem Imbiss kam, um das große Fenster zu putzen. Sofort leuchtete sein Gesicht auf und seine Arme schienen ein Eigenleben zu bekommen, sodass er fast die Leiter umgeworfen hätte.

»Hey, Ritchie. Ich wollte dich anrufen.«

»Ach ja?«

Bildete es sich Titch ein oder wurde er gerade rot?

»Ja«, sagte sie. »Dass du Theo vor dem Feuer gerettet hast, war einfach unglaublich. Als es passiert ist, war ich so neben der Spur, dass ich mich gar nicht richtig bei dir bedankt habe.«

»Ach, nicht der Rede wert.«

»O doch, und wie!«

»Du, Titch, willst du vielleicht mit mir essen gehen? Nächsten Donnerstag? Das Anchor Inn in Polhampton soll ganz gut sein.«

Titch lächelte. »Fragst du mich nach einem Date, Ritchie Rogers? Und noch dazu außerhalb der Bay? Wow, ich fühle mich sehr geehrt.« Sie betrachtete Ritchies langes Gesicht, seine wuscheligen Locken, seine schlaksige Statur. Er war nicht unbedingt der bestaussehende Mann im Ort, aber sicher der warmherzigste. Außerdem hatte er ihren Sohn vor dem Feuer gerettet. »Ich versuche, einen Babysitter zu organisieren, und rufe dich an, okay?«

»Okay.« Obwohl Ritchie cool bleiben wollte, verriet ihn doch sein breites Grinsen. »Alles klar. Dann putze ich jetzt mal lieber das Fenster, bevor meine Mutter meckert. Aber sag erst noch, wie geht's dem kleinen Theo?«

»Zum Glück hat er seine robuste Lunge von mir geerbt«, sagte Titch. »Er hat einmal kurz gehustet und dann war alles wieder frei.«

»Schade, dass ich das nicht behaupten kann.« Mary hatte noch die letzten Gesprächsfetzen mitbekommen und musste stehen bleiben, um ihr Ventolin-Spray zu verwenden. Während sie versuchte, so lange den Atem anzuhalten, bis sie bis zehn gezählt hatte, wurde sie ganz rot im Gesicht.

»Du Arme«, sagte Titch, die Mary mitfühlend die Hand auflegte. Ritchie nickte Mary höflich zu, dann widmete er sich seiner Arbeit, um die beiden Frauen nicht zu stören.

»Ja«, rasselte Mary. »Der Qualm hat leider auch nicht gerade geholfen.« Sie klopfte sich auf die Brust und hustete.

»Du hättest da nicht reingehen dürfen.«

»Hot ist Teil der Familie, Titch. Wenn ihm was zugestoßen wäre, hätte das Rosas Leben zerstört.«

Titch umarmte die ältere Frau. »Aber dann musst du jetzt gut auf dich aufpassen, Mary.«

»Ach, mach dir keine Sorgen um mich, meine Liebe. Gehst du zum Eckladen?«

»Ja.«

»Könntest du Rosa was ausrichten? Jacob hat gesagt, dass Vicki, die Tierärztin, später bei ihnen ist. Sie könnte anschließend zu Rosa kommen und Hot untersuchen. Dann muss sie nicht extra nach Polhampton fahren.«

»Das ist ja ein Service. Ich sag Rosa, dass sie Jacob anrufen soll, okay?«

»Ja, bitte. Hab einen schönen Tag.«

»Du auch, Mary.«

* * *

Mit dem Staubwedel bewaffnet, lief Rosa summend durch den Laden, als Titch eintrat. Im Hintergrund lief laute Musik.

»Ich liebe Frühjahrsputz«, sagte Rosa und trällerte weiter.

»Aber es ist doch noch gar nicht Frühling. Es ist gerade mal Februar«, erwiderte Titch. Und plötzlich ging ihr ein Licht auf. »Ach, du heiliges Kanonenrohr!«

»Was ist?« Rosa unterbrach ihre Tätigkeit und drehte das Radio leiser.

»Welches Datum ist nächsten Donnerstag?«

»Der vierzehnte. Valentinstag. Warum?« Rosa bemerkte Titchs entgeisterten Gesichtsausdruck.

»Ritchie hat mich zum Essen eingeladen. Und ich habe nicht gecheckt, dass es sich um den Valentinstag handelt.«

»Doch, doch. An dem Tag ist unser einjähriges Ladenjubiläum. Da muss ich mir auch noch was überlegen, Rabattvoucher, Tombola oder so was.«

»Mein Gott, ist wirklich schon ein ganzes Jahr vergangen? Es kommt mir vor, als wäre es erst gestern gewesen.«

»Mir auch. Und was für ein Jahr das war! Ich bin von London hergezogen, habe einen Laden aufgemacht, geheiratet, bin von den Klippen gestürzt, habe möglicherweise meinen Mann betrogen und lebe bald in Scheidung.«

»Sag doch so was nicht, Rose.«

»Jedenfalls finde ich es süß von Ritchie, dass er dich ausführen will. Ich mag ihn.«

»Ich mag ihn auch. Aber wir sind bloß Freunde.«

»Geh trotzdem mit ihm aus. Hoffentlich führt er dich nicht ins Ship Inn und lädt dich auf Hühnchen mit Pommes ein.«

»Nein, er will mit mir ins ›Anchor Inn‹ in Polhampton Sands gehen.«

»Wow, da war ich mal mit Joe, dem Unsäglichen. Es ist wunderschön. Und es muss ja nichts passieren, geh einfach aus und hab Spaß.«

»Ich muss erst fragen, ob Mum auf Theo aufpassen kann.«

»Seine Mum hat er wohl nicht gefragt, ob er mit dir, die du so ein Luderleben führst, ausgehen darf.« Sie mussten beide lachen. »Wenn deine Mum keine Zeit hat, kann ich auch gern auf Theo aufpassen. Ist ja nicht gerade so, dass ich an dem Tag große Pläne hätte.«

»Man weiß nie – vielleicht kommt Josh auf einem weißen Schimmel angeritten und sagt, dass alles vergessen sei.«

»Was ich leider arg bezweifle.« Rosas Lächeln verschwand.

»Sprichst du ihm immer noch täglich eine Nachricht auf?«

»Ja, jeden Abend.«

»Hast du eigentlich was von Lucas gehört?«

Rosa seufzte schwer. »Also gut, ich muss dir was gestehen: Neulich habe ich ihn nach einem Glas Wein angerufen. Ich dachte, ich sei endlich bereit herauszufinden, was wirklich passiert ist. Ich wollte ihn fragen, warum er Cockleberry Bay so überstürzt verlassen hat.«

»Und?« Titch machte große Augen. »Was hat er gesagt?«

»Seine Nummer war nicht erreichbar. Vielleicht hat er ein neues Handy oder den Anbieter gewechselt.«

»Ja, oder er hat deine Nummer blockiert.«

»Was? Das ist mir noch gar nicht in den Sinn gekommen. Na toll. Jetzt wollen weder mein Mann noch er mit mir Kontakt haben. Super!« In dem Moment klingelte ihr Telefon. »Hi, Jacob. Nein, ich habe sie heute noch nicht gesehen. Okay. Ja, Titch ist gerade hier … Ach was? Das ist ja wirklich nett von ihr. Vielen Dank. Und ich komme nachher vielleicht auf einen Drink vorbei. So gegen sechs? … Okay, bis später.«

»Oje, war das wegen der Tierärztin? Tut mir leid, ich hätte dir eigentlich von deiner Mum ausrichten sollen, dass du Jacob anrufen musst. Aber du, Mary geht's mit ihrer kranken Lunge nach dem Brand wohl nicht so gut.«

»Ich weiß. Ich mache mir auch Sorgen, aber wenigstens ist sie bei ihrem Arzt in guten Händen. Ich wüsste auch nicht, was man sonst noch tun könnte. Man kann sie ja schlecht zur Kur ans Meer schicken, wenn sie sowieso schon am Meer wohnt.«

Wieder klingelte Rosas Telefon. »Hallo, hier ist Vicki Cliss, die Supertierärztin.« Sie lachte. »Ich hatte eigentlich vorgehabt, bei euch vorbeizukommen, um nach Hot zu sehen. Aber just in dem Moment bin ich zu einem Notfall gerufen worden. Ich muss gleich in die Praxis zum Operieren. Es tut mir wirklich leid.«

»Kein Problem. Es wäre ohnehin zu viel verlangt gewesen, dass du vorbeikommst. Mach dir keine Sorgen.«

»Vielleicht können wir uns diese Woche einfach in Polhampton Sands treffen? Dann kann ich mir den kleinen Hot ansehen, und bei der Gelegenheit könnten wir vielleicht auch einen kleinen Strandspaziergang unternehmen.«

»Gerne. Passt es am Mittwochvormittag?«

»Ja, bestens. Ich schreibe dir eine Nachricht, wenn ich zurück bin.«

Ding! Als die Ladenglocke ertönte, schoss Hot bellend aus der Teeküche nach vorn. Der Polizist, der Rosa nach dem Brand befragt hatte, war gekommen.

»Hätten Sie kurz Zeit, Mrs Smith?«

Rosa blickte zu Titch, die sofort nickte. »Ich halte die Stellung.«

»Ja, habe ich. Sie sind DC Clarke, stimmt's?«

»Ganz richtig. Es gibt neue Erkenntnisse, Mrs Smith. Können wir irgendwo unter vier Augen sprechen?«

Kapitel 42

»Hast du zwei Zuckerstücke reingetan?«

»Ja, diesmal schon. Brauchst du sonst noch was?«

»Nein, vielen Dank, Katie. Könntest du bitte die Tür schließen?«

Josh seufzte laut auf, dann nahm er das Handy, das auf dem großen Schreibtisch vor ihm lag. Wenn seine neue Assistentin nur seine Kaffeebestellung falsch ausführte, konnte er zufrieden sein. Sein Bildschirmschoner ging an, und wie immer schauten ihm Rosa und Hot entgegen, was ihn zum Lächeln brachte. Katie war zwanzig Jahre alt und sehr hübsch, und Rosa wäre furchtbar eifersüchtig gewesen, wenn sie von seiner Assistentin gewusst hätte.

Es war sehr schade, dass sie sich nicht auf die Therapiesitzung mit Alec eingelassen hatte. Dabei war sich Josh so sicher gewesen, dass der Therapeut ihr hätte helfen können, vor allem, was Rosas niedriges Selbstwertgefühl anging. Es tat ihm weh, dass sie mit sich Probleme hatte. Aber sie war willensstark und bereit, an sich zu arbeiten. Hätte sie doch nur endlich glauben können, dass er wirklich kein Auge für andere Frauen hatte – denn Rosa Larkin hatte ihn vom ersten Moment an verzaubert. Er hatte gar keine andere Wahl gehabt, als sich in sie zu verlieben. Lag es an ihrer Energie? Ihrer Unbescholtenheit? Ihrer

Warmherzigkeit? Dafür, dass sie durch ihre schwere Kindheit so gewieft war, war sie manchmal ziemlich naiv, vor allem, was Männer anging. Aber vielleicht war das auch ein Grund dafür, warum er sie so liebte. Es war die Kombination aus allen Facetten ihrer Persönlichkeit.

Josh war froh, als er von Mary erfuhr, dass dieser Lucas nicht mehr im Ort war. Nicht mal Mary hatte den Grund dafür herausgefunden, aber Josh musste es eigentlich auch nicht wissen. Hauptsache, dieser krumme Londoner war weit genug entfernt von seiner Frau. Josh überlegte, ob er sich besser fühlen würde, wenn er die ganze Wahrheit über das, was an jenem Abend zwischen Rosa und Lucas passiert war, erfahren hätte. Was, wenn sie mit Lucas geschlafen hatte? Josh zog eine Grimasse. Aber er wusste auch, dass Rosa sehr verletzt gewesen sein musste, weil sie gedacht hatte, er und Sara hätten eine Affäre. Emotional am Boden und vom Alkohol angestachelt, hatte sie wohl geglaubt, sie könne sich an ihm rächen, indem sie ebenfalls untreu sei, und dass es ihm ganz recht geschehe.

Doch selbst die mildernden Umstände machten es nicht besser. Sie war sein Mädchen. Und er wollte, dass sie ihm vertraute, denn das hatte er mehr als verdient. Es war verdammt frustrierend, dass Rosa so eifersüchtig war.

Warum war Liebe nur so kompliziert? Und doch so überwältigend? Aber wahrscheinlich würde man sich wohl gar nicht erst verlieben, wenn sie nicht überwältigend wäre. Dann würden gleich die Alarmglocken läuten und einen davor warnen, sich auf etwas so Kompliziertes einzulassen.

Wie weit weg er hier in seinem schicken Büro doch vom Leben in Cockleberry Bay war. Würde er London vermissen? Auf den Stress und die Hektik des Börsenhandels konnte er gut verzichten. Josh nahm einen kleinen Schluck von seinem heißen Kaffee und ließ erneut seine Nachrichten abspielen. Es war bittersüß, täglich Rosas Stimme zu hören, ihre verzweifelten und manchmal auch sehr lustigen Nachrichten. Aber er musste seine Sache durchziehen. Er vermisste Rosa so sehr, dass sich sein Magen zusammenzog. Er hatte sogar mittwochs den Pubabend mit seinen Jungs aufgegeben und ging nun, statt Bier zu trinken, zum Joggen. Alles, um Kopf und Körper davon abzulenken, wie sehr ihm Rosas Abwesenheit zusetzte.

Als er ein weiteres Mal Rosas Nachricht vom Vorabend hörte, war er den Tränen nah. Sie versuchte, fröhlich zu klingen. Trotzdem hörte man, wie sehr sie litt.

»Hallo, Ehemann, rate mal, wer dran ist? Ich, ich, ich und wieder ich.« Hot bellte im Hintergrund. »Ach ja und er auch.« Josh biss sich auf die Lippe. »Ich hoffe, dass du diese Nachrichten anhörst, sonst wäre es die reinste Verschwendung von wertvoller Atemluft.«

»Ich höre doch, mein Mädchen«, sagte Josh liebevoll, während seine Frau ihre einseitige Konversation fortführte.

»Und was ich dir sagen werde, wird dich total überraschen. Pass auf, jetzt kommt's: Ich vermisse dich! Und Hot vermisst dich auch. Sehr sogar. Was ich möglicherweise getan habe, tut mir mehr als leid. Also, das werde ich dir so lange sagen, bis wir uns wiedersehen. Falls du zuhörst, können dir meine Nachrichten hoffentlich ab und zu ein kleines Lächeln abringen.«

War es fies von ihm, ihr das anzutun? Nein, es musste sein, für sie beide, so lange, bis irgendwann der perfekte Zeitpunkt gekommen war. »Ja«, sagte er laut, dann trank er den Kaffee aus. So würde er es machen. Ihr Geburtstag war perfekt, um dieser Sache ein Ende zu setzen und wieder in die Bay zurückzukehren. Er würde alles dafür tun. Es war schlimm genug, dass er den Valentinstag verpasste und das einjährige Ladenjubiläum. Aber ihren Geburtstag würde er nicht verpassen – nie mehr in ihrem Leben. Rosa hasste Weihnachten, aber ihren Geburtstag liebte sie.

Er gähnte, dann wählte er eine Nummer. »Alec, hier ist Josh. Ich wollte mich erkundigen, wie es läuft.«

Kapitel 43

»Was, eine Zigarette?« Rosa starrte den Polizisten an, der auf ihrem Sofa saß und bereits den fünften Keks – selbst gebacken von Mary nach Queenies altem Rezept – in den Mund schob. »Aber hier raucht niemand. Ich verstehe das nicht.«

»Da gibt es nicht viel zu verstehen. Die Sache ist ganz einfach. Der Brand ist entstanden, weil jemand eine glühende Zigarette in den Abfalleimer der Ladenküche geworfen hat.« Er wischte sich die Krümel aus dem getrimmten Bart. »Ihre Angestellte heißt Patricia Whittaker, genannt Titch. Stimmt das? Und Sie sagen, dass sie nicht raucht? Hätte es vielleicht auch ein Kunde sein können?«

»Nein, eigentlich lasse ich niemanden ungefragt nach hinten gehen. Aber manchmal kommen Lieferanten von dort rein.«

»Verstehe. Haben Sie an dem Tag eine Lieferung bekommen?«

»Ich weiß nicht mehr. Da müsste ich erst in den Unterlagen nachschauen. Soll ich das gleich machen?«

»Ja, bitte.«

Rosa ging zum Schreibtisch im Arbeitszimmer und holte den Laptop.

»Erhalten Sie manchmal auch Lieferungen direkt aus dem Ausland?«

»Eigentlich nicht. Warum?«

»Wir haben einen Zigarettenstummel und ein leeres Päckchen in Ihrem Hof gefunden, eine ausländische Marke. Leider lag beides in einer Pfütze, weshalb keine DNA-Spuren gesichert werden konnten.« Der Polizist zeigte Rosa ein Foto von einem rot-weißen Zigarettenpäckchen.

»Manche Fahrer, die mir eine Lieferung bringen, sind Ausländer, aber das heißt ja nicht, dass sie solche Zigaretten rauchen. Ja, wir hatten tatsächlich an dem Morgen eine Lieferung«, sagte Rosa mit Blick auf ihren Laptop. »Und zwar von der Firma Hastings, das ist mein Großhändler für Tiernahrung mit Sitz in London. Das erklärt wohl, warum das Tor hinten offen war. Es hätte also jemand einfach durch den Hintereingang reinkommen können. Titch vergisst manchmal, wieder abzusperren, vor allem, wenn viel los ist.«

»Vertrauen Sie Ihrer Angestellten?«

»DC Clarke, was ist das denn für eine Frage? Natürlich vertraue ich ihr. Außerdem hat ja ihr eigenes Baby oben geschlafen, als es zu brennen begonnen hat.«

Der bärtige Beamte klopfte mit einem angekauten Bleistift auf seine Telefonhülle. »Gut, gut. Hatten Sie in letzter Zeit mit irgendwem Streit, eine Auseinandersetzung?«

»Nur mit meinem Mann«, antwortete Rosa seufzend. »Aber Seb Watkins ist wieder im Ort.«

DC Clarke schwieg einen Augenblick und sah sie nachdenklich an, bevor er sagte: »Der hat ein starkes Alibi.«

»Weil er zum Tatzeitpunkt zufällig mit Sheila Hannafore zusammen war?«

»Ich darf während einer laufenden Ermittlung keine Auskunft geben, Mrs Smith. Ich werde die Firma Hastings kontaktieren. Hätten Sie zufällig eine Nummer für mich? Vielleicht war es auch einfach so, dass der Fahrer seine Zigarettenkippe auf dem Weg nach draußen in den Abfalleimer geworfen hat, ohne sich vorher zu vergewissern, dass sie richtig gelöscht war. Da Sie selbst nicht rauchen, haben Sie schließlich keinen Aschenbecher in der Küche. Es wäre ein vorstellbares Szenario. Es könnte also auch einfach nur ein Unfall gewesen sein.«

»Wollen wir es hoffen. Es wäre gut, wenn ich endlich alles mit der Versicherung klären könnte, aber ich weiß, dass so was lange dauert.«

»Sie sind sehr einsichtig. Vielen Dank für Ihre Zeit und die leckeren Kekse. Ich melde mich, sobald es etwas Neues gibt. Wir sind ja auch immer froh, wenn wir einen Fall abschließen können.«

Rosa ließ ihn über die Dachterrasse zur Wendeltreppe hinaus, weil er sich noch einmal unten im Hof umsehen wollte. Dann ging sie wieder in den Laden zurück.

»Was hat er gesagt?« Titch saß auf dem Hocker an der Kasse und war mit ihrem Handy beschäftigt.

»Dass Seb ein sicheres Alibi hat.«

»Ja, klar. Hat Jacob nicht auch gesagt, dass er vermutet, die alte Hannafore hätte damals bei ihnen den Brand im Lager gelegt?«

»Ganz genau. Ich zerbreche mir ständig den Kopf, welche Motive sie haben könnten. Wenn Seb gewusst hat, dass du alleine hier bist, hat er vielleicht das Feuer gelegt, um dich zu warnen oder schlimmer. Oder Sheila war so sauer, weil Lucas wieder nach London gegangen ist, und macht mich dafür verantwortlich. Und dann sind sie wohl auch noch sauer, dass wir sie wegen der Fahrerfluchtgeschichte verpfiffen haben.« Rosa seufzte schwer. »Aber jetzt kann ich nicht weiter darüber nachdenken.«

Josh hatte ihr schon lange geraten, ein Sicherheitssystem installieren zu lassen, doch darauf hatte Rosa nur gesagt, dass es sicherlich niemand auf ihre Hundedrops und Muschelarmbändchen abgesehen habe.

»Morgen kommen die Leute von der Sicherheitsfirma, um hinten eine Kamera zu installieren. Dann kann der Hof überwacht werden. Wir dürfen nur nicht vergessen, die Alarmanlage anzustellen, wenn wir rausgehen«, erklärte Rosa. »Und bitte denk ab jetzt immer dran, nach einer Lieferung wieder das Tor abzusperren.«

»Mach ich, versprochen. Ich weiß schon, dass ich nachlässig war. Du, aber jetzt muss ich los«, sagte Titch und holte ihre Handtasche unter der Theke hervor. »Was machst du heute Abend? Hast du was vor?«

Rosa atmete laut aus. »Keine Ahnung, das Übliche halt. Eine Nachricht für Josh aufsprechen, Wein trinken, mir die Augen ausheulen, noch mehr Wein trinken, mich vor die Glotze hocken, ins Bett gehen. Aber ich habe jetzt eine Entscheidung getroffen. Wenn er bis zu meinem Geburtstag nicht aufgetaucht ist, fahre ich gleich danach nach London und spreche mich mit ihm aus.«

»Aber bis dahin dauert es noch ewig.«

»Bis zum dreizehnten April sind es genau zwei Monate. Ich habe mir dieses Ultimatum gesetzt, weil ich eigentlich hoffe, dass er bis dahin längst zurück ist.« Rosa blickte ihre Freundin an und fügte hinzu: »Zumindest sei ihm das geraten!«

Kapitel 44

Die sieben Lektionen
Lektion 3: Identität

Vicki Cliss war eine Frau, bei der man sofort wusste, dass man in guten Händen war. Sie war Anfang dreißig, ihre Haare waren kinnlang und sie wirkte sehr natürlich. Unter der offenen Jacke sah man einen kleinen Babybauch. Sie lächelte, als Rosa ihr am Strand von Polhampton Sands entgegenkam. Hot, der ein Fan der Tierärztin war und ihre positive Energie mochte, bellte zur Begrüßung. Dann rannte er um sie herum und schnüffelte an ihrem Stiefel. Und weil er die anderen Tiere roch, hob er gleich das Beinchen. Als Rosa das sah, zog sie ihn schnell fort.

»Hi, Vicki. Oje, tut mir leid.«

»Kein Problem.« Vicki lächelte. »Mir scheint, dass ihm wirklich nichts fehlt. Sollen wir ein bisschen vor zu den Klippen spazieren? Dann kann ich sehen, wie er sich bewegt. Ich will sichergehen, dass er sich während des Vorfalls nicht den Rücken verletzt hat.«

»Ja, gerne.« Rosa betrachtete die Gegend und staunte. »Ich kenne diesen Strand nur von weiter weg. Im Vergleich ist unsere Bucht in Cockleberry Bay winzig.«

»Bist du mit dem Bus gekommen?«

»Nein, mit Ralph Weeks, der das einzige Taxi in ganz Cockleberry Bay fährt. Der Bus braucht so lange und gerade ist viel los im Laden.« Rosa warf einen Blick auf Vickis Bäuchlein. »Ist das eigentlich dein erstes Kind?«

»Nein, unser drittes. Ich muss verrückt sein. Aber Stuart will am liebsten eine ganze Fußballmannschaft. Wir haben schon zwei Jungs.«

»Dann reicht es ihm hoffentlich, wenn fünf gegen fünf spielen.«

Sie lachten.

»Ich kann mir vorstellen, dass es hier im Sommer wunderschön ist.« Der Strand schien mehrere Kilometer lang zu sein.

»Ja, stimmt. Aber dann muss man sehr früh oder spät rausgehen, weil alles von Touristen übervölkert ist.«

»Du hast also nicht nur deine Praxis hier, sondern wohnst auch im Ort?«

»Ja, das Haus ist gleich neben der Praxis. Ich habe alles von meinem Vorgänger übernommen, was mir den Start ziemlich erleichtert hat.«

»Wenn Josh mich doch überredet, irgendwann mal Kinder zu haben, will ich auch in ein Haus ziehen. Also nur, falls er zurückkommt. Er hat mich verlassen.«

»O nein. Dann frag ich lieber nicht weiter nach.«

»Es ist eine sehr lange und traurige Geschichte, aber ich habe die Hoffnung, dass am Ende alles gut wird.«

»Ich kann dir nur sagen, gemeinsam eine Familie zu gründen, ist wirklich toll.«

»Ja? So wie ich es mitbekomme, ist es verdammt harte Arbeit, und ich bin mir nicht sicher, ob ich schon bereit bin, meine Freiheit aufzugeben. Ich sehe das bei meiner Freundin Titch. Ein Kind verändert das Leben sehr.«

»Will Josh denn Kinder haben?«

»Wenn es nach ihm ginge, würde unsere Fußballmannschaft gegen eure spielen.«

»Weißt du, ich bin sehr gerne Tierärztin und der Beruf war das lange Studium wirklich wert. Aber meine größte Errungenschaft sind trotzdem meine Kinder. Sie lassen dich in dein Inneres blicken und erkennen, was wirklich wichtig ist.«

»Also, ich hatte keine so tolle Kindheit. Ich hatte keine Familie und bin im Kinderheim aufgewachsen, weißt du. Ich will nicht meine Identität verlieren, jetzt, da ich sie endlich gefunden habe.«

Vicki nickte. »Das verstehe ich. Aber eigentlich spricht das nur noch mehr dafür, eine eigene Familie zu gründen. Um diese Liebe ständig um dich herum zu spüren. Man kann gar nicht beschreiben, was für ein Gefühl es ist, sein frisch geborenes Baby im Arm zu halten. Du verliebst dich sofort und es hört nie mehr auf.«

»Hat Josh dich bezahlt, damit du mir das alles sagst?«

Vicki wirkte plötzlich peinlich berührt, dann aber lachte sie. »Ich schreibe ihm eine Rechnung.« Die beiden Frauen gingen schweigend weiter.

»Dass man viel aufgeben muss, Rosa, ist relativ«, durchbrach Vicki das Schweigen. »Ich habe einen guten Job und kann es mir leisten, eine Putzfrau und einen Gärtner zu haben und einen Babysitter zu bezahlen, wenn ich einen brauche. Aber Stuart ist Hausmann und kümmert sich um die Kinder. Wir wollten immer präsente Eltern sein. Er sagt, es geht nicht darum, was er aufgegeben hat, sondern um das, was er gewinnt, wenn er sieht, wie sich unsere Kinder entwickeln und groß werden.«

»Nicht jeder hat so viel Glück wie du.« Dabei hörte Rosa selbst, wie missgünstig sie klang.

»Ich weiß, und deshalb bin ich jeden Tag dankbar. Aber ich will damit sagen, dass es auch bei dir möglich ist und dass du alles haben kannst, wenn du willst, Rosa.«

Der Wind nahm zu, und jetzt sahen sie zu Hot, der die Möwen am Ufer aufscheuchte. »Wie ich gesagt habe, ich glaube, um diesen kleinen Kerl müssen wir uns keine Sorgen machen.« Vicki schauderte vor Kälte. »Wenn es dir recht ist, würde ich vorschlagen, dass wir zur Praxis zurückfahren. Mein Auto steht gleich da drüben. Ich kann ihn dort gründlich untersuchen und seine Lunge abhören.«

* * *

Rosa stellte einen sehr sandigen Hot auf den Untersuchungstisch der Tierärztin.

»Am Strand hat er sehr vital gewirkt. Wie ist allgemein sein Verhalten, seit er das Baby gerettet hat?« Vicki kraulte den kleinen Dackel hinter den Ohren. »Sie haben schon einen sechsten Sinn, diese Hunde. Dackel sind echte Bodyguards. Hat er seitdem viel geniest? Oder ist dir ein eigenartiger Husten aufgefallen?«

»Nein, zum Glück ist da alles in Ordnung. Er hat zwar ein paar Mal geniest, aber eigentlich nur, wenn ich Staub gewischt habe oder er die Schnauze irgendwo reingesteckt hat. Er bellt auch genauso laut und nervtötend wie zuvor. Und da ich weiß, dass viele Dackel im Laufe ihres Lebens Probleme mit der Wirbelsäule bekommen, passe ich immer auf, dass Hot nirgends 'runterspringt, wo er sich verletzen könnte. Er hat auch eine kleine Leiter, um leichter aufs Sofa klettern zu können.«

»Das ist gut.« Vicki tastete vorsichtig seinen Rücken ab und befühlte seine Hüften, was Hot weniger gefiel. Als sie seine Hinterpfoten untersuchte, zuckte er zusammen, weil er sehr kitzlig war. »Alles in bester Ordnung.« Vicki nahm das Stethoskop und hörte ihn ab, während Rosa ihn festhielt. Während sich die Tierärztin es wieder um den Hals geklemmt hatte, lächelte sie Rosa an. »Herz und Lunge sind in Ordnung. Er ist ein gesundes Kerlchen mit einem großen Herzen, in vielfacher Hinsicht. Du kannst ihn jetzt wieder vom Tisch runternehmen.«

Während sie in den Wartebereich hinausgingen, sagte Vicki: »So, und nun muss ich nach Hause zur Raubtierfütterung. Ich bin heute mit Kochen dran.«

»Was bin ich dir schuldig?«

»Eine Freundin von Jacob ist auch eine Freundin von mir, also nichts. Aber wenn du mal ein Baby hast, dann will ich es knuddeln dürfen.«

»Wir werden sehen.« Rosa steckte zehn Pfund in die Spendenbox des Tierschutzvereins. »Und ganz herzlichen Dank. Das ist wirklich supernett von dir. Ich wünsche dir ganz viel Glück mit deinem neuen Baby. Wann ist es denn so weit?«

»Es dauert noch ewig. Ich bin erst in der sechzehnten Woche. Wie kommst du wieder zurück?«

»Ich schreibe Ralph eine Nachricht. Er hat gesagt, dass ich ihm Bescheid geben soll, wenn wir fertig sind.« Rosa holte ein in Folie eingewickeltes Stück Gurke aus der Tasche und benutzte es, um ihren Hund damit aus der Praxis und von all den faszinierenden Gerüchen wegzulocken.

Später saß Rosa mit einem schlummernden Hot auf dem Schoß im Taxi. »Unsere Tiere sind wie Kinder, was?« Ralph Weeks lächelte ihr im Rückspiegel zu. »Vicki ist die beste Tierärztin hier. Wir gehen auch immer zu ihr. Wir haben zwei Meerschweinchen, ein Kaninchen, ein Terrarium mit Stabheuschrecken, zwei Katzen, ein Aquarium mit tropischen Fischen und einen Hund. Ein Cockapoo, der Conker heißt. Eine ganze Manege voller Tiere.«

»Da könnten Sie glatt einen Zoo aufmachen«, meinte Rosa belustigt. Dann lehnte sie den Kopf zurück und schloss die Augen. Es gab so vieles, worüber sie nachdenken musste. Was Vicki über Kinder gesagt hatte, hatte so magisch geklungen. Nicht wie eine Verpflichtung, sich zu vermehren. Und nun musste Rosa wieder daran denken, dass sie kurz nach der Hochzeit einen Abgang gehabt hatte. Wie hatte sie diesen Vorfall einfach abtun können? Und warum hatte sie so etwas Trauriges und Schreckliches nicht ihrem Mann gesagt? Sie hatte damals keinen Test gemacht, aber sie hatte noch nie ihre Tage zu spät bekommen. Und alle Zeichen hatten deutlich für eine Schwangerschaft gesprochen.

Doch wenn Rosa ehrlich zu sich war, hatte sie Angst davor, Kinder zu kriegen. Was, wenn sie eine schlechte Mutter wäre? Wenn sie wegen ihrer chaotischen Kindheit und ihrer Unsicherheiten das Leben eines anderen Menschen zerstörte? Dieser Gedanke war einfach unerträglich.

Kapitel 45

Es war Valentinstag und auch da hatte sie keine einzige Nachricht von Josh erhalten. Jetzt war sich Rosa sicher, dass er ihr niemals vergeben werde – für etwas, von dem sie gar nicht wusste, ob sie es überhaupt getan hatte.

Es war ein furchtbarer Tag gewesen. Sie war so niedergeschlagen, dass sie nicht einmal die Tombola veranstaltet hatte, die eigentlich für dieses erste Jubiläum geplant gewesen war. Sie hatte niemanden, mit dem sie sprechen, dem sie ihr Leid mitteilen konnte. Jacob und Raff hatten im Lobster Pot beide Hände voll zu tun, und Titch war mit Ritchie essen. Sie hatte Rosa nicht zum Babysitten gebraucht, weil ihre Mum diese Aufgabe sehr gerne übernommen hatte. Rosas Mutter hatte heute Spätschicht im Co-op. Und welchen Sinn hätte es gehabt, Josh wieder anzurufen?

Im unteren Kühlschrank entdeckte sie eine kleine Weinflasche und köpfte sie. Später fand sie die Jack-Daniel's-Flasche im Regal und bediente sich reichlich. Als ihr irgendwann recht schummrig zumute war, befestigte sie Hots Leine am Halsband, zog ihm sein Mäntelchen an und ging nach draußen, um wieder einen klareren Kopf zu kriegen.

Es war ein kalter, sternenreicher Abend. Und Rosa begann – sehr zu Hots Begeisterung – durch die Brandung zu rennen. Ganz außer Atem stellte sie fest, dass das Wasser eiskalt war. Hot lief ihr hinterher, blieb aber immer wieder stehen, um die Möwen anzubellen. Auf der gewohnten Bank nahm Rosa dann ihr Handy aus der Jackentasche.

Seb, der aus dem Pub trat, um zu rauchen, hörte Rosas markanten Londoner Akzent. Lallend sagte sie: »Halt die Klappe, Hot. Und ihr blöden Möwen haltet einfach mal euren Schnabel. Seid leise, wenn ich schön bitten dürfte. Ich rufe jetzt nämlich meinen Ex-Mann an.«

»Ex-Mann? Soso«, meinte Seb, der jetzt vor ihr stand. »Wir finden eh alle, dass dieser reiche Schnösel nichts für dich ist.«

Rosa setzte sich auf. »Immerhin ist er kein Krimineller wie du.«

»Ich bin unschuldig, in allen Punkten der Anklage.« Der Rothaarige zog lange an seiner selbst gedrehten Zigarette, der eindeutig Marihuana beigemischt war.

»Bei der nächsten Brandstiftung musst du dich aber schon ein bisschen mehr anstrengen.« Rosa wackelte mit dem Zeigefinger.

»Also, so was würde ich schon cleverer anstellen, das kannst du mir glauben. Und was auch immer du von mir denkst, aber ein Kind zu gefährden gehört nicht zu meinem Repertoire.«

»Das Feuer ist durch eine brennende Zigarette entstanden und du rauchst.«

Seb lachte laut auf. »So wie halb Cockleberry Bay. Aber ich rauche nicht diese billigen spanischen Zigaretten, die mir die Bullen in die Schuhe schieben wollten.« Als Rosa schwankend aufstand, ging Seb runter zum Strand und verschwand so lautlos, wie er aufgetaucht war.

Ohne dem schneidenden Wind und den immer stärker heranbrechenden Wellen Beachtung zu schenken, wählte Rosa Joshs Nummer und verstand im tosenden Wind kaum den Ansagetext seiner Mailbox.

»Joshy. Liebster Joshy. Hallo, Ex-Mann, ich wünsch dir 'nen frohen Valentinstag. Hoffentlich hast du meine Karte gekriegt. Ich fand sie sehr witzig. Ich liebe dich. Und Hot liebt dich auch. Wir lieben dich beide. Bitte komm wieder heim. Ich glaube, ich habe gar nichts Schlimmes gemacht. Aber es ist so zwecklos mit dir, und ich bin besoffen. Richtig schön besoffen. Genau wie meine Mutter – hast du das nicht selbst gesagt? Du hast gesagt, ich soll dich anrufen, wenn ich mich selbst mag. Aber offenbar magst *du* mich nicht mehr und ich mich auch nicht. So, jetzt habe ich alles gesagt.«

Ohne die Verbindung zu unterbrechen, ließ Rosa das Handy in den Sand fallen und heulte Rotz und Wasser.

* * *

»Rosa. Rosa?« Als sie die Augen öffnete, sah sie in Alecs vertrautes Gesicht. »Komm, steh auf, es ist eiskalt. Sag mal, was machst du denn hier?« Er klang besorgt.

Rosa schielte zu ihm, dann schüttelte sie sich und stöhnte. »Wie viel Uhr ist es?« Hot war halb durchgefroren, aber er war keinen Zentimeter von seinem Frauchen gewichen.

»Zeit heimzugehen, meine Liebe.«

»Dr. Alec.« Rosa zitterte am ganzen Leib. Sie begann zu weinen. »Niemand liebt mich.«

»Quatsch, Rosa. Du wirst sehr geliebt. Komm, jetzt gehen wir heim, ja?«

Er leuchtete mit seinem Handy den Boden ab, dann hob er Rosas Telefon auf und steckte es ein. Anschließend nahm er Hots Leine und hob das bekümmerte Mädchen hoch, um es wie ein Kind den Hügel hinaufzutragen.

Kapitel 46

Die sieben Lektionen
Lektion 4: Sucht

Rosa träumte, dass das Telefon läutete, als sie aufwachte und merkte, dass das tatsächlich auch der Fall war.

»Rose, hier ist Titch.«

Rosa stöhnte und schaute noch einmal aufs Telefon. »Mist, ist es wirklich schon so spät?«

»Bist du noch gar nicht wach?«

»Jetzt schon.«

»Dann beweg deinen Hintern, denn der Lieferant steht vor dem Tor. Ich komme heute erst um zwei, wie du weißt. Zum Glück hatte er meine Nummer.«

Noch in den Klamotten vom Vortag suchte Rosa auf dem Nachttisch nach dem Schlüssel und entdeckte eine handgeschriebene Notiz.

Triff mich heute um 14.30 Uhr unten am West-Cliffs-Pfad.
Alec.

* * *

Sie schämte sich für das, was am gestrigen Abend passiert war. Wieder mal hatte sie Hot in Gefahr gebracht, indem sie am Strand besoffen eingeschlafen war und heute Morgen auch seine Frühstückszeit verpennt hatte. Sie zog die Mütze tief ins Gesicht und den Schal so weit hoch, dass die Nase halb bedeckt war.

Alec sah ihre blutunterlaufenen Augen. Rosa wirkte recht kleinlaut. »Bist du auf dem Weg zum Maskenball?«, scherzte er.

Rosa blickte an dem großen Mann hoch. Der Größenunterschied zwischen ihnen fühlte sich heute noch bedeutender an. Alec sah die Tränen in ihren Augen. »Gehen wir los?« Er führte sie zu der Stelle, wo der Küstenpfad begann, und schwieg während des Aufstiegs.

»Josh sagt immer, man kann besser über Probleme sprechen, wenn man dabei spazieren geht«, meinte Rosa irgendwann.

»So, sagt er das?«

»Ja. Manchmal ist es einfacher, wenn man dem anderen nicht direkt in die Augen schauen muss.« Nach einer Weile fügte sie hinzu: »Was hast du eigentlich gestern noch so spät am Strand gemacht? Ich meine, ich bin sehr froh, dass du da warst, und ich kann dir gar nicht genug für deine Hilfe danken.«

»Ach, ich bin noch kurz mit Brown rausgegangen«, log Alec und dachte daran, wie er nach Joshs panischem Anruf alles hatte stehen und liegen lassen und in Windeseile zum Strand gelaufen war. »Wo ist Hot?«

»Zu Hause. Er braucht nach allem, was ich ihm angetan habe, Ruhe und Wärme. Und ich muss mich auf das konzentrieren, was ich dir sagen will, Alec. Also, es tut mir leid, dass du mich so gefunden hast. Und ich habe eine Frage an dich: Glaubst du, dass ich ein Alkoholproblem habe?«

»Nun, sagen wir es so, ich glaube, du hast Probleme, wenn du Alkohol trinkst. In Kombination mit Traurigkeit ist das etwas ganz anderes. Du trinkst Alkohol, um deine Schmerzen zu dämpfen, aber dafür kommen deine Dämonen heraus und du fügst dir und anderen Schaden zu.«

»Ich kann es einfach nicht aushalten, dass Josh nicht bei mir ist. Ich bin so einsam.«

»Ich glaube, im Moment wärst du auch einsam, wenn der ganze Raum voller Joshs wäre.«

»Solche Psychosachen verstehe ich nicht, Alec. Was meinst du damit?«

»Dass du nicht mit dir selbst allein sein willst.«

Rosa legte die behandschuhten Hände ans Gesicht. »Mist! Genau das hat Josh bei dem Streit auch gesagt. Er hat mir an den Kopf geworfen, dass ich mich selbst nicht mag.« Sie schob sich die Haare aus den Augen. »Das mit der Therapie, Alec … also, dass ich einfach abgehauen bin, tut mir leid. Das war echt unhöflich von mir.«

»Du musst dich nicht entschuldigen.« Alec dachte einen Moment an das, was vorgefallen war. »Es ist schwer, wenn wir mit uns selbst allein sein müssen, ohne Alkohol oder andere Ablenkung. Besonders dann, wenn wir, wie du sagst, uns selbst nicht mögen. Dann ist es besonders schwierig.«

Ihr Atem war in der kalten Luft sichtbar. Plötzlich packte Rosa Alec am Arm.

»Was ist los?«, wollte er wissen.

»Das ist die Stelle, wo Hot und ich runtergefallen sind, genau hier.« Rosa schauderte es. »Ich kann immer noch nicht runterschauen, obwohl ich das seit dem Unfall schon einmal getan habe.« Wieder kamen ihr die Worte von Darren, dem Mann von der Küstenwache, in den Sinn. »Die Ängste, denen wir uns nicht stellen, schränken uns ein.«

»Zeig mir die Stelle.«

Sie blieb hinter seinem großen Rücken, während er den Weg voranging. Mit zitternder Hand deutete sie auf besagte Stelle. Dann hielt sie sich an ihm fest und zeigte auf den schmalen Felsvorsprung, auf dem sie und Hot an dem schneereichen Nachmittag gelandet waren.

»Siehst du? Jetzt hat es geklappt. Als es passiert ist, warst du auch betrunken, stimmt's?«

»Ja, leider.« Ihre Stimme brach. »Aber selbst das hat mich nicht davon abgehalten, mich gestern Abend wieder zu betrinken und wie eine Pennerin auf der Parkbank zu liegen. Hot und ich hätten erfrieren können. Ich habe es gar nicht verdient, Josh in meinem Leben zu haben.« Sie begann zu heulen.

»Ja, du hättest erfrieren können, aber es ist nichts passiert. Deine Schutzengel haben dir eine zweite Chance gegeben.« Alec nahm Rosa an der Hand und führte sie zu einem Felsblock, auf dem sie etwas unbequem Platz nahmen. Rosa blickte ihrem Atem nach, der sich in weißen Wölkchen in der Luft auflöste. Alec wusste, wie wichtig es war, dass er sie jetzt mit seinen Worten erreichte. Er wandte sich langsam zu ihr, blickte ihr in die Augen und fasste einen Entschluss.

»Rosa. Ich erzähle dir jetzt etwas, das nicht viele von mir wissen. Ich sage das nur Leuten, die ich sehr gut kenne.«

Warum vertrauten ihr alle ihre Geheimnisse an? Rosa dachte an Raff und seine Offenbarung, dass er adoptiert war. Es machte sie stolz, dass er ihr mit so etwas Privatem vertraut hatte. Jetzt war sie gespannt, was Alec ihr sagen würde.

»Ich bin Alkoholiker, Rosa.«

»Oha! Nicht noch einer«, sagte sie etwas unbeholfen, da sie nicht wusste, wie sie reagieren sollte. »Es reicht ja schon, dass ich mich um Mum sorgen muss.«

Darauf gab Alec zurück: »Du musst dich nur um dich selbst sorgen, nicht um uns. Ich habe seit neunzehn Jahren, fünf Monaten und vier Tagen keinen Tropfen mehr angerührt.«

»Wahnsinn, dann hast du aber wirklich jung angefangen!« Rosa biss sich auf die Lippe. Schon wieder nicht die beste Reaktion.

»Ich bin achtundvierzig, so jung war ich also gar nicht mehr«, erwiderte er ruhig.

»Wow, du hast dich gut gehalten. Ich hätte dich auf Ende dreißig geschätzt.«

Der große Mann lächelte. »Mein Geheimrezept: keinen Alkohol trinken und Sport treiben.« Dann wurde er wieder ernst. »Während des Studiums hatte ich mich einfach zu sehr an Wodka gewöhnt. Und dann ist mein Dad gestorben. Da war ich erst Anfang zwanzig. So hat es angefangen. Ich habe mich verloren gefühlt. Noch heute schäme ich mich dafür, dass ich mich nicht um meine Mum gekümmert habe oder für meine jüngere Schwester da war. Das belastet mich immer noch. Aber so sind Suchtkranke eben, Rosa. Egoistisch. Wir erzählen Lügen, erfinden Ausreden, lassen andere im Stich. Unsere einzige Sorge ist, woher wir unsere nächste Dröhnung kriegen. In meinem Fall war es Alkohol, für andere sind es Drogen, Glücksspiel oder sogar Sex.«

Alec blickte einen Moment lang schweigend zum Meer. »Der Wendepunkt kam, als ich einmal in eine Schlägerei verwickelt war. Am nächsten Morgen bin ich ohne Geldbeutel, dafür mit einer Zahnlücke und einer Klage wegen Körperverletzung aufgewacht – und zwar in der Ausnüchterungszelle. Aber irgendwie hat meine Mutter es geschafft, meinen Kopf aus der Schlinge zu ziehen, indem sie mein Verhalten mit dem Tod meines Vaters begründet hat. Doch in diesem Moment habe ich gemerkt, dass ich etwas ändern musste. Ich habe mir Hilfe gesucht, meine Trauer aufgearbeitet und einen Entzug gemacht. Dabei habe ich gemerkt, dass ich selbst Therapeut werden wollte. Seit jener schicksalsreichen Nacht habe ich keinen Tropfen Alkohol mehr angerührt. Später habe ich meine Frau Alesha kennengelernt, die ich immer noch sehr schätze, auch wenn es mit uns nicht geklappt hat. Sie hat mir einen wunderschönen Sohn geschenkt.« Er drückte Rosas Hand. »Mein Leben ist durch die Abstinenz viel reicher als vorher.«

»Aber Josh und du, ihr seid doch in die Bar gegangen und er ist ziemlich angeheitert nach Hause gekommen?«

»Stimmt. Nur trinke ich eben alkoholfreies Zeug. Das ist jetzt mein Leben. Ich gehe immer noch gerne in Bars und ich mache alles, was Leute machen, die Alkohol trinken. Ich führe eigentlich dasselbe Leben wie die anderen. Nur sehe ich die Dinge viel klarer als früher. Ich erinnere mich stets an das, was ich am Vorabend gesagt habe und ich wache nicht mehr in einer Ausnüchterungszelle mit fehlenden Zähnen auf.« Alec lächelte. »Ich habe für mich diese Entscheidung getroffen und das war genau richtig so.« Er ließ Rosa Zeit, darüber nachzudenken.

Schließlich sagte Rosa: »Wenn ich was getrunken habe, gibt es immer Probleme. Ohne Alkohol wäre ich an jenem Abend mit Luke ... also, wir wären eben nicht zusammen gewesen. Alec, es ist furchtbar. Ich weiß noch nicht einmal, ob wir Sex hatten.«

»Und meinst du, alles wäre geklärt, wenn du wüsstest, was passiert ist? Würdest du dich anders fühlen?«

»Wenigstens würde ich mich nicht so schlecht fühlen, wenn ich sicher wüsste, dass wir keinen Sex hatten. Dann würde ich wissen, dass ich Josh nicht betrogen habe.«

»Aber vielleicht ist es Zeit, sich das große Bild anzusehen. Dieser eine Vorfall gehört der Vergangenheit an, der Moment ist vorbei. Was jetzt zählt, ist, nach vorn zu blicken. Peinige dich nicht selbst. Bloß weil du einen Fehler begangen hast, hört man nicht auf, dich zu lieben. Man wird trotzdem an deiner Seite bleiben und dir verzeihen.«

»Meine Mum hat mich aber auch verlassen«, sagte Rosa kaum hörbar.

»Nein, deine Mum hat sich aufs Trinken eingelassen. Sie war alkoholkrank. Es ist eine Sucht, die nur schwer unter Kontrolle zu kriegen ist.« Seine Stimme wurde sanft. »Deine Mutter hat dich nach ihren Möglichkeiten geliebt. Wenn sie dich nicht fallen gelassen hätte und dir nichts passiert wäre, hätte sie dich nicht verlassen. Sie hätte sich weiter um dich gekümmert. Aber dass du ihr weggenommen wurdest, war ihr Wendepunkt, das hat sie wachgerüttelt. Danach hat sie versucht, ihr Leben wieder auf die Reihe zu kriegen. Vielleicht hilft dir das im Moment nicht, aber versuch trotzdem zu erkennen, was für eine großartige Familie du hast, wie viel Liebe für dich schon immer da war. Als die rechte Zeit gekommen war, hat dich deine Familie gesucht und gefunden. Deine Mum hat nie aufgehört, dich zu lieben. Ihr Herz war gebrochen, weil sie ihr Baby – dich – so vermisst hat. Aber sie hat das Loch, das entstanden ist, gekittet, indem sie dir jetzt all ihre Liebe schenkt, die sie dir damals nicht geben konnte, als du klein warst.«

Rosa schluckte ihre Emotionen herunter. »Woher weißt du das alles über mich?«, fragte sie schwach.

»Josh hat es mir erzählt. Er ist sehr stolz darauf, wie du mit allem umgegangen bist, seit du das über deine lang vermisste Familie herausgefunden hast. Und er ist sehr stolz darauf, wie gut du das mit dem Laden meisterst.«

»Das hat er mir nicht gesagt, als er so wütend auf mich war.«

»Wut ist machtlos. Wenn man sich seiner Wut hingibt, gerät man in Rage. Man sagt dumme Dinge, die man nicht so meint. Der andere, der den Wutausfall abbekommt, geht in die Abwehrhaltung und macht die Ohren dicht.« Alec lachte laut auf. »Es ist die reinste Energieverschwendung.«

»Aber was macht man mit seiner Wut, wenn man sie nicht rauslässt? Im Kinderheim hat irgendwer mal gesagt, dass Wut, wenn man sie nicht rauslässt, den Hals runterwandert und dir die Organe zerfrisst. Ich habe das immer geglaubt und deshalb selbst den kleinsten Ärger wie ein Feuerwerk aus mir herausplatzen lassen.«

Alec betrachtete die gebrochene junge Frau, die in der Blütezeit ihres Lebens stand. »Ja, Rosa, es ist schwierig, aber die Wut lässt sich durchaus in positive Energie umwandeln.«

»Wie denn?«

»Was hat Josh gesagt? ›Ich komme erst dann zurück, wenn du dich selbst magst‹?«

»Ja, aber ich weiß nicht, wie das gehen soll.«

»Richte deine Energie nur auf das. Darauf, dich selbst zu lieben, Rosa. Du kannst dir selbst helfen. Deine Freunde sagen dir, wie klasse du bist. Deine Mutter sagt es dir und vor allem dein Mann. Was er sonst noch im Eifer des Gefechts gesagt hat, zählt nicht viel.« Alec hielt kurz inne. »Mach mit dem Laden genauso weiter, wie du angefangen hast. Du hast ganz allein ein erfolgreiches Geschäft aufgebaut und du kannst dir dafür wirklich auf die Schulter klopfen.« Alec strahlte sie an. »Du bist ein super Mädchen, Rosa. Du musst es nur selbst glauben.«

»Danke. Heißt das, du bist auch der Meinung, dass ich keinen Alkohol mehr trinken sollte?«

»Das musst du selbst entscheiden, Rosa. Ich kann dir nicht vorschreiben, was du tun und lassen sollst. Aber du kannst ja einfach mal ausprobieren, wie es sich anfühlt, den Konsum zu reduzieren. Oder vielleicht verzichtest du tatsächlich mal für eine Weile vollständig darauf. Du wirst überrascht sein, wie es das Leben verändert.«

»Ja, wahrscheinlich hast du recht. Ich muss es einfach nur in die Praxis umsetzen. Und ich habe auch einen anderen Entschluss gefasst: Ich gebe Josh bis zu meinem Geburtstag Zeit, um zu mir zurückzukommen. Weißt du, Alec, langsam bin ich echt sauer auf ihn. Er muss doch wissen, wie sehr ich leide. Jeden Abend hinterlasse ich ihm eine Nachricht und es kommt nichts zurück. Keine Antwort. Ich muss mit ihm sprechen, ihm sagen, wie sehr ich ihn liebe.«

»Ach, Rosa, das weiß er doch. So wie ich es mitbekommen habe, liebt er dich mehr, als du glaubst. Ich will dir einen Rat geben: Hör auf Joshs Stille. Sie hat dir viel zu sagen. Die Liebe ist für uns Menschen manchmal sehr verwirrend. Rumi drückt es folgendermaßen aus: ›Liebe ist keine Emotion, sondern unsere pure Existenz.‹«

»Rumi? Der war wohl ein Kumpel von Khalil«, meinte Rosa grinsend. »Meine Mum würde vor Begeisterung ausflippen.«

Alec lachte. »Vielleicht waren sie in einem früheren Leben befreundet.«

Sie waren oben auf dem mit Gras bewachsenen Hochplateau angelangt, wo bereits die ersten Frühlingsblumen ihre Köpfchen ins Freie streckten. »Oh, wie schön!« Rosa beugte sich hinunter, um die violetten Blumen näher zu inspizieren.

»Bloß nicht anfassen!«, rief Alec so laut, dass Rosa zusammenzuckte.

»Tut mir leid, ich wollte dich nicht erschrecken«, entschuldigte er sich. »Aber das ist Bittersüßer Nachtschatten, der ist hochgiftig.«

»Was du alles weißt.«

»Ja, das kommt daher, dass ich in dieser Gegend so viele Urlaube mit meinem Sohn und meiner Frau verbracht habe. Und dazu kommt natürlich mein unerschöpflicher Wissensdrang.«

»Siehst du deine Frau eigentlich noch manchmal?«

»Seit der Scheidung habe ich sie nicht mehr gesehen. Aber wie gesagt, wir sind immer noch Freunde.«

»Das ist wohl auch bittersüß, was?«

»Da hast du wohl recht. Unser Leben hat sich in unterschiedliche Richtungen entwickelt, wir wollten nicht dasselbe. Aber trotzdem ist sie ein wunderbarer Mensch. Sie ist Intensivkrankenschwester. Wir haben uns in der Karibik kennengelernt. Es war ein romantischer Urlaubsflirt. Ich war auf der Suche nach Erholung, und mit was kam ich zurück? Mit *trouble and strife* – Problemen und Konflikten. Aber du weißt sicher, dass das Cockney Rhyming Slang für *wife* – also Ehefrau – ist.«

Rosa grinste. »Na klar, mit dem Cockney Rhyming Slang bin ich wohlvertraut. Ich bin ja selbst in Hörweite der Glocken von St Mary-le-Bow geboren, was mich per definitionem zu einer waschechten Cockney-Frau macht.« Rosa sah, dass die Sonne bereits sehr tief stand. »Vielleicht gehen wir lieber, bevor es dunkel wird.« Sie hängte sich bei dem großen Mann ein. Zum ersten Mal hatte sie so etwas wie einen väterlichen Rat erhalten. Ihr Leben lang hatte sie so viel Zeit damit verbracht, ihre Mutter zu vermissen, dass ihr die Abwesenheit einer Vaterfigur gar nicht aufgefallen war.

»Alec, was meint Rumi eigentlich, wenn er sagt, dass Liebe keine Emotion ist?«, fragte sie. »Mir ist einfach nicht klar, was ich eigentlich genau fühle.«

»Also, ich denke, mit der Liebe verhält es sich nicht wie mit anderen Emotionen. Wenn wir wahrhaftig lieben, können wir dabei trotzdem alle anderen Emotionen intensiv fühlen. Also Angst, Wut, Hass, Trauer und wohl auch Scham. Aber die Liebe beeinflusst nicht unsere Reaktion darauf. Die Liebe geht tiefer. So glaube ich auch, dass Josh dich in diesem Moment nicht weniger liebt. Er versucht, mit seinen Gefühlen klarzukommen, und überlegt, was genau vorgefallen ist.«

»Meinst du?«

»Ja, das meine ich nicht nur, das weiß ich ganz sicher. Er hat in London gerade wohl auch nicht sehr viel Spaß. Er geht jeden Tag zur Arbeit wie sonst, aber er ist auch voller Kummer.«

»Wirklich?«

»Ja, Rosa, wirklich. Gib ihm Zeit. Du hast ihn verletzt.«

Während sie langsam wieder zum Strand hinabstiegen, blickte Rosa aufs Meer. »Bevor ich nach Cockleberry Bay gekommen bin, wusste ich gar nicht, was ein Horizont wirklich ist.«

»Ich glaube, bevor du nach Cockleberry Bay gekommen bist, wusstest du auch nicht, wer *du* wirklich bist.« Alec legte ihr väterlich den Arm um die Schultern.

Rosa lief eine Träne übers Gesicht. »Ja, und jetzt weiß ich es langsam.«

Kapitel 47

»Frohe Ostern! Hier ist eine Flasche Rotwein für alle. Ich selbst halte mich heute lieber an Cola light.« Rosa war mit Hot bei Jacob und Raff in Polhampton Sands eingeladen, wo deren wunderschönes Haus stand. Es war eine umgebaute Kirche mit zauberhaftem Blick aufs Meer. Rosa gab Jacob eine Tüte. »Hier sind auch noch ein paar Ostereier für alle.«

»Oh, wie süß von dir!« Jacob küsste sie auf beide Wangen und nahm ihr die Jacke ab. Ugly, Pongo und die Duchess kamen angeschossen, um sie und Hot zu begrüßen. Dann jagten die vier Hunde durchs Haus, hinaus in den großen, gepflegten Garten.

»Ich habe schon fast vergessen, wie wunderschön es hier ist«, sagte Rosa begeistert. »Ihr könntet mit Agatha Christies Greenway in Konkurrenz treten.«

»Das liegt nur daran, dass unser Gärtner so ein Sahneschnittchen ist«, schwärmte Jacob. »Wir lassen ihn viel zu oft kommen, nur um zuzusehen, wie er im Sommer mit nacktem Oberkörper auf dem Aufsitzmäher herumdüst.«

Rosa lachte. »Na, wie bist du denn drauf?«

Da kam Raff aus dem Garten herein und begrüßte sie ebenfalls mit einem Kuss. »Ich habe die Eier so versteckt, dass die Hunde nicht hinkommen. Schoko ist das reinste Gift für sie.«

Er wirkte fast ein bisschen verstimmt. »Also, in Italien macht man das mit diesen Eiern nicht. Ihr Briten habt schon komische Angewohnheiten. Aber wenigstens unterhält es die Kinder und man hat ein paar Minuten lang seine Ruhe.«

»Mich unterhält so was auch gut«, sagte Rosa strahlend.

»Meine liebe Signora Rosa, heute gibt es Rinderbraten. Sicher nicht so gut wie der von deiner Mutter, aber ich gebe mein Bestes.« Der junge Italiener zwinkerte ihr zu und verschwand in der Küche.

»Kriegt er denn nie frei?«, wandte sich Rosa an Jacob.

»Er liebt es doch, für die Familie zu kochen, zu der du natürlich auch gehörst. Und Vicki, Stuart und ihre kleinen Süßen. Es gibt nichts Schöneres als ein Sonntagsessen mit Freunden.« Jacob, der Rosas Traurigkeit spürte, küsste sie erneut auf die Wange. »Mrs Smith, wie geht es dir?«

»Meinem Arm geht's zum Glück wieder sehr gut. Und sonst … na ja, es geht schon. Ich zähle die Tage, bis ich Josh sehe. Mir hilft es, jetzt meinen Geburtstag als Ziel zu haben, um besser mit der Situation umgehen zu können. Und vielleicht hat er ja doch noch vorher ein Einsehen. Daran, dass er vielleicht gar nicht mehr zurückkommt, kann ich nicht denken.«

»Er braucht nur Zeit, Rosa.«

»Das hat Alec auch gesagt. Er ist übrigens ein echt netter Kerl.«

»Ja«, sagte Jacob und wechselte schnell das Thema. »Kann ich dir was zu trinken bringen? Eine Cola light?«

»Ja, bitte.« Es war ungewohnt, nicht gleich zum Wein zu greifen. Aber es durfte einfach nicht mehr so weitergehen wie bisher. Alle Zeichen sagten ihr, dass es besser sei, abstinent zu bleiben, zumindest für eine Weile. Wenn Alec und Mary als echte Alkoholiker aufs Trinken verzichten konnten, würde sie es wohl auch schaffen.

»Wer bist du?« Die Frage kam von einem ungefähr fünfjährigen Jungen, der Rosa neugierig mit großen blauen Augen ansah.

»Ich bin Rosa. Und wer bist du?«

»Mum mag auch Rosas. Stimmt's, Mum? Daddy bringt ihr manchmal welche, wenn sie auf uns sauer ist.«

Nun kam auch Vicki Cliss in den Wintergarten, von dem man über die ganze Bucht blicken konnte. »Rosen, Arthur, nicht Rosas.«

»Hab ich ja gesagt.« Und schon lief der Kleine wieder in den Garten hinaus, wobei er fast seinen zweijährigen Bruder umwarf. »Schokolaaaaaaaadeneier!«

»Wie viele hatte er denn schon?«, wandte sich Vicki an Jacob.

»Na, ich glaube, Raff hat nur fünfzehn kleine versteckt. Wobei der arme Stan anscheinend nicht so viele davon abgekriegt hat.«

Jetzt kam Stan angewackelt. »Arthur gemein, Mummy.«

Vicki nahm ihn trotz ihres mittlerweile recht großen Babybauchs hoch. »Komm, mein Süßer, ich helfe suchen, okay?«

In dem Moment kamen alle vier Hunde wieder hereingerannt und sprangen bellend an Rosa hoch.

»Hey, ihr ungezogenen Tölen«, schimpfte sie, doch konnte sie nicht widerstehen, die kleine Duchess hochzunehmen und zu knuddeln.

In dem Moment kam wieder jemand. Diesmal war es ein dunkelhaariger Mann, der gutmütig schimpfte: »Es heißt ja, man soll mit Kindern oder Tieren nicht arbeiten. Aber niemand warnt einen davor, mit ihnen zu *leben*.«

»Ich dachte, du willst eine ganze Fußballmannschaft«, sagte Rosa lachend. »Du bist sicher Stuart. Ich bin Rosa Smith.« Sie setzte die Duchess ins Hundebett und gab Vickis Mann die Hand.

»Freut mich, dich kennenzulernen. Natürlich würde ich meine Jungs um nichts in der Welt wieder hergeben wollen. Also, wenn sie schlafen«, setzte Stuart Cliss seinen gespielten Sarkasmus fort. »Und hey, in ein paar Monaten haben wir Baby Nummer drei.«

»Alles klar, Stuart? Kann ich dir was zu trinken holen?«, fragte Jacob, der gerade aus der Küche kam.

»Habt ihr was Alkoholfreies? Da draußen braut sich ein gewaltiger Sturm zusammen. Wahrscheinlich muss ich heute noch weg.« Als Rosa fragen wollte, warum, kam ein schrilles Piepen aus seiner Tasche. »Verdammt, wusste ich es doch. Ich muss los.«

Auf dem Weg stieß Stuart mit seiner Frau zusammen, die ihn enttäuscht fragte: »Haben sie dich etwa rausgerufen?«

»Ja, tut mir leid, Schatz. An diesem Wochenende sind zwei Leute weniger in der Mannschaft und ich muss einspringen. Wir sehen uns später.« Er küsste sie, dann winkte er seinen Söhnen, die immer noch herumrannten und nach Eiern suchten, obwohl es mittlerweile schon ziemlich stürmte. »Kommt lieber ins Haus, Jungs«, rief er, dann stieg er ins Auto und brauste los.

Vicki seufzte. »Ich darf mich ja eigentlich nicht beschweren. Er passt auf die Jungs auf, wenn ich arbeite, und so kann er in der Woche nicht aufs Schiff, obwohl er das so liebt.« Sie rief Arthur und Stan vom Garten ins Haus. »Kommt schnell, dann könnt ihr sehen, wie Daddy mit dem Boot rausfährt.«

Rosa bemerkte, dass sich Vicki den Bauch hielt. »Ist alles okay?«, fragte sie.

»Ja, es zieht nur ein bisschen, nichts weiter. Er oder vielleicht ist es diesmal eine *Sie* macht gerade einen Wachstumsschub.«

Von dem großen Wintergartenfenster aus konnte man sehen, wie andere Boote nun wegen des Sturms und der hohen Wellen in den Hafen zurückkehrten.

Während die Jungs vor dem Fenster saßen und gespannt warteten, ob sie das Rettungsboot sehen würden, ging Vicki zur Toilette. Die drei älteren Hunde legten sich zur Duchess ins große, mit Kaschmirwolle ausgekleidete Hundebett und kuschelten sich aneinander.

»Stuart war nicht etwa auch auf dem Rettungsboot, als mir das Malheur passiert ist?«, wandte sich Rosa flüsternd an Jacob.

Er schüttelte den Kopf. »Nein, keine Sorge. Außerdem ist er ein Supertyp, genau wie Vicki.«

Raff streckte den Kopf aus der Küche. »Ich gehe jetzt eine rauchen, dann gibt es Essen.« Als Raff die Tür öffnete, fuhr ein Windstoß ins Haus, der im Flur einen Briefumschlag durch die Luft wirbelte.

»Daddy!« Arthur und Stan drückten ihre Nasen an der Fensterscheibe platt. Jetzt kam Vicki wieder zurück. Sie sahen zu, wie das Rettungsboot unten von der Rampe ins stürmische Meer gelassen wurde. »Und atmen«, flüsterte sie sich selbst zu, aber alle hörten es.

Jacob nahm ihre Hand. »Alles ist gut, er kommt immer heil zurück.«

»Jetzt gibt es Essen. Roastbeef mit allen Drums und Drans.« Raffaele trug eine große Platte herein und stellte sie auf der langen, edel geschmückten Tafel ab. Jacob hauchte seinem Mann einen Kuss zu, denn Raff war so süß, wenn er manchmal etwas falsch sagte.

Vicki hob Stan hoch, um ihn in den mitgebrachten Hochstuhl zu setzen, als sie plötzlich kreidebleich wurde. Schnell drückte sie Jacob den Kleinen auf den Arm und rannte zur Toilette. Rosa spürte, dass etwas nicht stimmte, und folgte ihr. Vor der Badezimmertür drehte sich die Schwangere um und sagte mit entsetztem Gesichtsausdruck: »Rosa, ruf einen Krankenwagen. Die Fruchtblase ist geplatzt.«

* * *

Während der Krankenwagen auf dem Weg war, unterhielt Jacob die nichts ahnenden Kinder am Tisch. Alle Erinnerungen an Theos Geburt kamen wieder zurück. Raff und Rosa brachten Vicki ins Gästezimmer hoch. Dort legte Raff schnell drei dicke Badetücher unter, dann halfen sie Vicki aufs Bett. Rosa zog ihr die Jeans aus und deckte Vicki zu, die zu zittern begonnen hatte. Dann schob sie ihr zwei große Kissen unter die Beine und hoffte inbrünstig, alles richtig zu machen. Jetzt kam auch ziemlich viel Blut. Raff holte schnell noch weitere Handtücher. Rosa war genauso aufgeregt wie damals bei Theos Geburt. Auch da war viel Blut gekommen. Nur kam Vickis Baby viel zu früh und es würde kein Happy End geben.

Auch in dieser schwierigen Situation versuchte die beherrschte Tierärztin, so gut es ging Ruhe zu bewahren. »Ich verliere das Baby, das weiß ich.« Dann entwich ihr ein Schrei: »Ah … es tut so weh.« Sie griff sich an den Bauch. »Ihr müsst Stuart anrufen.«

»Jacob ist schon dabei.« Rosa kniete neben ihr und hielt Vickis Hand. Dass Stuart auf stürmischer See während einer Rettungsaktion wahrscheinlich nicht ans Handy gehen würde, sprach Rosa lieber nicht laut aus.

Bald konnte sich Vicki nicht länger beherrschen und begann zu weinen. Rosa machte sich wegen des hohen Blutverlusts ernsthafte Sorgen. Doch sie versuchte, die arme Vicki so gut es ging zu beruhigen. Immer wieder guckte Rosa aufs Telefon. Wo zum Teufel blieb denn dieser verdammte Krankenwagen? Es war eindeutig ein Notfall.

Dann klingelte ihr Handy. Nachdem keine Nummer angezeigt war, hob Rosa ab, falls es die Leitstelle war, und die Sanitäter das Haus nicht fanden.

»Rosa, hier ist Lucas. Wir müssen reden.«

Kapitel 48

Während Ritchie den Kinderwagen am Strandweg entlangschob, lächelte er den kleinen Theo an. »So süß! Genau wie seine Mutter.«

Auch Titch hatte ihre Hand an den Kinderwagengriff gelegt. »Ja, oder? Er ist schon so groß. Ich kann es gar nicht glauben, dass er jetzt ein halbes Jahr alt ist.« Liebevoll zog sie die Babydecke etwas höher. »Ich freue mich schon auf die Sonne. Wenn es wärmer ist, können wir mit ihm zum Strand gehen und im Sand spielen.«

»Wir? Meinst du *uns*, also dich und mich?«

Für ihre Verhältnisse wurde Titch ungewöhnlich schüchtern. »Vielleicht.«

»Es gefällt mir, wenn wir zusammen sind. Dir auch?«

»Ja, das habe ich schon gesagt. Und es tut so gut, rauszukommen und sich so frei zu fühlen.«

»Schau uns an, wir zwei, so erwachsen. Als würden wir miteinander gehen«, meinte Ritchie.

»Miteinander gehen?«

»Ja, so hat man das früher gemacht. Damals hat niemand gevögelt, bevor man geheiratet hat.«

»Also gut, wir gehen jetzt miteinander.« Dann fügte Titch hinzu: »Sex haben wir gerade nicht, also zumindest nicht im Moment.«

»Da wir beide noch zu Hause wohnen, ist das etwas schwierig. Heute ist es halt nicht mehr so wie früher, wo wir heimlich im Pommeswagen gepoppt haben.« Als Teenager hatten sie ein bisschen miteinander experimentiert.

»Weißt du noch, wie deine Mum uns mal erwischt hat, als wir gerade aus dem Wagen rausgekommen sind, und wir gesagt haben, ein Vogel sei reingeflogen und wir hätten ihn gerettet?«

Ritchie musste jetzt so lachen, dass er kaum noch Luft bekam. »Und an deinem Kopf klebte ein halber Kabeljau. Das war so unglaublich lustig.«

Sie krümmten sich vor Lachen, bis ihnen die Tränen kamen. Jedes Mal, wenn einer etwas sagen wollte, bekam er doch kein Wort heraus. Erst als Theo sich rührte und Titch ihn wieder zudeckte, beruhigten sie sich wieder. Sie spazierten weiter.

»Aber mal Scherz beiseite, dir ist schon klar, dass deine Mum mich hasst. Also seit … Fischgate.« Titch versuchte, ernst zu bleiben.

»O Gott, bring mich nicht schon wieder so zum Lachen«, gluckste Ritchie. »Ich glaube, *hassen* tut sie dich nicht. Nur dass du ein uneheliches Kind hast, findet sie nicht gut. Und noch dazu von jemandem, der nicht von hier ist.«

»Dann musst du mich wohl geheim halten.«

»Auf keinen Fall. Ich bin stolz darauf, mit dir zu gehen, Titch Whittaker.« Dann küsste er sie zärtlich.

»Ich habe große Hoffnungen, irgendwann mal Rosas Wohnung zu übernehmen. Also, wenn sie und Josh sich wieder verstehen. Dann müssten wir nicht immer einen Ort suchen, wo wir ungestört sind.«

»Josh hat sich wohl noch nicht bei Rosa gemeldet, was?«

»Nein, sie haben immer noch nicht miteinander geredet. Es ist unglaublich, weil das schon seit Weihnachten so geht. Aber gut, was würdest du tun, wenn du denkst, deine Frau hat mit einem anderen geschlafen, doch sie kann sich an nichts erinnern, weil sie so besoffen war?«

»Wenn es sich bei besagter Ehefrau um *dich* handelt, würde ich dir auf der Stelle vergeben«, antwortete Ritchie leise.

Was ungefähr das Netteste war, was je ein Mensch zu Titch gesagt hatte. Sie bekam feuchte Augen, legte die Hand auf seine und sah ihn durchdringend an. »Das mit uns beiden passt gut, oder?«

Ritchie nickte. »Mehr als gut. Und jetzt, da wir offiziell miteinander gehen …« Titch lachte wieder, während er fortfuhr: »Da wollte ich dich fragen, ob du vielleicht mal eine Nacht in einem Hotel deiner Wahl mit mir verbringen würdest? Wir könnten Theo auch mitnehmen, aber wenn du einen Babysitter finden könntest, wäre das natürlich besser.«

»Oh, wie toll. Lass mich gleich Rosa fragen. Sie ist einsam und braucht Gesellschaft, damit sie nicht ständig an Josh denkt. Hoffentlich sagt sie Ja. Wir müssten uns dann nur nach den Ladenöffnungszeiten richten.«

Ritchies breites Grinsen sagte alles. »Gib mir einfach Bescheid. Jetzt lass uns besser mal wieder hochgehen. Ich habe heute Dienst an der Fritteuse.«

Kapitel 49

Die sieben Lektionen
Lektion 5: Mutterschaft

Als Rosa schluchzend nach Luft rang, musste Mary ihr Spray verwenden.

Rosa ließ allen Schmerz heraus, während ihre Mutter tröstend den Arm um sie gelegt hatte.

»Es ist nicht fair! Die arme Vicki. Sie liebt Kinder so sehr und dann passiert ihr das. Ich habe versucht, ihr zu helfen. Aber der Winzling war einfach nicht zu retten …«

»Du kannst nichts dafür, mein Entlein. Wenn ein Baby im Bauch bleiben will, kann man es nicht herauslocken und wenn es kommen will, ist es der Wille der Natur. Offenbar war diese kleine Seele nicht bereit für diese Welt.«

Rosa schniefte laut. »War das bei mir auch so? Die kleine Seele, die von mir und Josh stammte, war nicht bereit für diese Welt? Als ich Vicki leiden sah, habe ich mich wieder an damals erinnert. Josh hat währenddessen im Wohnzimmer ein Rugbyspiel angeschaut und ich habe ihm nie davon erzählt. Dir habe ich es ja auch nicht gesagt.«

»O, mein Mädchen!« Mary zog sie an sich.

»Es war so furchteinflößend und schrecklich. Ich habe gewusst, dass es eine Fehlgeburt war. Aber ich wollte es niemandem sagen, weil ich geglaubt habe, es sei irgendwie meine Schuld. Ich dachte, vielleicht hat das Baby gespürt, dass es nicht erwünscht war, weil … weil …«

»Lass dir Zeit, mein Entlein.«

»Weil ich einfach noch nicht bereit war. Ich glaube, ich wäre eine schreckliche Mutter.«

»Ich weiß, dass du eine großartige Mutter sein wirst, Rosa. Und das, obwohl ich eine furchtbare Mum war.«

Mary zog ein Buch vom Küchentisch zu sich her. Es war »Der Prophet« ihres Lieblingsautors Khalil Gibran. »Hör zu, ich lese dir etwas vor«, sagte sie und räusperte sich:

»Eure Kinder sind nicht eure Kinder. Sie kommen durch euch, aber nicht von euch, und obwohl sie mit euch sind, gehören sie euch doch nicht. Ihr seid die Bogen, von denen eure Kinder als lebende Pfeile ausgeschickt werden.«

Mary legte das Buch ab. »Ich habe dich von einem sehr krummen Bogen aus losgeschossen. Das wird mir für immer und ewig leidtun. Doch wenn man das hier liest, nimmt es einem auch ein wenig die Sorgen, oder? Du kannst einen neuen Menschen auf die Welt bringen und ihn begleiten und trotzdem werden die Kinder immer eigenständige Menschen sein.«

Rosa stand auf und gab ihrer Mutter einen Kuss auf die Stirn.

»Und weißt du was, Mary Theresa Cobb? Ich bin sehr froh, dass ich von deinem Bogen aus losgeschossen wurde. Vielleicht bist du ein bisschen spät zum Schützenfest gekommen, aber ich hätte mir keine bessere Bogenschützin wünschen können.«

Kapitel 50

»Na, du siehst aus wie 'ne Katze, die von der Sahne genascht hat, Titch Whittaker«, stellte Rosa fest. »Was ist los?«

»Ich habe jetzt offiziell einen Freund.«

»Oh, wie aufregend! Ritchie?«

»Nein, Ed Sheeran, der ist nach Cockleberry Bay gezogen … Na, klar ist es Ritchie. Übrigens, ich wollte dich um einen Gefallen bitten.«

»Was denn?«

»Es ist vielleicht ein bisschen unverschämt, das zu fragen, aber würdest du Theo mal über Nacht hüten? Ich könnte die Ladenschicht am folgenden Tag übernehmen, also kann es auch gern unter der Woche sein. Ritchie lädt mich ein, eine Nacht mit ihm im Hotel zu verbringen, und ich war noch nie mit einem Freund in einem Hotel und …«

»Ja, mach ich.«

»Ich weiß, es wäre das erste Mal, aber …« Dann blickte Titch auf und grinste. »Hast du Ja gesagt?«

»Na klar, mache ich es. Es wäre mir ein Vergnügen und ich fühle mich geehrt, dass du mir vertraust.«

»O danke, Rose. Weißt du, ich will Mum nicht so belasten, wenn es um die ganze Nacht geht.«

»Es ist überhaupt kein Problem. Du musst nur dein Handy anlassen. Ich passe echt gern auf Theo auf. In letzter Zeit kann ich wegen der Sorgen um Josh sowieso meistens erst in den frühen Morgenstunden einschlafen und dann habe ich mit dem süßen Racker ein bisschen Gesellschaft, falls er auch wach ist. Also eine Win-win-Situation.«

Titch ging zur Ladenküche, um ihre Jacke aufzuhängen und Tee zu kochen. Rosa kam mit und sagte, gegen den Arbeitstresen gelehnt: »Du wirst es nicht glauben, aber Lucas hat angerufen.«

Titch hielt überrascht die Luft an. »Wirklich? Was hat er gesagt?«

»Na ja, er hat just in dem Moment angerufen, als Vicki ihr Kind verloren hat. Das sieht Luke ähnlich. Zur falschen Zeit am falschen Ort. Ich habe natürlich nicht klar reden können und gesagt, dass ich zurückrufe. Das Dumme ist nur, dass seine Nummer nicht angezeigt war. Ich kann ihn also gar nicht zurückrufen.«

»Er meldet sich sicher wieder.«

»Vielleicht aber auch nicht. Ich war natürlich wegen dem, was gerade passiert ist, kurz angebunden. Er weiß auch gar nichts davon, dass Josh weg ist, und vielleicht denkt er, ich hätte kein Interesse, mit ihm zu reden.«

»Vielleicht kriegst du seine Nummer von Sheila?«, meinte Titch, wirkte aber wenig zuversichtlich.

»Bist du verrückt? Mit dieser Frau will ich nie wieder was zu tun haben. Das letzte Mal hat sie mir vorgeworfen, ich hätte ihren herzallerliebsten Sohn aus Cockleberry Bay vertrieben. Die Nummer wird sie mir sicher nicht geben. Und dass sie mir mit Genugtuung eine Bitte verweigern kann – also den Gefallen tue ich ihr sicher nicht.«

»Weil wir gerade von den Hannafores sprechen, gibt es irgendwelche Neuigkeiten wegen des Feuers?«

»Nein. DC Clarke hat gesagt, er informiert mich, wenn es was Neues gibt.«

»Verstehe. Es gibt wohl keine Hinweise, oder?« Titch warf Teebeutel in zwei Tassen mit Dackelaufdruck.

Rosa holte die Milch aus dem Kühlschrank, während Titch das Wasser aufgoss. »Also erzähl mal, wie geht's dir so?«, wollte Titch wissen.

»Mit was genau? Dem Feuer, Lucas, Josh oder allem auf einmal?«

»O Mann, bei dir ist echt viel los. Also, mit allem auf einmal.«

»Na gut, dann eins nach dem anderen. Zur Brandgeschichte … ich kann einfach nicht glauben, dass mir jemand mit Absicht so was antun wollte. Und zu Lucas … Ich habe mich mit der Tatsache abgefunden, dass ich vielleicht mit ihm geschlafen habe. Aber ich weiß, dass Josh sich sicher nicht so leicht damit abfinden kann, und das lässt mir keine Ruhe. Jacob, Raff und Alec, die zu wissen glauben, wie Männer ticken, sagen, dass ich ihm Zeit lassen soll. Dass er noch eine Weile in seiner Männerhöhle bleiben muss. Aber da ist er schon seit verdammt vielen Monaten. Und warum er meine Anrufe nicht beantwortet, weiß ich auch nicht. Wie du mir geraten hast, hinterlasse ich ihm immer noch jeden Abend eine Nachricht.«

»Mehr kannst du im Moment nicht tun.«

»Ja, außer hinzufahren. Aber Jacob hat gesagt, dass ich das nicht tun soll. Lieber warte ich noch bis zu meinem Geburtstag. Selbst Mary war derselben Meinung.«

»Bis dahin ist es jetzt nicht mehr lange.«

Rosa rührte in der Tasse um, holte den Teebeutel heraus und warf ihn in den Abfall. »Aber ein Gedanke lässt mir einfach keine Ruhe.«

»Der da wäre?«

»Was, wenn Josh eine andere hat? Was, wenn er mich für ein Flittchen hält und denkt, dass er jetzt auch mit einer anderen Frau schlafen muss, zum Ausgleich. Schließlich hat auch er körperliche Bedürfnisse.«

»Also, ich mag zwar jünger sein als du, Rose, aber meine Auffassung von Liebe ist so, wie es mir meine Mum mal erklärt hat, nachdem mein Vater gestorben ist. Wahre Liebe ist, wenn das Glück des anderen dein eigenes Glück bedeutet.« Titch zog die Nase hoch. »Josh hat dir das Café gekauft, weil er dich verdammt noch mal glücklich machen wollte!«

»Ich weiß ja. Der Spruch stimmt. Deine Mum vermisst deinen Dad wohl immer noch sehr, oder?«

Titch atmete seufzend aus. »Ja. Ich war so froh, als Mary gesagt hat, es sei nicht meine Schuld, dass er sich das Leben genommen hat.«

Innerlich musste Rosa schmunzeln. Hellseherische Fähigkeiten hin oder her, ihre Mutter war eine sehr weise Frau.

»Da bin ich froh, Titch. Ich kann mir vorstellen, wie erleichtert du bist.« Rosa umarmte sie.

Sie tranken ihren Tee. Nach ein paar Augenblicken des Schweigens gestand Rosa ihrer Freundin: »Weißt du, ich habe jetzt gemerkt, dass meine Gefühle für Luke – und ich will gar nicht abstreiten, dass ich welche hatte – hauptsächlich sexueller Natur waren und gar nichts mit Liebe zu tun hatten.«

»Also dafür hätte ich jetzt auch keine Kristallkugel gebraucht.« Titch gab noch mehr Zucker in ihren Tee.

»Neulich habe ich mir vorgestellt, wie ich in einem leeren Zimmer sitze. Ich habe mich gefragt, welcher Mensch – von allen Menschen der Welt – jetzt reinkommen sollte.« Rosa machte eine dramatische Pause. »Es wäre Josh. Er ist die Liebe meines Lebens, daran besteht kein Zweifel.«

»Dann musst du darauf vertrauen. Und ihm auch.«

»Ich versuche es.«

»Und wie läuft es mit deinem Alkoholverzicht?«

»Ich will nicht behaupten, dass ich ab jetzt für immer und ewig komplett auf Alkohol verzichte, aber auf jeden Fall will ich meinen Konsum deutlich reduzieren. Ich bin so froh, dass ich an dem Sonntag bei Jacob nichts getrunken habe und Vicki in ihrer schweren Stunde mit klarem Verstand beistehen konnte.«

Ding! Rosa reckte den Kopf, um von der Teeküche aus sehen zu können, wer in den Laden kam. »Hallo, DC Clarke. Sicher glühen Ihre Ohren, weil wir gerade von Ihnen gesprochen haben.«

»Ich weiß nicht, ob das in Anbetracht des jüngsten Vorfalls die beste Redewendung ist.«

»Ups, stimmt, da haben Sie wohl recht.«

»Hätten Sie ein paar Minütchen für mich?«

»Natürlich. Möchten Sie einen Tee?«

»Oh, gerne. Und wenn Sie mir wieder diese Kekse anbieten wollen, würde ich auch nicht Nein sagen.«

Rosa verkniff sich ein Lachen, als Titch außerhalb seiner Sichtweite die Backen aufblies, um ein Schweinchen zu imitieren. Titch machte gleich noch einen Tee für ihn, dann holte sie die Keksdose vom Regal und stellte alles auf ein Tablett, damit Rosa es nach oben tragen konnte.

Als sie im Wohnzimmer Platz nahmen und Hot es sich auf Rosas Schoß gemütlich gemacht hatte, sagte der Polizist schließlich: »Ich habe leider keine wirklichen Neuigkeiten. Der Chef der Firma Hastings hat ausgesagt, dass keiner seiner Fahrer die besagte Zigarettenmarke raucht, die wir in Ihrem Hof gefunden haben.« Er schenkte ihr einen bedauernden Blick, während er den Keks in der Luft schwenkte. »Doch Sie haben ja wenigstens eine Versicherung, oder?«

»Schon, aber langsam verliere ich die Geduld. Ich habe mich jetzt entschlossen, den Schaden nicht zu melden. Sonst würde sich sowieso nur mein Beitrag erhöhen, also welchen Sinn hätte das Ganze?«

»Ja, verstehe.« Der Polizist zog die Stirn kraus.

»Der Laden muss schließlich weiterlaufen. Haben Sie denn noch irgendwas über Seb Watkins und Sheila Hannafore herausgefunden? Von denen weiß ich genau, dass sie mich nicht mögen.«

»Wir haben die Aufzeichnung einer Sicherheitskamera, die bestätigt, dass sich Seb Watkins zur Tatzeit wie behauptet an einem anderen Ort aufgehalten hat.« Also hat er doch die Wahrheit gesagt, dachte Rosa.

»Und bei Sheila war gar keine Befragung nötig«, fuhr der Polizist fort. »Wir haben uns diskret umgehört und herausgefunden, dass sie an jenem Tag wie sonst auch in der Bar gearbeitet hat. Es gibt ausreichend Zeugen dafür. Ohne andere Verdächtige wird der Fall erst mal auf Eis gelegt – wo sozusagen auch nichts mehr anbrennen kann«, gluckste der Beamte, der sich über seinen kleinen Scherz sehr amüsierte.

Plötzlich war Rosa erleichtert, weil die alte Madam Hannafore sie jetzt wenigstens nicht für eine weitere Anschuldigung hassen konnte. »Wir werden wohl annehmen müssen, dass es doch ein Lieferant war, der seine brennende Zigarette aus Versehen in den Abfalleimer geworfen hat.«

»Und klar, keiner will zugeben, dass er es war, noch dazu, wo niemand wirklich zu Schaden gekommen ist«, meinte Rosa.

Der Beamte schob sich gierig den dritten Keks in den Mund.

»Das war's dann auch schon für heute. Danke für die Kekse. Übrigens, was ist ein Keks unterm Baum?«

Rosa blickte ihn irritiert an, als der Polizist schon erheitert weitersprach: »Ein schattiges Plätzchen.« Wie ein Schuljunge lachte er über seinen Kinderwitz und Rosa lachte zwar mit, aber mehr über den Beamten selbst als über das, was er gesagt hatte.

In dem Moment bewegte sich Hot auf Rosas Schoß, und plötzlich zog ein umwerfender Gestank durch den Raum.

Rosa wedelte mit der Hand vor dem Gesicht. »Oh, tut mir leid, DC Clarke.«

»Kein Problem, ich kriege von Keksen auch immer Blähungen.«

Rosa setzte Hot auf den Boden, dann öffnete sie die Terrassentür, um frische Luft herein- und den Polizisten hinauszulassen.

»Gut, jetzt muss ich mich wieder an die Arbeit machen«, sagte er geschäftig, »und weitere Kriminalfälle lösen.«

Wenn man bedachte, dass der Fahrerfluchtunfall vom letzten Jahr ungefähr das schlimmste Ereignis seit dem tragischen Tod von sechs Fischern in den Sechzigerjahren war, wusste Rosa wirklich nicht, was er den ganzen Tag machte. Der Polizist blieb noch einen kurzen Moment auf der Terrasse stehen. Über ihren Köpfen freuten sich die Möwen lautstark über den zwar kühlen, aber klaren Märztag. »Vielen Dank, Mrs Smith. Geben Sie mir Bescheid, falls Sie etwas in Erfahrung bringen. Wir tun dasselbe.«

»Na klar. Und Vorsicht auf der Wendeltreppe!«, rief Rosa ihm hinterher. Sie schloss die Terrassentür und streichelte ihren pupsenden Dackel, der dort, wo DC Clark gesessen hatte, die Keksbrösel vom Teppich aufschlabberte.

Kapitel 51

»Dann wollen wir mal sehen, wie lange dein Stühlchen sauber bleibt«, säuselte Rosa. »Tante Rosa gibt dir jetzt einen leckeren Brei. Biohühnchen mit Karotten, njam-njam.« Um die Temperatur zu prüfen, steckte sie einen sauberen Finger in die gefüllte Peppa-Wutz-Schüssel. Als Rosa den Brei ableckte, würgte sie fast. »Oh, das wirst du sicher total lecker finden.«

Theo, der mit seinen schwarzen Locken und den dunklen Augen wirklich zuckersüß aussah, juchzte auf, sodass es Rosa ganz warm ums Herz wurde. Früher hatte sie nie verstanden, warum Leute in der Gegenwart von kleinen Kindern plötzlich mit hoher Stimme sprachen. Doch jetzt machte sie es ganz genauso. Sie fühlte sich sehr zu dem Kleinen hingezogen. Vielleicht, weil sie geholfen hatte, ihn auf die Welt zu bringen, und sie der erste Mensch war, der ihn zu Gesicht bekommen hatte. Außerdem sah sie ihn sehr oft.

Titch war gerade mit ihrem Ritchie im Hotel. Sie war etwas nervös gewesen, weil sie ihren Sohn zum ersten Mal über Nacht woanders ließ. Aber sie war gleichzeitig ganz aufgeregt gewesen und hatte übers ganze Gesicht gestrahlt. Rosa freute sich sehr für sie. Abgesehen von der Tatsache, dass Ritchie diesen Drachen Edie Rogers zur Mutter hatte, war an ihm nichts auszusetzen. Er war ein guter Kerl und bemühte sich sehr um Titch.

Rosa war begeistert, als Theo nicht nur seinen Brei aufaß, sondern auch noch die Banane, von der Titch behauptet hatte, dass er sie wahrscheinlich nicht mögen werde. Theo warf seinen Becher auf den Boden und als Rosa ihn aufhob, warf er ihn gleich wieder fort und gluckste dabei frech. Nach wiederholtem Male, als Hot bereits ganz nass und weniger belustigt war, setzte Rosa dem Spiel ein Ende.

Später, nachdem sie das Baby in den Schlaf geschaukelt und vorsichtig in sein Bettchen gelegt hatte, war Rosa mächtig stolz auf sich. Vielleicht war diese Babygeschichte doch nicht so schrecklich. Es war tatsächlich nicht so schwierig, wie sie es sich vorgestellt hatte.

Leise schloss sie die Schlafzimmertür, lief auf Zehenspitzen ins Wohnzimmer und schaltete dort den Fernseher und das Babyfon an. Sie wollte sichergehen, dass sie es sofort hörte, falls Theo aufwachte. Dann ging sie in die Küche, öffnete den Kühlschrank und entdeckte eine halb volle Flasche Weißwein. Nach kurzem Zögern schüttete Rosa den Wein in den Ausguss. Alec hatte recht. Sie konnte ihr Leben genauso weiterführen wie bisher, nur eben ohne Wein. Dann schenkte sie sich eine Limo ein und dachte etwas wehmütig, welchen Spaß sie damals gehabt hatte, als sie noch Alkohol trank. Doch stimmte das wirklich? Stockbesoffen irgendwelche Straßenpylone zu klauen oder sich am nächsten Morgen heimlich aus dem Bett eines fremden Mannes zu stehlen, war nüchtern betrachtet weniger lustig.

An diesem Abend fühlte sie sich sogar, was Josh betraf, besser. Wahrscheinlich lag es an der Ablenkung. Sie war sogar so ruhig, dass sie auf die übliche Nachricht verzichtete. Als sie es sich gerade vor dem Fernseher gemütlich gemacht hatte, um eine Serie anzusehen, begann Theo zu weinen. Sie stand auf, um ihn zu beruhigen, als ihr Handy klingelte. Ein anonymer Anruf. Sogleich begann ihr Herz schneller zu schlagen. Wieder einmal war das Timing so ungünstig, dass es sich nur um Luke handeln konnte.

»Wäh, wäh, wäh!« Theo brüllte sich jetzt die Lunge aus dem Leib.

Mit zittrigen Händen ging Rosa ans Telefon und tatsächlich war Lucas' Stimme zu hören. »Hallo? Ja, hier ist Rosa. Moment, ich muss schnell das Baby hochnehmen.«

»Wäh, wäh, wäh!«

»Psst, alles gut.« Rosa legte das Telefon aufs Nachttischchen, nahm das Baby hoch und klopfte ihm beruhigend auf den Rücken. Dann stellte sie das Handy auf Lautsprecher.

»Tut mir leid.« Theo beruhigte sich ein bisschen und machte gurgelnde Geräusche an ihrem Hals. »Ich passe auf Titchs Baby auf.«

»Ich rufe nur an, weil ich fragen wollte, wie es dir geht.«

»Mir geht's gut, Luke.«

»Ich … also, es ist so, du warst richtig betrunken und ich will nicht, dass du vielleicht denkst, dass …«

»Dass ich was denke, Luke?«

»Wäh«, begann Theo erneut.

Luke sprach etwas lauter. »Jedenfalls habe ich *nicht* mit dir geschlafen, falls du dir darüber Sorgen machst. Das ist alles, was ich dir sagen wollte. Ich finde dich heiß, aber Schnapsleichenschändung ist nicht so mein Ding. Mann, kannst du ihm nicht einen Schnulli in den Mund stopfen?«

Zu Rosas Erleichterung ging Theos Schreien wieder in ein Wimmern über. »Luke«, sagte sie und hoffte, ohne weitere Unterbrechung reden zu können. »Es ist zwar nett von dir, mich zu informieren, aber ich hätte mich natürlich niemals in eine Lage gebracht, in der ich am nächsten Morgen nicht mehr gewusst hätte, was passiert ist. Außerdem wird es ein solches Treffen zwischen uns beiden nie wieder geben.«

Das Baby saugte jetzt lautstark am Schnuller.

Lucas grinste am anderen Ende der Leitung. Jetzt wusste er ganz genau, dass es richtig gewesen war, sie anzurufen. Die Erleichterung war ihr deutlich anzuhören. Offenbar hatte sie geglaubt, er sei genauso betrunken gewesen wie sie selbst und dass er ebenfalls einen Filmriss gehabt habe. Aber nicht mit zwei Schluck Bier. Er hatte einen klaren Kopf behalten wollen, um jeden Moment mit ihr zu genießen.

»Hmm«, zog er sie auf. »Ich weiß nicht, wie ich dich jetzt noch dazu bringen könnte, dein Ehegelübde zu brechen, meine Liebe.«

Sie hätte wirklich allzu gern gefragt, wie sie wieder in ihre Wohnung zurückgekommen war und warum er Cockleberry Bay so überstürzt verlassen hatte, sodass seine Mutter jetzt wütend auf Rosa war.

Luke unterbrach das Schweigen. »Also, das war alles, was ich dir sagen wollte.«

»Es überrascht mich, dass es dir wichtig ist, was ich denke, Luke.«

Am anderen Ende der Leitung biss sich Lucas auf die Zunge. War vielleicht jetzt die Gelegenheit, ihr zu sagen, was er wirklich für sie empfand?

Doch stattdessen entschied er sich für eine flapsige Bemerkung. »Ich muss mir ja alle Optionen offenhalten, falls ich mal wieder in die Bay zurückkomme, oder?«

Rosa seufzte. »Luke?«

»Was ist, sexy Lady?«

»Danke.«

»Wofür?«

»Dass du mich angerufen hast.«

»Ein Schlitzohr kann einem anderen Schlitzohr nichts vormachen.«

»Hey, das ist mein Spruch. Jetzt muss ich nur noch Josh von meiner Unschuld überzeugen. Er ist nämlich nach London zurück.«

»Was, ist es so ernst? Also, wenn er nicht zurückkommt, weißt du, wo du mich findest.«

Rosa schwieg. Jetzt begann Hot zu bellen, woraufhin Theo vor Schreck den Schnuller ausspuckte und wieder zu weinen begann. Lucas bereute seine blöde Bemerkung, denn eigentlich wusste er ganz genau, dass er mit seinen Flirtversuchen bei Rosa auf unfruchtbaren Boden stieß. Um seinen Frust darüber zu überspielen, sagte er: »Ach, höre ich da Mr Würstchen?« Das Gebell machte ihn nostalgisch. »Dann hatte ich also recht, als ich gesagt habe, dass dein Macker keine Affäre hatte, was?«

»Ja, du Schlaumeier.« Rosa seufzte. »Aber sag mal, hast du vor, irgendwann wieder zurückzukommen?«

»Nicht in der nächsten Zeit. Mein Lebensmittelpunkt ist jetzt wieder in London.« Lukes Hals schnürte sich zusammen. »Ich muss langsam erwachsen werden und aufhören, mit den Gefühlen anderer Leute zu spielen.« Nach einer Sekunde fügte er hinzu: »Und meinen eigenen.«

Als er auflegte, flossen nicht nur bei dem weinenden Baby die Tränen. Auch Rosa weinte vor Erleichterung und vor Dankbarkeit darüber, dass Lucas sie angerufen hatte. Er war wohl doch kein so schlechter Kerl. Jetzt musste sie nur noch mit Josh reden. Allerdings würde er dann auch wissen, dass sie erneut mit Lucas Kontakt gehabt hatte. Und außerdem war es fraglich, ob er ihr überhaupt glaubte.

* * *

Lucas wischte sich unwirsch die Tränen aus dem Gesicht, als wären es lästige Fliegen. Solche starken Gefühlsausbrüche waren ihm fremd. In seinem ganzen Leben hatte er noch nie wegen einer Frau geheult. Weil er wohl noch nie eine Frau wirklich geliebt hatte. Aber wenn sich Liebe, die nicht erwidert wurde, so anfühlte, konnte er durchaus darauf verzichten.

Er holte sich ein Bier aus dem Kühlschrank, ließ sich aufs Sofa plumpsen und musste wieder an Rosas Kuss denken. Irgendwer – vielleicht war es Titch – hatte mal gesagt: »Liebe ist, wenn das Glück des anderen dein eigenes Glück bedeutet.« Er trank einen Schluck aus der Flasche und wusste, dass es noch eine Sache gab, die er zu erledigen hatte.

Kapitel 52

Da Theo nicht mit dem Weinen aufhörte, rief Rosa Mary an, die meinte, dass vielleicht ein bisschen frische Luft helfen könnte. Rosa wollte Titch nicht stören und ihr unnötig Sorgen machen. Also packte sie den Kleinen warm ein und legte ihn in den Kinderwagen. Mary versprach, für alle Fälle erreichbar zu bleiben, und so ging Rosa Richtung Strand, während sie alle Kinderlieder sang, die ihr einfielen. Allmählich machte sie sich Sorgen um den Kleinen. Denn er strampelte und zog immer wieder die Beine an, genau wie damals, als er operiert werden musste. Sein Gesicht war gerötet und man sah ihm deutlich an, dass es ihm nicht gut ging.

Rosa wollte gerade umdrehen und zu ihrer Mum gehen, als sie Brown, den Labrador sah, und schließlich eine vertraute Stimme hinter sich hörte.

»Hallo, alles okay bei dir? Also, so okay, wie man mit einem schreienden Baby eben sein kann?«, fragte Alec freundlich.

»Ach, hallo, Alec. Also ehrlich gesagt, mache ich mir ein bisschen Sorgen. Ich habe alles gemacht, was Titch gesagt hat. Aber er hört einfach nicht auf. So war das auch letztes Mal, als er ins Krankenhaus musste.«

Theos Weinen wollte kein Ende nehmen.

»Okay, komm doch kurz mit. Ich bringe Brown heim und dann schauen wir uns den Kleinen mal genauer an.«

Sie gingen an den beiden Löwenköpfen vorbei in Alecs warme Wohnung.

»So, junger Mann, dann wollen wir mal sehen, was es mit dem Geschrei auf sich hat.« Alec nahm behutsam das kleine Baby heraus, woraufhin Theo kurz sein Weinen unterbrach. »Er erinnert mich an meinen Sohn als Baby. Ich habe schon ganz vergessen, wie süß er war. Er sah ganz genauso aus mit seinen schwarzen Locken.« Theo wimmerte leise, während sich Alec zu Rosa wandte. »Übrigens, du kannst ihn bald kennenlernen, denn er kommt morgen her, um die Ostertage mit seinem alten Herrn zu verbringen, bevor er wieder zurück zu seinem Medizinstudium muss.«

»Wie toll! Da werdet ihr sicher viel Spaß haben.« Theo hatte sich etwas beruhigt. »Du hast ein Händchen für Babys. Wahrscheinlich lag es doch an mir. Ich bin noch nicht einmal in der Lage, eine Nacht lang auf ein Kind aufzupassen.« Als wolle Theo widersprechen, begann er plötzlich, wieder aus vollem Hals zu schreien, und zog die Beinchen zur Brust. »Er hat gut gegessen, ich habe ihn gewickelt und versucht, ihn zum Schlafen zu bringen. Langsam mache ich mir echt Sorgen, weil er sich damals, als das mit seinem Darm war, genauso gebärdet hat. Der Arzt hat gemeint, dass es wieder passieren könnte.« Rosa lief nervös auf und ab. »Soll ich vielleicht doch besser Titch anrufen?«

»Eher einen Notarzt, um ein Problem auszuschließen.«

»Ich dachte, du bist auch ein Doktor?«

»Ich habe zwar einen Doktortitel, aber nicht in Medizin. Vielleicht liegt es bloß daran, dass er zum ersten Mal woanders ist. Es wäre schade, wenn sich deine Freundin umsonst Sorgen macht. Aber ich glaube, sein Gesicht wird heiß. Komm, wir gehen auf Nummer sicher und rufen den Notarzt.«

* * *

Titch und Ritchie kamen in die Notaufnahme gerannt. Sie waren vor Schreck ganz blass. Ritchie hatte nur einen Socken an und Titchs Klamotten waren offensichtlich in großer Eile angezogen worden, denn zum schicken Glitzertop trug sie eine Jogginghose.

»Wo ist er? Wo ist mein Junge?«, rief sie ganz aufgelöst.

»Alles ist gut«, beruhigte Rosa sie. »Er musste wieder sofort operiert werden. Die Ärzte haben gesagt, dass deine mündliche Zustimmung am Telefon gereicht hat, um gleich mit der OP zu beginnen. Sie konnten nicht länger warten.«

»Ich bin so schnell hergefahren, wie es mit diesem verdammten Transporter ging«, sagte Ritchie verzweifelt.

»Es ist nicht deine Schuld.« Titch drückte seine Hand. »Haben sie gesagt, wie lange es dauert?«

»Das hängt davon ab, wie schlimm es ist.«

»O nein, mein armer Theo. War es wieder so wie beim letzten Mal?«

»Ja, ganz genau so, wie ich es dir auch am Telefon gesagt habe.« Rosa atmete zittrig ein.

Jetzt mischte sich Alec ins Gespräch ein. »Ich habe Rosa getroffen, als klar wurde, dass es Theo nicht gut ging. Wir haben sofort den Notarzt gerufen.«

»Ich danke euch.« Titch gab einen verzweifelten Laut von sich. »Ich hätte ihn nicht allein lassen dürfen.«

Alec legte ihr die Hand auf den Arm und sagte in seiner beruhigenden Art: »Es hätte jederzeit und überall passieren können. Aber jetzt ist er am richtigen Ort, und bald hältst du deinen Kleinen wieder im Arm.«

Sie setzten sich in den Wartebereich. Alle beteten inbrünstig darum, dass der Junge durchkommen würde.

Nach einer Weile kam eine Krankenschwester herein. »Mrs Whittaker?«

»*Miss* Whittaker, ja. Wie geht's ihm?«

»Er ist außer Gefahr. Aber wir sollten Blutkonserven bereithalten, für den Fall der Fälle. Seine Blutgruppe mit dem Ro-Subtyp ist extrem selten. Der Chirurg sagte, Sie wollten mit dem Vater des Kindes sprechen und sehen, ob er als Spender infrage käme?«

Titch bedeckte den Mund mit der Hand und begann zu weinen. »Ich habe ihn noch nicht gefunden.«

»Schon gut, es gibt keinen Grund zur Panik. Im Moment ist ja alles in Ordnung«, antwortete die Krankenschwester und verließ den Raum wieder.

Plötzlich sagte Alec: »Ich muss heim. Rosa, willst du mitkommen?« Rosa sah zu Titch, die ihr zunickte.

»Geh ruhig. Ritchie, bleibst du hier?«

Der junge Mann konnte gar nicht glauben, dass Titch so eine Frage überhaupt stellte. Er nahm ihre Hand und versprach: »Titch, ich bleibe die ganze Nacht, den ganzen Tag und fortan jeden Tag meines Lebens, wenn du das willst.«

Kapitel 53

In der Hektik der vergangenen Nacht hatte Rosa ganz vergessen, den Wecker zu stellen. Jetzt wurde sie wach, weil jemand an die Ladentür klopfte. Es war schon halb neun, aber da sie erst in einer halben Stunde öffnete, konnte es wenigstens kein verärgerter Kunde sein. Auch Hot hatte nach der unruhigen Nacht bis jetzt geschlafen. Nun aber sprang er auf und rannte eilig zur Terrassentür. Rosa ließ ihn hinaus, dann zog sie sich schnell den Bademantel über und lief die Treppe hinab.

»Ach, hallo, Jacob. Ist alles okay?« Wie so oft lugte das Köpfchen der Duchess aus Jacobs Jacke. Als die junge Hundedame merkte, dass dies das Zuhause ihres Freundes war, wurde sie vor Aufregung ganz unruhig.

»Tut mir leid, meine Liebe, ich habe gedacht, dass du um diese Uhrzeit längst auf bist.« Jacob hoffte nur, dass seine Freundin nicht wieder zu tief ins Glas geschaut hatte.

Gähnend kraulte Rosa die Schlappohren des kleinen Dackels. »Wir haben eine turbulente Nacht hinter uns. Ich war mit Titch im Krankenhaus. Als ich auf Theo aufgepasst habe, hat er wieder starke Bauchschmerzen bekommen und musste operiert werden.«

»Oh, wie entsetzlich!«

»Ja. Und sie fürchten, nicht genügend Blutkonserven für ihn zu haben. Deswegen habe ich Titch immer gedrängt, endlich seinen Dad zu finden.«

»Aber mach ihr bloß keine Vorwürfe!«

Rosa schnalzte mit der Zunge. »Natürlich nicht. Das sage ich auch bloß, weil ich mir solche Sorgen mache. Es gibt sowieso keine Garantie dafür, dass der Vater als Spender infrage käme.« Jetzt wechselte sie das Thema. »Aber sag, was führt dich zu dieser frühen Stunde zu mir?«

»Ich wollte dich eigentlich um einen großen Gefallen bitten … aber wenn Titch heute nicht im Laden aushilft, geht's vielleicht gar nicht.«

»Sag schon, was? Du weißt doch, wie gut ich mehrere Sachen auf einmal jonglieren kann.«

»Also gut. Die kleine Prinzessin hier ist seit ein paar Tagen ein bisschen neben der Spur. Sie verweigert ihr Fressen und ist allgemein etwas dünnhäutig. Ich muss nachher allerdings zum Zahnarzt und Raff ist ganz allein in der Küche. Deswegen wollte ich fragen, ob du ab elf vielleicht für zwei Stunden auf sie aufpassen würdest. Ugly und Pongo können in der Zeit allein bleiben.«

»Klar, kann ich das machen. Hot wird sich riesig freuen und ich passe gern auf die Süße auf. Ach, da fällt mir ein, dass Vicki später mit ihren Jungs kommt. Die Buben wollten Krabben fangen. Offenbar ist die Bay ein Paradies für Krustentiere. Soll ich Vicki fragen, ob sie sich Duchess mal anguckt?«

»Das wäre klasse.« Jacob war erleichtert. »Ich wäre sonst heute noch zu ihr gefahren. So habe ich gleich eine Sorge weniger.«

»Ich bin toll, oder? Lass sie doch einfach jetzt schon hier und du gehst deine Sachen erledigen.«

»Du bist die Allerbeste. Danke dir vielmals. Und halt mich auf dem Laufenden, wenn es was Neues von Theo gibt.«

»Mach ich, bis später.«

Nachdem Jacob gegangen war, blickte Rosa aufs Telefon. Sie hatte eine Nachricht von Titch erhalten.

> »Dasselbe wie letztes Mal. Er ist über den Berg, muss aber noch eine Weile überwacht werden. Ich bleibe hier. Ich habe Ritchie jetzt zur Arbeit geschickt. Kannst du später vielleicht kommen?«

Rosa schrieb zurück, dass sie natürlich käme. Sie war so froh, dass Ritchie Titch so treu zur Seite stand und sich um sie kümmerte. Rosa fühlte sich für Titch verantwortlich, als wäre sie ihre kleine Schwester.

Rosa blickte auf die Uhr. Es war der erste April, doch bisher war nichts passiert, worüber man hätte lachen können. Immerhin waren es jetzt nur noch knappe zwei Wochen, bis sie zu Josh nach London fahren und herausfinden würde, wie es mit ihrem Leben weiterging. Aber bei allem, was passiert war, hatte sie schon zum zweiten Mal in Folge keine Nachricht aufgesprochen. All die dramatischen Ereignisse hatte sie ganz allein durchstehen müssen. Josh würde es schon verstehen. Zur Abwechslung konnte *er* sie jetzt mal vermissen und merken, dass sich ihr Leben nicht ausschließlich um ihn drehte. Vielleicht war es an der Zeit, dass sie mehr an sich selbst dachte.

Ja, sie hatte Fehler gemacht, aber sie war willens, sich zu ändern. Sie gratulierte sich zu diesen positiven Gedanken. Alles würde sich zum Guten wenden und sie würde höchstpersönlich dafür sorgen. Wieder sah sie vor sich, wie ihr geliebter Josh mit hängenden Schultern gegangen war, nachdem sie ihm gesagt hatte, dass sie den Abend mit Luke verbracht habe. Titch hatte recht. An seiner Stelle wäre Rosa vor lauter Eifersucht ausgeflippt. Wer weiß, was sie getan hätte, aber sicher wäre sie nicht einfach schweigend gegangen. Josh war eben ein sehr kluger Mensch.

Während Rosa oben in der Wohnung Hot und der Duchess ein paar Leckerlis gab und ihnen zwei Gummispielzeuge hinwarf, damit sie beschäftigt waren, klingelte unten auf der Ladentheke Rosas Handy. Nachdem sie es nicht rechtzeitig ans Telefon schaffte, hörte sie kurz darauf ihre Nachrichten ab.

> »Hallo, Rosa, hier ist Sara Jenkins. Ich … wollte fragen, ob wir uns vielleicht morgen sehen wollen? Triff mich um elf vor dem Eiskiosk unten am Strand. Falls ich nichts von dir höre, gehe ich davon aus, dass du kommst.«

Es war Viertel nach neun und somit fünfzehn Minuten nach der eigentlichen Öffnungszeit. Zum Glück waren noch keine Kunden gekommen, denn Rosa war noch nicht einmal angezogen. Schnell hängte sie das »Zurück in 20 Minuten«-Schild in die Tür und eilte wieder nach oben. In Rekordzeit duschte sie und zog sich an, dann vergewisserte sie sich noch einmal, dass es der kleinen Hundedame gut ging. Trotz aller Eile konnte sie es sich nicht verkneifen, die Duchess kurz zu knuddeln, was Hot ganz eifersüchtig machte. Er schnüffelte an seiner hübschen Freundin und bellte laut auf. Da knuffte Rosa auch ihn und sagte, indem sie seine Schnauze nahm: »Mein süßer Hotty. Sag, was in aller Welt will Sara Jenkins bloß von mir?«

Kapitel 54

Titch konnte vor Müdigkeit kaum reden, aber jetzt glaubte sie, auch noch zu halluzinieren.

»Das ist dein *Sohn*?« Sie blickte fassungslos zu Alec, dann wieder zu dem hübschen jungen Mann an seiner Seite. »Ben? O Gott, Cardiff Ben von der Junggesellenfeier im Ship Inn? Bist das wirklich du?«

»Äh … kennen wir uns?« Ben Burton sah Titch einen Augenblick verwirrt an. Dann schlug er sich plötzlich auf die Stirn. »Ach, natürlich! Jetzt kommt alles wieder zurück.« Nach einem Blick auf das dunkelhaarige Bündel mit den vielen Schläuchen blieb ihm der Mund offen stehen.

In dem Moment kam Ritchie, der kurz aus dem Krankenzimmer gegangen war, um Kaffee zu holen, wieder zurück.

»Ihr kennt euch?« Alec war fassungslos.

»Was ist los?«, fragte Ritchie etwas verunsichert.

»Also, das ist eine verzwickte Situation.« Titch hielt inne, dann wappnete sie sich mit einem tiefen Atemzug. »Diesen Moment habe ich mir gänzlich anders vorgestellt«, sagte sie bebend. »Ritchie, das ist Ben, Alecs Sohn.« Dann legte sie ihrem Baby sanft die Hand auf die Stirn. »Und Ben, das ist Theo. Dein Sohn.«

Kapitel 55

»Kannst du dir Jacobs Gesicht vorstellen, wenn ich ihm mitteile, dass er Großvater wird?«, fragte Rosa lachend, während sie mit Vicki Cliss am Strand spazierte. Der Duchess schien es wieder besser zu gehen, denn sie tollte ausgelassen mit Hot herum. Arthur und Stan waren dabei, Krabben zu fangen. Sie köderten die zehnbeinigen Meereszwicker mit Speckstückchen und sammelten die Tiere in einem Eimer.

Einige Urlauber, die die Osterzeit an der Küste verbrachten, waren ebenfalls am Strand unterwegs oder saßen in der Frühlingssonne im Sand. Auch die Möwen waren voller Freude und hofften, etwas zu fressen abzukriegen.

»Als du gesagt hast, dass sie weniger frisst, habe ich es schon geahnt. Aber mit diesen geschwollenen Zitzen ist es ganz eindeutig, dass sie trächtig ist.« Vicki beugte sich zur kleinen Duchess hinab, die sich gerade mit den Pfoten im Seetang verfangen hatte. »Sie ist durchaus noch recht jung dafür, aber wir schaffen das. Meinst du, ihre beiden Herrchen wissen, wer der Vater ist?«

»Nein. Aber ich!«, rief Rosa stolz, was Vicki laut auflachen ließ.

»Ach klar, ich habe gesehen, dass er nicht kastriert ist, als ich ihn untersucht habe.«

»Mein kleiner Weiberheld«, sagte Rosa liebevoll. »Ich habe ihn neulich von ihr weggezogen, aber naiverweise habe ich geglaubt, dass er nichts mit ihr angestellt hatte. Ich habe sie öfter zusammengelassen und mir überhaupt nichts dabei gedacht. Aber ich finde das total aufregend. Und irgendwie auch komisch. Jetzt werde ich Großmutter, bevor ich Mutter werde … Oh, das war taktlos von mir, Vicki. Tut mir leid.« Rosa legte der Tierärztin die Hand auf die Schulter. »Wie geht es dir denn jetzt?«

»Eigentlich ganz gut, danke. Ich hatte eine Ausschabung, aber schon am nächsten Tag durfte ich wieder nach Hause und musste nur einen Tag im Bett bleiben. Körperlich gesehen geht es mir also gut, aber die Seele leidet, wenn so etwas passiert.« Vicki blinzelte die Tränen fort und schnäuzte sich. »Es war wieder ein Junge.«

Auch Rosa stiegen Tränen auf. »Vicki, das ist so traurig.«

»Meine beiden Buben sind schon wieder drüber weg. Sie sagen, das Baby aus dem Bauch sei jetzt im Himmel und irgendwann wird wieder ein anderes Baby in Mummys Bauch sein. Wenn nur Stuart und ich das genauso schnell verarbeiten könnten.«

»Dass es schwer für euch ist, glaube ich sofort. Wenn du jemanden zum Reden brauchst, bin ich immer für dich da.«

»Vielen Dank. Darauf komme ich gern zurück. Aber ich bin wirklich froh, dass Stuart so verständnisvoll und einfühlsam ist. Deshalb ist er wohl auch so gut in seinem Job bei der Küstenwache. Er wollte drüben bei den Jungs bleiben, damit wir uns in Ruhe unterhalten können.«

»Wie mein Josh, der ist auch so einfühlsam«, murmelte Rosa. Er war immer für sie da gewesen, selbst wenn sie ihm im Suff so manche Dinge an den Kopf geworfen hatte. Er war ihr Fels in der Brandung. Aber selbst ein Fels kann zerspringen, wenn der Druck zu groß wird, dachte sie verdrossen.

»Es dauert nicht mehr lange, bis du ihn wiedersiehst. Nach deinem Geburtstag, oder? Wahrscheinlich bist du schon aufgeregt.«

»Ja, bin ich. Ich habe Angst und mir wird ganz schlecht, wenn ich daran denke. Aber mit jedem Tag, an dem ich ihn nicht sehe, weiß ich, dass ich den Rest meines Lebens mit ihm verbringen will. Ich vermisse ihn sehr.«

Sie setzten sich auf einen Felsblock und genossen die Sonne im Gesicht.

»Aber was, wenn er nicht bereit ist, mich zu sehen?«, fragte Rosa beklommen.

»Halt mal deine Hand hoch und spreize die Finger«, forderte Vicki sie auf. Etwas erstaunt folgte Rosa ihrer Anweisung. »Immer, wenn du dich allein fühlst, dann schau auf die Lücken zwischen deinen Fingern und denk daran, wie wunderbar seine Finger genau in die Lücken passen.«

»Eine schöne Vorstellung.«

»Ich habe übrigens etwas für dich.« Aus ihrer Tasche holte Vicki ein Kästchen, und während ihre Augen wieder feucht wurden, sagte sie: »Ich danke dir, Rosa. Dass du für mich da warst.« Jetzt liefen Tränen über ihre Wangen. »Du hast mir durch den schwersten Tag meines Lebens geholfen und das werde ich dir nie vergessen. Du hast nicht nur meine Hand gehalten, sondern auch mein Herz davor bewahrt auseinanderzubrechen.«

Jetzt weinte auch Rosa. »Weißt du, du hast mir auch geholfen. Ich musste mich durch den Vorfall nämlich auch mit meiner eigenen Fehlgeburt auseinandersetzen.«

»Oh, Rosa, das wusste ich ja gar nicht. Das tut mir so leid.«

»Es ist alles gut«, sagte Rosa und lächelte trotz der Tränen. »Ich lerne, mich meinen Ängsten, ja dem Leben zu stellen. Wie man es als erwachsener Mensch eben machen muss.« Und damit öffnete sie das Schächtelchen, in dem ein wunderschönes rosafarbenes Kristallarmband mit einem Herzanhänger lag.

»Das ist Rosenquarz. Leider gibt es keinen Rosa-Quarz, sonst hätte ich dir natürlich diesen gekauft.« Vicki lächelte schniefend. »Jacob hat gemeint, dass dir so etwas gefallen würde. Ich hoffe, du findest es nicht unangebracht, wenn ich dir sage, dass ein Rosenquarz auch als Fruchtbarkeitsstein bezeichnet wird. Man sagt, er lässt neues Leben entstehen. Und er mindert Stress. Zumindest hat mir das die nette Verkäuferin vom Kristallladen in Polhampton gesagt. Während einer Schwangerschaft soll man sich den Rosenquarz auf den Bauch legen. Und nach der Geburt schenkt man ihn dem Kind, denn ein Rosenquarz heißt neues Leben auf der Welt willkommen.«

»Das Armband ist wunderschön und die Bedeutung ist auch sehr passend. Ganz lieben Dank, Vicki. Es gefällt mir sehr und ich werde es immer in Ehren halten.«

»Ich habe mir selbst auch eins gekauft … für dann, wenn es wieder so weit ist.«

Jetzt rannte Vickis Ältester mit seinem Eimer voll unglücklicher Krabben herbei, die versuchten, herauszuklettern und sich zu retten. Auch Stuart kam nun mit Stan auf den Schultern, der offenbar genauso unglücklich war wie die gefangenen Krustentiere.

»Mummy, Daddy sagt, dass wir sie wieder freilassen müssen«, beschwerte sich Arthur. »Warum dürfen wir sie nicht mit nach Hause nehmen? Das ist nicht fair!«

»Das Leben ist eben manchmal nicht fair, Arthur.«

Kapitel 56

Im Krankenhauscafé saß Rosa einer gähnenden Titch gegenüber. Kraftlos wollte die junge Mutter nach dem Zucker für ihren untrinkbar aussehenden Tee greifen.

»Komm, lass mich machen.« Rosa nahm zwei Tütchen und bereitete für Titch den Tee zu. »Du armes Ding, du siehst total erschöpft aus.«

»Theo darf morgen wieder nach Hause. Gott sei Dank. Ach, Rose, es war so schrecklich.«

»Ich weiß, meine Liebe. Sind seine Probleme jetzt wenigstens für immer beseitigt?«

»Die Ärzte sind zuversichtlich, ja. Er muss eine Weile eine spezielle Diät bekommen, und ich soll ihn regelmäßig zur Kontrolle bringen, aber die Aussichten sind gut.« Jetzt hellte sich ihr Gesicht wieder auf. »Er ist so stark, mein kleiner Mann. Und so tapfer, wenn man bedenkt, was er alles durchgemacht hat.«

»Wie seine Mutter.« Rosa beugte sich vor und nahm Titchs Hand.

Plötzlich veränderte sich ihr Ton. »Ich bin froh, dass wir jetzt allein sind.«

»Ist Ritchie etwa doch keine so große Hilfe?« Rosa war überrascht.

»Nein, er ist echt ein Schatz. Aber ich wollte dich allein treffen, weil etwas ganz Krasses passiert ist.«

»Oha, jetzt bin ich aber gespannt«, sagte Rosa, während sie einen Schokoriegel auspackte.

»Weißt du noch, Ben? Big Ben? Also der Vater des Kindes?«

»Äh … ja?«

»Es ist kein Geringerer als der Sohn von Alec Burton.«

»Was? Im Ernst? Das ist ja total verrückt.«

»Das kannst du laut sagen. Sie sind zusammen hergekommen. Alec hat über beide Ohren gestrahlt, weil Ben als Spender für Theos seltene Blutgruppe infrage kommt. Alec hatte an dem Abend, als die Notoperation war, die Sache mit Theos Blutgruppe mitbekommen und er wusste, dass sein Sohn genau denselben seltenen Subtyp hat. Er hat nur nichts gesagt, um keine falschen Hoffnungen zu wecken.«

»Jetzt wird mir alles klar! Alec hat erzählt, dass er seine Frau während eines Karibikurlaubs kennengelernt hat. Nur war ich nicht davon ausgegangen, dass sie von dort stammt. Mann, jetzt ergibt alles plötzlich Sinn.«

»Stimmt. Ben studiert Medizin in Cardiff. Er hatte damals für den Junggesellenabschied den Südwesten vorgeschlagen, weil er als Kind hier oft Urlaub gemacht hat. Dass sein Dad kurze Zeit später mal in den Ort ziehen würde, hat er da noch nicht gewusst. Eigentlich haben sie die Tage hauptsächlich in Newquay in Cornwall verbracht und Ben hat einen Abend im Ship Inn vorgeschlagen, weil ihm Cockleberry Bay früher so gut gefallen hatte.«

»Und wie war es, als ihr euch gesehen habt?«

»Also, Ritchie war am Boden zerstört, aber er hat gefasst reagiert und ist eine Weile rausgegangen, damit ich mit Ben unter vier Augen sprechen konnte. Ben war natürlich ganz vor den Kopf geschlagen. Aber als Theo die Augen aufgemacht hat, war es wirklich ein ganz besonderer Moment. Du hättest Bens

Gesicht sehen sollen. Er konnte den Kleinen zwar nicht hochnehmen, weil der noch an den Schläuchen hing, aber er war ganz zärtlich zu ihm. Und er sieht umwerfend aus, Rose, das kannst du dir gar nicht vorstellen.«

»Was hat Ben gesagt?« Rosa machte große Augen.

»Er ist so vernünftig«, antwortete Titch, bevor sie sich ein Stück Karottenkuchen in den Mund schob.

»Mit Alec als Vater wundert mich das nicht«, gab Rosa zurück.

»Er hat gesagt, er muss erst mal eine Nacht drüber schlafen, aber er will für Theo und mich da sein. Er ist heute Morgen noch mal ohne seinen Vater gekommen. Wir haben im Beisein unseres kleinen Theo ganz ruhig miteinander geredet.«

»Und was habt ihr entschieden?«

»Ben macht gerade sein Studium und er war ehrlich zu mir. Er hat gesagt, dass es nur ein One-Night-Stand war und er nicht daran glaubt, man könne daraus auf Teufel komm raus eine Beziehung entstehen lassen. Aber er hat sich so gefreut, dass er für Theo Blut spenden kann. Noch kann er keinen Unterhalt zahlen, aber er hat es vor, sobald er selbst Geld verdient. Und weißt du, was er noch gesagt hat? Er hat gerade von seiner Oma mütterlicherseits ein bisschen Geld geerbt und will mir zweitausend Pfund geben – als Startgeld für eine Wohnung oder ein Haus, wenn es mal so weit ist.«

»Deine Titchy-Titch-Kasse füllt sich also.«

»Jetzt musst du nur noch aus der Wohnung raus, damit Ritchie und ich einziehen können«, sagte Titch mit einem frechen Grinsen. »Ben hat auch gesagt, dass ich ihm meine Kontoverbindung geben soll. Immer, wenn er ein bisschen Kohle übrig hat, wird er mir etwas überweisen. Er will auch eine Rolle in Theos Leben spielen. Ich kann es kaum glauben, wie fair er sich verhält. Ich meine, er ist nicht viel älter als ich.«

»Titch, das ist großartig. Was für ein netter Mensch!«

»Ja, ich habe echt Glück. Aber ich habe auch gemerkt, dass wir in zwei verschiedenen Welten leben. Weißt du, er ist so eloquent und gebildet. Als Paar würden wir wirklich nicht zusammenpassen.«

»Wobei Liebe ja bekanntlich keine Grenzen kennt. Ich meine, schau Josh und mich an.«

»Ja, aber das ist etwas ganz anderes. Ihr habt eine gemeinsame Basis. Ben und ich sind nur einmal besoffen im Bett gelandet. Ben hat übrigens auch gesagt, dass ich ihn jederzeit anrufen kann, wenn ich eine ärztliche Auskunft brauche, egal wie nichtig es mir erscheint.«

»Das ist super. Ben muss seiner Mum jetzt wohl beichten, dass sie Großmutter geworden ist. Darum beneide ich ihn nicht. Alec wird die ganze Geschichte sicher mit Fassung tragen.« Dann fügte Rosa vorsichtig hinzu: »Wie geht es Ritchie?«

»Ich habe ihm eine Nachricht geschrieben, um ihm zu versichern, dass zwischen uns alles so bleibt, wie es war. Aber ich weiß, dass er sich bedroht fühlt. Er kann sich einfach nicht vorstellen, warum ich lieber mit einem Kerl zusammen bin, der eine Imbissbude hat, als mit einem Arzt. Ritchie holt uns morgen mit dem Auto seiner Mutter und einem richtigen Kindersitz ab. Dann müssen wir Theo nicht wie beim letzten Mal auf dem Schoß halten. Das ist viel zu gefährlich.«

»Aber beim letzten Mal war es ein Notfall. Darüber brauchst du dir jetzt keinen Kopf mehr zu machen.«

»Ich bin so müde, Rose.« Titch sah wirklich mitgenommen aus.

»Ich weiß, meine Liebe. Aber wegen Ritchie musst du dir jedenfalls keine Gedanken machen. Er vergöttert dich.«

»Ich mag ihn auch wirklich sehr. Der Plan ist, dass wir Theo morgen heimbringen und dann wird meine Mum eine Stunde auf ihn aufpassen, damit Ritchie und ich Zeit haben, in

Ruhe zu reden. Wahrscheinlich gehen wir ins ›Kaffee, Tee und Meer‹.«

»Apropos Café, ich treffe mich morgen mit Sara Jenkins.«

»Echt? Warum?«

»Keine Ahnung. Sie hat mir eine Nachricht hinterlassen und gesagt, dass sie mich treffen will. Vielleicht will sie mir was wegen des Cafés sagen oder vielleicht hat sie auch mit Josh geredet, wer weiß. Jedenfalls muss ich hören, was sie mir sagen will.«

»Gerade passiert so viel.« Titch trank den Tee aus.

»Das kannst du laut sagen.« Und da fiel ihr wieder ein, dass sie selbst auch großartige Neuigkeiten hatte. »Ach übrigens, rate mal, welche unverheiratete Dame noch schwanger ist?«

»Wer?«, fragte Titch mit vollem Mund und richtete sich gespannt auf.

»Die Duchess! Und Hot ist der Vater.«

Titch fand das so lustig, dass sie losprustete. »Die Duchess? Aber sie ist noch so jung und klein. So ein Luder. Und Hot, dieser Schlawiner, hat's wohl auch faustdick hinter den Ohren.«

»Er hatte halt eine schwere Kindheit, wie du weißt.«

»Immer nimmst du ihn in Schutz. Oh, das ist ja total süß.« Titch war ganz aufgeregt. »Ich will unbedingt einen von den Welpen haben. Ritchie und Theo fänden das auch super. Wie lange ist ein Dackel denn trächtig?«

»Ungefähr fünfundsechzig Tage. Im Sommer gibt's dann kleine Hundebabys.« Rosa strahlte übers ganze Gesicht. »Titch, ich werde Großmutter!«

»Und Josh wird Großvater. Oder soll ich ihn lieber nicht erwähnen?«

»Erwähnen darfst du ihn, aber leider habe ich immer noch nichts von ihm gehört. An meinem Geburtstag fahre ich am Vormittag nach London. Es ist ein Sonntag, und dann sperre ich den Laden für zwei Tage zu.«

»Ich könnte aber auch …«

»Nein, auf gar keinen Fall«, unterbrach Rosa ihre Freundin. »Du musst dir unbedingt ein bisschen freinehmen. Ich zahle dir in den nächsten zwei Wochen deinen normalen Lohn als Urlaubsgeld, ja?«

»Ach, Rose, das ist wirklich nett von dir, vielen Dank.«

»Jetzt muss ich wieder los. Ralph Weeks fährt mich in die Bay zurück.«

»Danke, dass du gekommen bist. Ich weiß, der Bus kann einem ziemlich auf den Sack gehen.«

»Hey, wenn Theo größer wird, musst du aufpassen, was du sagst. Und ich auch.« Rosa umarmte ihre Freundin. »Ich hab dich lieb, Süße, und deinen Kleinen auch.« Sie stand auf. »Viel Glück morgen mit Ritchie. Alles wird gut.«

»Danke und dir auch mit Sara. Wenn alles vorbei ist, müssen wir unbedingt darauf anstoßen.«

»Ich nur mit Tee, denn ich bin abs-*tee*-nent.« Rosa veranstaltete einen komischen Tanz.

»Du bist ein verrücktes Huhn.« Titch stieß den Stuhl zurück, stand auf und verabschiedete sich mit einem Küsschen.

»Ein verrücktes Huhn kann einem anderen verrückten Huhn nichts vormachen. Jetzt geh und knuddle deinen Kleinen von mir. Ach ja, und Titch? Schlaf dich mal aus.«

Kapitel 57

Die sieben Lektionen
Lektion 6: Eifersucht

Eigentlich schloss Rosa den Laden während der Hauptverkaufszeit nur ungern zu, aber da Titch bei ihrem Theo zu Hause blieb und Mary heute im Co-op arbeiten musste, hatte sie keine andere Wahl. Sie wollte unbedingt Sara Jenkins treffen, denn heute fühlte sie sich stark genug für das, was die Frau ihr zu sagen hatte.

Rosa ließ Hot zu Hause in seinem Hundebett und machte sich auf den Weg zum Strand. Es war ein wunderschöner Apriltag, und es fühlte sich herrlich an, zum ersten Mal seit Ewigkeiten ohne Jacke aus dem Haus zu gehen. Bei so einem Wetter war sie sich ganz sicher, dass sie für immer hierbleiben wollte. Vor den Läden waren Ständer mit Ware im Freien aufgestellt, aus den Bistros und Bäckereien roch es verlockend, alle hatten die Türen offen stehen, um frische Luft hereinzulassen und die Kunden einzuladen. Die Saison hatte begonnen und überall herrschte geschäftiges Treiben.

»Also, es ist mir sehr unangenehm«, sagte Rosa sofort, als sie Sara zur Begrüßung die Hand gab, der man in den Caprihosen und dem trendigen Surf-T-Shirt ihre fünfzig Jahre bei Weitem nicht ansah.

»Und deshalb habe ich uns zwei *Eisbrecher* bestellt«, meinte Sara grinsend, indem sie auf zwei Eishörnchen zeigte, die auf der Kioskablage schon bereitstanden. »Also, falls du das magst.«

»Ob ich einen Mr Whippy mit Schokostreuseln mag? Du machst wohl Scherze?« Rosa grinste. »Das ist neben Fish 'n' Chips meine Leibspeise.«

»Dann ist Cockleberry Bay definitiv der richtige Ort für dich. Wollen wir ein bisschen spazieren gehen?«

Sara gab ihr das Eis. Statt zu hören, was Sara zu sagen hätte, plapperte Rosa vor lauter Nervosität sofort los. »Also, ich weiß nicht, inwiefern du über das, was passiert ist, unterrichtet bist, aber jedenfalls war es furchtbar und ich bin wirklich nicht stolz darauf, wie ich mich benommen habe. Noch dazu direkt vor deinem Café. Ich weiß auch gar nicht, was damit jetzt passieren soll und wenn du deswegen mit mir reden willst …«

»Nein, nicht deswegen.«

»Ich habe extra nicht nachgeschaut, ob die grüne Plane noch da ist mit der Hälfte meines Namens. Allein die Erinnerung an den Vorfall ist zu viel für mich.« Jetzt erst wurde sich Rosa bewusst, was Sara gesagt hatte. »Ach so, nicht deswegen? Weißt du, ich habe noch gar nicht mit Josh geredet und es tut mir echt leid, wenn wir dich finanziell in eine missliche Lage bringen. Mary, also meine Mutter, hat gehört, dass du nach St Ives ziehen willst? Habe ich deine Pläne ruiniert?«

»Nein, im Gegenteil, Rosa, du hast mir einen großen Gefallen getan.«

»Wirklich?«

»Ja. Weißt du, ich habe meine Entscheidung voreilig getroffen, denn wie sich herausstellt, will ich gar nicht von hier weg. Ich hatte gedacht, dass mein Leben einfacher wäre, wenn ich in St Ives ein Bed and Breakfast gründe. Aber das war eine völlig irrsinnige Idee. Nachdem ich jetzt Zeit hatte, noch einmal gründlich über alles nachzudenken, ist mir klar geworden, dass es mein Leben nur komplizierter machen würde. Denn wenn ich genau darüber nachdenke, will ich gar nicht jeden Tag fremde Leute in meinem Haus haben. Außerdem wohnen alle meine Freunde hier in der Bay. Und schau dir das an.« Sie zeigte zum Strand, wo Kinder in der Brandung Fangen spielten und vor Freude kreischten.

»St Ives ist auch ein schöner Ort«, fuhr sie fort, »aber das hier ist einfach meine Heimat. Es ist magisch in Cockleberry Bay, egal ob es regnet oder die Sonne scheint.« Das blaue Meer glitzerte, und alle Menschen schienen tiefer durchzuatmen als sonst. »Das habe ich allein dir zu verdanken, Rosa. Du hast mich aufgehalten und mir Zeit gegeben, gründlich darüber nachzudenken, was ich wirklich will.«

»Das beruhigt mich jetzt aber! Ich hatte so ein schlechtes Gewissen, dass ich dich, ehrlich gesagt, gemieden habe.«

»Weißt du, Rosa, oft denken die anderen gar nicht das, was man glaubt, dass sie denken. Wenn man sich das bewusst macht, wird das Leben um einiges leichter. Ich muss gestehen, wenn ich diesen E-Mail-Austausch zwischen mir und deinem Mann an deiner Stelle gelesen hätte, wäre meine Reaktion wahrscheinlich genauso ausgefallen. So wie ich früher drauf war, wäre ich vielleicht sogar ins Café gestürmt und hätte der betreffenden Person ihr Getränk ins Gesicht geschüttet.«

»Oh. Echt?«

»Ja, als ich jünger war, hatte ich ein großes Problem mit Eifersucht.«

»Aber du wirkst immer so beherrscht und ruhig.«

»Wie gesagt, es ist nicht immer so, wie man denkt.« Sara leckte die schmelzende Eiscreme von der Waffel. »Bloß dass man äußerlich ruhig erscheint, heißt noch lange nicht, dass es im Inneren nicht auch sehr turbulent zugehen könnte.«

»Ja, da hast du wohl recht. Bis vor Kurzem war mir nicht bewusst, dass ich mein Leid mit verschiedenen Methoden nach außen hin gut kaschiert habe.«

»Weißt du, meine starke Eifersucht hat zum schlimmsten Vorfall meines Lebens geführt.«

»O nein, das klingt schrecklich. Hast du ein bisschen Zeit? Wir könnten zu den South Cliffs gehen.«

»Ja.« Die Cafébesitzerin holte tief Luft. »Eifersucht ist eine ganz normale Emotion, aber sie muss im Zaum gehalten werden, sonst wird sie zu einem schrecklichen Monster.«

»Darf ich fragen, was passiert ist?«

Sara öffnete das Gatter für den Pfad. »Dazu muss ich etwas ausholen. Also, ich war ein Einzelkind und als ich noch in der Grundschule war, hat mein Dad meine Mum und mich verlassen. Er ist ganz klischeehaft mit seiner Sekretärin durchgebrannt. Es hat meiner Mum das Herz gebrochen, und bei mir hat es dazu geführt, dass ich fortan niemandem mehr vertraut habe.«

»Das verstehe ich total. Ich bin in Kinderheimen aufgewachsen und habe auch gelernt, niemandem zu vertrauen. Jetzt versuche ich alles, um das zu ändern. Aber entschuldige, ich habe dich unterbrochen.«

»Kein Problem.« Mit bebender Stimme fuhr Sara fort: »Wenn ich daran denke, was passiert ist, wird mir furchtbar übel, aber ich muss es dir sagen, Rosa. Ich habe mich früher auf keine Beziehung einlassen können, habe nie geglaubt, dass mich irgendwer wirklich will.«

»Dabei bist du so unglaublich hübsch.«

»Na ja, äußerlich vielleicht, aber in meinem Inneren war es sehr düster.« Sara warf das unterste Stück ihrer Waffel in einen Abfalleimer. »Bis ich Steve kennengelernt habe.« Ihre Stimme wurde brüchig. »Er hat mir gezeigt, was Liebe bedeutet. Er hat mich erfüllt. Wir hatten dieselben Ziele, denselben Humor. Ich habe ihn von ganzem Herzen geliebt.«

»Was ist passiert?«, fragte Rosa sanft.

»Einmal habe ich gesehen, wie er sich mit einer anderen Frau unterhielt.« Sara atmete schwer. »Wir hatten uns zum Mittagessen im Pub verabredet, wie so oft. Er wusste, wie ich ticke, und er hat meine Eifersucht ertragen. Der Arme hat mit der Frau womöglich nur übers Wetter geredet, aber ich bin total ausgeflippt. Ich bin reingestürzt, habe das nächstbeste Glas genommen und der Frau das Getränk ins Gesicht geschüttet. Steve war es furchtbar peinlich, dass ich ihm vor aller Augen so eine Szene gemacht und ihn gedemütigt habe. Er hat mich nach draußen geschleift und versucht, mich irgendwie zu beruhigen, aber ich wollte nichts hören.«

»Das verstehe ich. Manchmal kann man sich nur schwer kontrollieren. Ich meine, ich habe mich an jenem Tag vor dem Café genauso blöd benommen. Aber das war schon gar nicht mehr wegen der Eifersucht – das war aus purer Verzweiflung.«

Sara blieb einen Augenblick stehen. »Es wird noch schlimmer.«

»O nein!«

»Er war ganz beherrscht und hat gesagt, dass er mich liebt und dass er mich später, wenn ich mich beruhigt hätte, wieder sehen wolle. Dann stieg er ins Auto und fuhr weg. Das waren die letzten Worte, die er je zu mir gesagt hat.«

»O Gott! Was ist passiert?«

»Auf der Küstenstraße ist ihm ein Reh vors Auto gesprungen. Er wollte ausweichen und ist frontal mit einem anderen Wagen zusammengestoßen. Er war auf der Stelle tot.« Sie schauderte, und es dauerte einen Moment, bis sie wieder sprechen konnte. Diesmal war Rosa weise genug, zu warten und ihr Zeit zu lassen.

»Ich sage dir das, damit du nicht denselben Fehler machst. Wenn dein Mann der Richtige ist, dann vertrau ihm. Und vertrau auch darauf, dass dich nicht jeder, der dir nahesteht, verlassen will. Du hast lauter gute Menschen in deinem Leben, sie haben es nicht darauf abgesehen, dich zu verletzen, Rosa. Wie es sich anhört, hast du das selbst schon oft genug getan.«

»Es tut mir so leid, Sara.«

»Ich wünschte einfach nur, unser letzter gemeinsamer Moment, *sein* letzter Moment, wäre nicht so furchtbar gewesen.«

»Er hat gewusst, wie sehr du ihn geliebt hast.«

»Trotzdem habe ich ihm das Leben zur Hölle gemacht. Es muss verdammt schwer sein, wenn einem nicht vertraut wird. Ich habe nie daran gedacht, bevor … bevor es passiert ist.«

»Du bist sehr tapfer.«

»Nein, bin ich nicht. Welche Alternative hätte ich gehabt, als mich zusammenzureißen? Das Leben geht weiter. Aber diese Geschichte ist der Grund dafür, warum ich mit fünfzig Single und kinderlos bin. Es hat keinen Mann mehr gegeben, der Steve das Wasser hätte reichen können. Ich weiß immer noch nicht, ob ich jemals wieder einen anderen Mann so lieben könnte.«

»Ich bin sicher, dass es möglich ist.«

»Ja, ich hoffe auch. In den letzten zwei Jahren hatte ich eine sehr intensive Beziehung. Die intensivste meines Lebens – und zwar mit meinem Psychotherapeuten. Es ist mir nicht peinlich, das zuzugeben. Es war die beste Investition meines Lebens. Wenn ich anderen mit einem Problem helfen kann, noch dazu mit einem, das sich so leicht lösen lässt, versuche ich es. Hör auf, eifersüchtig zu sein, Rosa.«

»Ich werde alles tun und mich wirklich bemühen. Falls Josh zurückkommt.«

»Das wird er sicher.«

»Das kann man nicht wissen.«

»Steve hat mich geliebt, er ist immer zurückgekommen …«, sagte sie mit rauer Stimme. »Arbeite an dir und dieser monströsen Eifersucht. Es ist nicht leicht, sich das Problem einzugestehen, aber darüber zu reden, stärkt die Beziehung. Man muss sich nur klarmachen, welche Emotion dahintersteckt, nämlich die Angst, den geliebten Menschen zu verlieren. Dann kommt es auch nicht mehr zu solchen ausufernden Szenen. Ich wünschte nur, ich hätte das rechtzeitig herausgefunden.«

»Kann ich verstehen.«

»Also, wenn Josh zurückkommt, redest du mit ihm ganz in Ruhe und führst ein konstruktives Gespräch über das, was dir vielleicht in der Beziehung fehlt. Dadurch stellt ihr die Verbindung zwischen euch wieder her. Warte nicht so lange, bis du so alt bist wie ich. Bis du einsiehst, dass du mit solchen unnötigen Gefühlen nur wertvolle Zeit und Energie vergeudest.«

»Na, man merkt, dass du eine Therapie gemacht hast«, scherzte Rosa. »Vielen Dank, Sara.«

»Egal wie alt man ist, man hört nie auf zu lernen.« Sara schloss einen Moment lang die Augen. »Also gut, jetzt sollte ich mich besser auf den Rückweg machen. Die arme Kitty hat wahrscheinlich schon Panik, dass ich bis zur hektischen Mittagszeit nicht zurück bin.«

* * *

Sara blieb stehen, bevor sie zum Café kamen, und blickte Rosa in die Augen. »Das R und das O sind immer noch unter der Plane.«

»Ich will lieber nicht spekulieren, was das bedeuten könnte.«

»Darüber kann ich dir leider nichts sagen. Aber ich fand es wichtig, mit dir zu reden.«

»Ich weiß es sehr zu schätzen! Es hat mir geholfen, das Thema Eifersucht aus einer anderen Warte zu betrachten.

Übrigens, mir ist etwas eingefallen. Ich glaube, ich kenne jemanden, der gut zu dir passen könnte.«

»Ach ja?«

»Ja. Er ist ein super Kerl. Wie würde dir der Gedanke an ein Blind Date gefallen?«

»Na ja, nachdem mir sonst auch kein Mann mehr *gefallen* hat …« Sara zog lachend eine Visitenkarte von »Kaffee, Tee und Meer« aus dem Portemonnaie und gab sie Rosa. »Hier ist meine Nummer.«

Kapitel 58

»Nicht mal mit meinen deutschen Lieblingswürsten kannst du mich bei so einer verheerenden Nachricht besänftigen, Rosa Smith«, sagte Jacob abwinkend, bevor er weiter frisch gemahlenes Kaffeepulver in die Maschine gab. Raff war draußen bei den Gemüsebeeten.

Rosa hatte ein paar Miniwürste mitgebracht und als Scherz für Jacob ein paar Opa-Pantoffeln sowie eine Pfeife im Secondhandladen in Polhampton gekauft.

»Ich finde, Großvater zu sein, steht dir sehr gut«, meinte Raff, der in die Küche kam, und seinem Gatten einen Kuss auf die Wange drückte. »Du weißt doch, dass ich auf ältere Männer stehe.« Raff und Rosa lachten, während Jacob sich vergeblich bemühte, weiterhin verstimmt zu wirken.

Jetzt lief die Duchess zu ihrem Fressnapf, gefolgt von Hot und den beiden Möpsen.

»Die kleine Madam. Dass sie Sex hatte, obwohl sie noch nicht volljährig ist, ist dir schon bewusst, oder?«

Rosa lachte laut auf. »Ach komm, jetzt sei nicht sauer. Die kleinen Welpen werden so süß sein, wenn sie endlich auf die Welt kommen.«

»Für dich vielleicht. Aber während du gemütlich mit deinem Hot im Eckladen rumsitzt, werde ich nur Hundehaufen wegräumen und schauen, dass unser schönes Heim nicht von den Babys zernagt wird.«

»Das haben Ugly und Pongo doch sowieso schon gemacht. Jedenfalls werden es reinrassige Zwergdackel. Du kannst sie teuer verkaufen, du alter Miesepeter. Aber du musst unbedingt einen für mich und einen für Titch aufheben.« Rosa nahm die Handtasche von der Küchentheke. »Also, ihr zwei, ich wollte euch gar nicht lange aufhalten, sondern nur kurz vorbeikommen und euch die Geschenke geben. Ich habe hier im Ort einen Termin mit einem Kartenhersteller. Offenbar sind Geburtstagskarten für Haustiere der neueste Schrei.«

»Also gut, meine Liebe, wir sehen uns bald wieder.« Jacob gab ihr zwei Luftküsschen. »Apropos Geburtstagskarten. Hast du immer noch vor, deinen streunenden Ehemann aufzusuchen?«

»Ja. Ich habe kein Wort von ihm gehört. Ich sehne mich sehr nach ihm, aber gleichzeitig bin ich auch sauer. Ich habe mir schon genau überlegt, was ich ihm sagen will, wenn ich ihm endlich gegenüberstehe. Wobei ich ganz genau weiß, dass ich vor lauter Heulen kaum ein Wort rausbringe.«

»Dann ist es vielleicht doch keine so gute Idee, Rosa.«

Sie gab einen ungeduldigen Laut von sich. »Noch länger kann ich nicht warten. Wenn Josh über das, was vorgefallen ist, nicht hinwegkommt, muss ich es jetzt trotzdem endlich wissen.«

»Na gut. Wann genau fährst du? An deinem Geburtstag oder etwa schon vorher?«

»Warum willst du das so genau wissen?«

»Weil dich deine Freunde vielleicht auf ein wunderbares Geburtstagsessen einladen wollen«, tönte Raffaele.

»Oh, wie nett. Ich muss mir die Zugverbindungen ansehen und gebe euch noch Bescheid. So, und jetzt muss ich los.«

»Soll ich dich irgendwo hinbringen, Prinzessin?«, fragte Raff, während er Kaffee schlürfte und in einer Zeitschrift blätterte.

»Nein, danke. Hot muss sich noch ein bisschen bewegen.« Rosa beugte sich hinunter und zog ihren Hund sanft von der Duchess fort. »Komm, Würstchen, du siehst deine Freundin bald wieder.«

Als Rosa den Hügel hinablief, bewunderte sie wieder einmal den tollen Blick. Polhampton Sands war einfach ein zauberhafter Ort. Perfekt für Familien mit Kindern. Man konnte hier auch so vieles unternehmen. Noch hatte sie eine halbe Stunde Zeit bis zu ihrem Termin und freute sich bei dem strahlenden Sonnenschein auf einen kurzen Barfußspaziergang im Sand.

Hot sauste los, um seiner fruchtlosen Lieblingsbeschäftigung, der Möwenjagd, nachzugehen. Rosa wollte sich gerade die Schuhe ausziehen, als eine vertraute Stimme hinter ihr fragte: »Entschuldigung, hätten Sie zufällig ein Feuerzeug?«

Rosa richtete sich langsam auf. »Ich habe gar nicht gewusst, dass Sie rauchen.« Es war Becca Fox, die vor ihr stand, und nun vor Schreck das rot-weiße Zigarettenpäckchen fallen ließ. Der Frau war nicht bewusst gewesen, wen sie angesprochen hatte.

»Spanische Zigaretten?« Rosa erkannte die Marke sofort. »Sehr interessant.«

»Ja, ich … also … meine Mum wohnt in Spanien und ich, na ja, Zigaretten sind dort billiger … ich habe erst vor Kurzem mit dem Rauchen angefangen.«

Wut überkam Rosa in einer mächtigen Welle. Doch bevor sie etwas sagte, hörte sie Queenies Stimme: *»Manchmal im Leben, wenn du nicht weißt, was du tun sollst, dann tu nichts und sag nichts. Die Antwort wird von allein zu dir kommen.«* Auch der Rat ihrer Mutter schallte ihr in den Ohren: *»Bevor du etwas sagst, Rosa, überlege: Ist es wahr? Ist es nötig? Ist es freundlich? Wenn nicht, schweige lieber.«* In dem Moment segelte eine weiße

Feder durch die Luft und landete direkt in Rosas Hand. Ein Kribbeln durchzog ihren Körper.

»Rauchen ist schlecht für die Gesundheit, heißt es«, sagte sie nur.

»Aber nicht so schlecht wie Männer, oder, Rosa?« Jetzt wühlte Becca in der Tasche und fand Streichhölzer. »Gott sei Dank.« Sie zündete sich die Zigarette an, zog lange daran, und wollte sich zum Gehen wenden. Doch dann blieb sie stehen und sagte: »Ich weiß, dass du eine Affäre mit meinem Mann hattest, Rosa.«

»Ich …« Rosa wusste nicht, was sie erwidern sollte.

»Du brauchst es nicht zu leugnen, er hat sowieso schon längst eine Neue.«

Rosa zögerte einen Moment, dann lenkte sie ein: »Es tut mir leid, Becca. Glauben Sie … glaub mir. Ich habe wirklich nichts von dir gewusst. Er hat mich auf sehr clevere Weise manipuliert. Als ich von dir und den Kindern erfahren habe, war ich am Boden zerstört. Es hat mir das Herz gebrochen, um ehrlich zu sein.«

»Soll das heißen, dass du an jenem Tag nicht zu meinem Haus gekommen bist, um mich und die Kinder auszuspionieren?«

»Ganz im Gegenteil. Meine Mutter und meine Urgroßmutter hatten das so eingefädelt, weil sie mir zeigen wollten, welches Spiel Joe Fox mit mir getrieben hat. Als ich es gecheckt habe, habe ich es sofort beendet. Also, nachdem ich ihn im Radio bloßgestellt hatte.«

»Ach ja, wo er angeblich plötzlich Magen-Darm-Grippe bekommen hat, um zu fliehen. Er hält sich für wahnsinnig clever, was er aber nicht ist.« Becca schüttelte den Kopf. »Ich habe von euch erfahren, von dir und ihm, meine ich. Ich habe seinen Handy-Code herausgefunden und alle Nachrichten an dich gelesen … Der Name Rosie hat mir eigentlich gar nicht so gut gefallen, aber ich wollte, dass er sich jeden Tag windet, wenn er ihn hört.«

»Es tut mir so leid. Wenn ich das gewusst hätte … So etwas hätte ich niemals einer anderen Frau angetan. Ich hätte mich nie mit ihm eingelassen!«

Becca zeigte Rosa die Stopphand und zog wieder an der Zigarette.

»In meinem Laden hat es gebrannt«, sagte Rosa jetzt und sah Becca herausfordernd an. Die früher so glänzenden blonden Haare der Frau hingen ihr in fettigen Strähnen ins Gesicht. Ihr T-Shirt war ungebügelt, sie sah niedergeschlagen und fertig aus. Kein Wunder, wenn man mit so einem Dreckskerl wie Joe Fox verheiratet war.

»Ich habe davon gehört«, murmelte Becca. »Ich muss los, um Rosie vom Kindergarten abzuholen. Ciao.«

»Hast du das Feuer gelegt, Becca?«, fragte Rosa ganz ruhig.

Plötzlich begann Becca zu weinen.

»Du warst es!«, schrie Rosa.

Becca entgegnete voller Zorn: »Ich hatte den Verdacht, dass er wieder mit dir zusammen war. Es gab die alten Anzeichen dafür, stundenlange Spaziergänge mit dem Hund, dann ist er immer öfter spät von der Arbeit gekommen. Und als er mir dann irgendwann auch noch erzählt hat, dass du von der Klippe gestürzt bist und er deswegen zu dir zum Laden gefahren ist, war ich mir ganz sicher.« Sie warf die Zigarettenkippe auf den Boden und schob Sand mit dem Fuß darauf. »Geh ruhig zur Polizei. Ich gestehe alles. Mein Leben ist sowieso die Hölle, da kann ich auch gleich ins Gefängnis gehen. Dieser verdammte Scheißkerl lässt mich mit vier Kindern sitzen. Wer würde mich jetzt noch wollen?«

Rosa konnte sich gar nicht ausmalen, wie schlecht es Becca gehen musste. Als Joe ihr damals das Herz gebrochen hatte, musste sie sich wenigstens nur um sich selbst kümmern. Ja,

Becca hatte eine schreckliche Tat begangen. Und die alte Rosa hätte vielleicht an ihrer Stelle etwas ähnlich Dummes getan. Als sie dachte, Josh habe eine Affäre, hätte sie fast aus Rache mit einem anderen Mann geschlafen.

»Jetzt wird mir auch klar, warum du die Ladentoilette benutzen wolltest. Da hast du den Hintereingang inspiziert! Und meine Handynummer wolltest du, um sie mit den Nummern auf Joshs Telefonrechnung zu vergleichen.«

»Du könntest glatt als Detektiv arbeiten.« Becca zog resigniert die Nase hoch. »Ich laufe nicht davon. Man würde mich ja sowieso finden. Also, willst du die Polizei anrufen oder soll ich mich selbst stellen?« Sie hielt Rosa ihr Handy hin.

Rosa fuhr sich durch die dunklen Locken. Hätte es Verletzte gegeben, wäre es ein anderes Szenario gewesen. So hatte es vor allem nur Arbeit gekostet, die Brandfolgen zu beseitigen und die Küche wieder herzurichten. »Lässt du dich von ihm scheiden? Wie willst du allein zurechtkommen?«

»Als ob dich das interessiert«, sagte Becca matt. In dem Moment kam Hot angerannt und blieb neugierig vor Becca stehen. Offenbar spürte er, dass die Stimmung zwischen den beiden Frauen angespannt war. »Ich hatte schon alles geplant. Ich wollte nach Spanien zu meiner Mutter ziehen. Nur mit den Zwillingen und Rosie, denn mein Großer fängt ja bald an zu studieren. In Barcelona gibt es eine sehr gute internationale Schule. Aber das spielt jetzt keine Rolle mehr.« Mit einem verzweifelten Lachen fügte sie hinzu: »Wenn ich im Knast sitze.«

Hot stieß gegen Beccas Tasche, woraufhin das Päckchen Zigaretten in den Sand fiel. Rosa hob es auf und zerknautschte es in der Hand.

»Becca, fahr nach Hause. Vernichte alle Zigarettenpackungen, die du noch hast. Dann buch deinen Flug nach Spanien.«

»Aber …« Becca sah sie ungläubig an.

»Du hast mit diesem Schuft als Mann genug durchgemacht. Und ich fürchte, dass dein Ältester nicht viel besser wird, wenn man sich nicht gut um ihn kümmert. Ich hätte nichts davon, wenn man dich einsperrt und dich deine Kinder nicht mehr haben. Das wäre furchtbar. Aber wenigstens weiß ich jetzt, wer es war.« Rosa lächelte. Dies war wohl eine weitere Lektion darüber, welche gefährlichen Konsequenzen Eifersucht haben konnte.

Becca blieb der Mund offen stehen. »Aber …«

Rosa sah auf die Uhr, dann band sie sich die Schuhe wieder zu.

»Ich muss los. Auf Wiedersehen, Becca. Ich wünsche dir ein schönes Leben in Spanien!«

Kapitel 59

Ritchie saß nervös im »Kaffee, Tee und Meer« gegenüber der sehr erschöpften Titch.

»Entschuldige, ich muss furchtbar aussehen«, sagte sie.

»Titch Whittaker, für mich siehst du immer wunderschön aus. Wie geht's unserem Kleinen?«

»Viel besser. Gott sei Dank. Er hat ein bisschen Reisbrei gekriegt, und danach hat Mum ihm die Flasche gegeben, die er sogar ganz ausgetrunken hat. Jetzt schläft er. Wir haben also hoffentlich ein bisschen Zeit, bis er wieder aufwacht. Die Ärzte haben gesagt, dass wir ihm vorerst nur wenig feste Nahrung geben sollen. Vielleicht habe ich auch insgesamt zu früh damit angefangen – jetzt sagen plötzlich alle, dass Babys eigentlich erst mit einem halben Jahr den ersten Brei kriegen sollen.«

»Was so was angeht, habe ich keine Ahnung«, gab Ritchie zu. »Aber ich bin so froh, dass es ihm besser geht und dass er wieder was essen kann. Für dich habe ich übrigens eine heiße Schokolade und ein Croissant bestellt. Ich wusste nicht, wie viel Zeit wir haben.«

»Das ist süß von dir, Ritchie Rogers.« Titch griff nach seinen Händen. »Ich danke dir sehr.«

»Für was?«

»Dafür, dass du für mich da warst. Ohne dich hätte ich das nicht durchgestanden.«

Wie beiläufig sagte Ritchie jetzt: »Dieser Ben scheint auch ein ganz anständiger Kerl zu sein.«

»Ja, das ist er wirklich. Er will sich um Theo und mich kümmern. Das ist sehr beruhigend.«

Alle Farbe wich aus Ritchies Gesicht. »Er will dich heiraten?«, fragte er, wobei er kaum die Worte herausbekam.

Titch lachte auf. »Quatsch, du Dummi. Er will sich nur *finanziell* um uns kümmern. Und natürlich kann er mir auch einen Rat geben, wenn es um Theos Gesundheit geht. Und für Theo Blut spenden, falls es nötig wäre.«

Ritchie atmete erleichtert auf. »Dann ist es ja gut.« Und schon sprang er auf und ging um den Tisch herum.

»Wo willst du hin?« Titch schlürfte ihren Kakao.

Doch als Ritchie vor ihr auf die Knie fiel und eine kleine grüne Schmuckschatulle hervorzauberte, wurden die anderen Gäste im Café ganz still.

»Ich weiß, dass wir erst seit Kurzem miteinander gehen«, begann Ritchie, woraufhin Titch die Hand über den Mund legte. »Aber eigentlich hat es ja schon vor vielen Jahren in der Schule angefangen, also nicht erst vor Kurzem. Du bist mein Ein und Alles. Und dein Kleiner auch. Du würdest mich zum glücklichsten Mann der Welt machen, wenn du Ja sagst … Patricia Irene Whittaker, willst du meine Frau werden?«

Jetzt strömten Tränen über Titchs Wangen. Sie sah Ritchie fest in die Augen. Es stimmte, sie waren zwar erst seit wenigen Wochen zusammen, aber so wie Ritchie ihr und Theo in den letzten Tagen beigestanden hatte, war klar geworden, dass sich wahre Liebe nicht mit einer Stoppuhr messen ließ.

Als Ritchie einen einfachen, aber wunderschönen Ring aus dem Kästchen holte, sagte Titch: »Ja! Ja, ich will deine Frau werden.« Und sie meinte es mit jeder Faser ihres Herzens.

Sara kramte aus einer Schublade ein paar Partyknaller hervor und ließ sie über ihren Köpfen explodieren, sodass sich ein Konfettiregen über ihnen ergoss. Alle Leute applaudierten.

* * *

Als sie später den Hügel hochgingen, blieben sie stehen und küssten sich. Ritchie nahm Titchs Hände. »Weißt du, was mich letztlich dazu bewogen hat?«

»Meine unbeschreibliche Schönheit? Meine Wespentaille?«, riet Titch kichernd.

»Nein. Als die Krankenschwester ins Wartezimmer kam und du gesagt hast, dass du nicht eine Mrs, sondern eine Miss bist. Da dachte ich: Nein, Miss Whitaker wird bald eine Mrs sein. Und zwar eine Mrs Rogers.«

»Du bist verrückt.«

»Ich weiß. Aber ich habe vor, der beste Ehemann der Welt zu werden und mit deiner Erlaubnis auch der beste Dad für Theo. Natürlich hat er jetzt auch seinen leiblichen Vater, aber ich werde immer für Theo da sein. Er wird von uns allen viel Liebe erfahren.«

»Ich bin so glücklich!« Titch begann auf der Straße zu tanzen. »Ich kann es gar nicht erwarten, es Rosa zu erzählen. Wann sollen wir heiraten und wo werden wir wohnen und …«

»Jetzt warten wir erst mal, bis es dem kleinen Theo wieder besser geht. Und dann beginnen wir, Pläne zu schmieden.«

»Wie vernünftig du doch bist.«

»Wenigstens einer von uns, was?« Ritchie umarmte seine Verlobte. »Komm, jetzt schreien wir die gute Nachricht von den Dächern, damit es ganz Cockleberry Bay erfährt.«

Kapitel 60

Josh machte sich gerade bereit für den Heimweg, als seine Sekretärin den Kopf in sein Büro streckte.

»Bist du schon auf dem Sprung, Katie?«, erkundigte er sich.

»Ja, fast. Aber gerade kam noch ein Anruf von der Rezeption. Unten ist jemand, der dich sprechen will.«

»Komisch, eigentlich steht nichts mehr im Terminkalender. Weißt du, wer es ist?«

»Ein Lucas Hannafore. Er meint, du wüsstest, worum es geht.«

Josh verzog das Gesicht.

»Ist alles okay?«, fragte Katie, der seine Miene nicht entgangen war.

»Ja, ja, klar. Lass ihm bitte ausrichten, dass ich ihn in zehn Minuten unten treffe.«

Kapitel 61

»Was? Ihr wollt heiraten? O Gott, wir müssen sofort eine Flasche Schampus köpfen. Beziehungsweise eine Limo für mich.« Rosa stieß Ritchie in die Rippen, dann fiel sie Titch um den Hals. »Wie aufregend! Sag sofort: Wo, wie, wann? Und ich will die Brautjungfer sein, das ist ja klar.«

Titch lachte. »Ritchie hat mir erst vor einer Sekunde den Antrag gemacht, und wir wissen selbst noch nicht wann und wo. Eine Braut*jungfer* kannst du wohl nicht mehr werden, aber vielleicht eine Braut*dame*?«

»Bäh, das klingt so alt.« Rosa ging nach hinten, um nachzusehen, ob sie etwas zum Anstoßen hatte. »Ich habe leider nichts im Haus. Aber wir feiern das bald richtig, okay?«

»Eigentlich hatte ich vor, es als Allererstes meiner Mum zu erzählen. Aber als ich dich vor dem Laden gesehen habe, konnte ich mal wieder nicht meine Klappe halten.«

»Das weiß ich. Wie geht's Theo?«

»Er schläft. Aber ist wohl – toi, toi, toi – übern Berg.« Vor lauter Aufregung wurde es Titch ganz schwindelig, sodass sie sich kurz auf den Hocker setzen musste.

Als Ritchie zur Toilette ging, flüsterte Rosa ihrer Freundin zu: »Ich freue mich so für dich! Er ist echt ein lieber Kerl, und er hat sein wahres Gesicht gezeigt, als er in den Stunden der Not für dich und Theo da war.«

»Das stimmt.« Titch bekam wieder feuchte Augen. »Jetzt müssen wir nur noch dich wieder auf Kurs bringen«, meinte sie. »Hast du immer noch vor, bald nach London zu fahren?«

»Ja, heute noch.«

»Was? Heute? Aber das geht nicht!«

Ritchie, der gerade wieder zurückkam, fragte: »Was geht nicht?«

»Dass Rose schon heute Abend nach London fährt.«

Rosa verzog das Gesicht. »Warum denn nicht?«

»Äh, weil morgen dein Geburtstag ist und ich mit dir feiern wollte.«

»Das ist doch Quatsch, Titch. Außerdem komme ich wahrscheinlich gleich mit dem nächsten Zug zurück, wenn Josh mir die Scheidungspapiere ausgehändigt hat.«

»Wann geht dein Zug?«

»In zwei Stunden. Ralph Weeks holt mich ab. Ich habe nur eine kleine Tasche und die ist schon gepackt.«

»Wäre es nicht besser, wenn du Josh vorher anrufst und ihn über deine Pläne informierst?«

»Damit er Nein sagen kann? Auf gar keinen Fall.«

»Okay. Ritchie, wir müssen jetzt heim, und zwar auf der Stelle.«

»Oh, ich liebe es, wenn du so fordernd bist.«

»Wir sehen uns bald, Rose. Hab morgen einen schönen Geburtstag!« Titch gab ihrer Freundin einen Kuss auf die Wange und eilte hinaus.

Rosas »Herzlichen Glückwunsch noch mal!« wurde vom Wind verschluckt, während das frisch verlobte Paar den Hügel zum Lobster Pot hinaufmarschierte.

Kapitel 62

Der Klempner, der unten auf Josh wartete, wirkte weniger vorlaut als bei der letzten Begegnung in Cockleberry Bay. Es war komisch, ihn in dieser völlig anderen Umgebung zu sehen.

»Was willst du?«, fragte Josh kurz angebunden.

»Können wir reden, Kumpel?«

»Meinetwegen. Im Hof hinten ist eine Bank.«

Josh war es beklommen zumute. Was würde er wohl zu hören bekommen? Rosa hatte in den letzten Tagen nichts mehr auf seine Mailbox gesprochen. War das ein schlechtes Zeichen? Vielleicht waren alle seine Hilfsversuche ganz umsonst gewesen. Vielleicht hatte sie in ihrer waghalsigen Art alles in den Wind geschlagen. Vielleicht hatte sie festgestellt, dass sie eigentlich Klempner Luke liebte, der gekommen war, um Josh die schlechte Nachricht zu überbringen, weil Rosa zu feige dafür war.

Luke brach das Schweigen. »Ich habe gerade eine Baustelle in der Nähe und dachte, es ist besser, dich persönlich zu treffen. Von Mann zu Mann.«

»Wer hat dir gesagt, wo ich arbeite?«

»Du, ich bin zwar ein Handwerker, aber was LinkedIn ist, weiß ich trotzdem.«

»Ist alles okay mit Rosa?«

»Ja, mehr als okay.« Lucas blieb stehen. »Wir müssen uns nicht auf die Bank setzen, ich kann es dir auch gleich hier sagen.« Die laute Sirene eines Polizeiautos hinderte ihn einen Moment lang weiterzusprechen. »An dem Abend, also du weißt schon … da war ich mit deiner Frau zusammen, aber wir haben nur geredet, das war alles. Ich habe sie in furchtbarer Verfassung auf der Bank am Strand angetroffen. Ohne Jacke, das Telefon kaputt, und sie war total besoffen. Rosa war am Boden zerstört, weil sie dachte, dass du dich mit einer anderen herumtreibst. Ich habe ihr geholfen, während du …«

»Aber so war es nicht und Rosa weiß das ganz genau.«

Lucas ignorierte ihn und fuhr fort: »Versteh mich nicht falsch, ich finde deine Frau sehr heiß, wie alle Männer.« Josh schloss die Augen und fürchtete sich vor dem, was als Nächstes aus Lukes Mund kommen würde. »Wie gesagt, sie war besoffen. Vielleicht bin ich altmodisch, aber es ist nicht mein Ding, mich mit besoffenen Frauen einzulassen.«

»Hast du sie geküsst?«

Luke dachte nach, was er darauf antworten sollte. Während er Rosas zarte Lippen aus seiner Erinnerung verbannte, entschied er sich, ihr zuliebe zu lügen: »Nein, sie war so mit ihrer Piña colada beschäftigt, dass sie dafür keine Zeit hatte.«

Josh versuchte, sich die Erleichterung nicht anmerken zu lassen. »Warum bist du hergekommen? Du hättest auch einfach eine SMS schreiben oder anrufen können.«

»Wie gesagt, ich war gerade in der Nähe. Und …« Er hielt inne, sprach lieber doch nicht weiter.

Aber Josh bohrte nach: »Und was?«

Lucas' Herz zog sich zusammen, während er sich überwand, es nun laut auszusprechen: »Sich zu verlieben ist einfach. Und Sex zu haben ist noch einfacher. Aber es kommt nicht oft vor, dass man jemanden trifft, der einen im tiefsten Inneren berührt.

Rosa soll glücklich sein, sie hat es verdient. Und das ist alles, was ich sagen wollte.«

Damit wandte Lucas sich ab, ging auf die verkehrsreiche Straße von London hinaus und war schon verschwunden, bevor Josh, der völlig perplex dastand, danke sagen konnte.

Kapitel 63

Jacob, der hinter der Bar stand, warf theatralisch die Arme in die Luft. »Habe ich es doch gewusst! Es ist typisch Rosa, dass sie jetzt alles ganz anders macht, als sie es zuvor gesagt hat. Hätte ich es ihr nur schon gegeben. Und natürlich ist gerade jetzt ihr verdammter Akku leer. So ein Riesenmist! Raff, wo ist mein Handy? Ich muss Josh anrufen.«

»Hier. Er hat dir schon eine Nachricht geschrieben.«

»Oje, oje!« Jacob wurde hektisch. »Er ist schon früher los und jetzt fährt er mit dem Auto auf der M4, während Rosa mit dem Zug genau an ihm vorbei in die entgegengesetzte Richtung fährt.«

Raff, der in seiner weißen Kochuniform besonders attraktiv wirkte, begann herzhaft zu lachen.

»Das ist nicht lustig, lieber Ehemann.«

»Habe ich dir nicht geraten, ihr einfach zu sagen, dass Josh kommt?«

»Wo wäre denn da die Romantik geblieben?« Doch plötzlich hellte sich Jacobs Miene auf. »Nein, es ist alles kein Problem. Mir ist gerade eine ganz hervorragende Idee gekommen …«

* * *

Rosa war froh, dass Hot mittlerweile ans Zugfahren gewöhnt war. Er schlief auf ihrem Schoß. Seine Wärme beruhigte sie und sie hoffte, dass der Frieden anhalten werde. Denn eine Zugfahrt mit einem unruhigen Hund war die reinste Hölle. Sie hatte auch seinen Napf sowie Trockenfutter und Wasser mitgenommen. Sie betete nur, dass es während der langen Fahrt kein Missgeschick geben möge.

Warum Jacob sich so aufgeregt hatte, als sie ihm sagte, dass sie doch früher fahren werde, hatte Rosa nicht verstanden. Es war ja nett, dass er so ein großes Trara um ihren Geburtstag machte und ihr ein Geschenk geben wollte, aber jetzt zählte einzig und allein herauszufinden, wie es um ihre Ehe stand. Jacob hatte sogar gefragt, auf welcher Seite sie im Zug sitze. Er hatte sich höchst merkwürdig verhalten.

Zu allem Überfluss hatte sich mitten im Gespräch ihr Handy ausgeschaltet, weil der Akku leer war. Der Schaffner hatte zwar gesagt, dass es in der ersten Klasse eine Möglichkeit gebe, es aufzuladen, aber im Moment war sie eigentlich ganz froh, wenn sie einfach nur hier sitzen und sich entspannen konnte. Um Ruhe vor der echten Welt da draußen zu haben, denn diese konnte sich für immer ändern, wenn sie in London war. Emotionen der unterschiedlichsten Art erfüllten sie. Rosa war so aufgeregt und voller Vorfreude, endlich wieder ihren Josh zu sehen, obwohl sie gleichzeitig eine Riesenangst davor hatte. Sie hatte die Schlüssel fürs Haus mitgenommen und wenn Josh nicht da wäre, konnte sie wenigstens im Warmen auf ihn warten. Sie hatte sich die Haare zurechtgemacht, die Nägel gefeilt, und die neuesten Klamotten, die sie in Polhampton gekauft hatte, angezogen. Für alle Fälle hatte sie auch einen Spitzenslip an. Jedenfalls musste es jetzt einfach geklärt werden. Wenn Josh zu feige war, hatte sie jetzt dafür den Mumm. Dank Lucas hatte sie kein schlechtes Gewissen mehr, und Josh würde ihr einfach glauben müssen, dass nichts passiert war.

Als sie müde den Kopf ans Fenster lehnte, während der Zug nach seinem Halt in Combe Marian gerade wieder anfuhr, sah sie einen schlaksigen Mann, der Ritchie ähnelte, den Bahnsteig entlangrennen. Sie reckte den Kopf, um noch zu sehen, ob sie es sich eingebildet hatte, aber da hatte der Zug schon wieder Fahrt aufgenommen.

Rosa blickte auf die Uhr. Sie war erst seit zwanzig Minuten unterwegs, was ihr wesentlich länger vorkam. Hot döste immer noch auf ihrem Schoß, und jetzt gönnte sie sich ebenfalls ein kurzes Schläfchen. Beim nächsten Halt, als der Zug mit einem Ruck losfuhr, passierte wieder genau dasselbe. Ein Mann, der genauso aussah wie Ritchie, rannte den Bahnsteig entlang. Er hielt ein Papier in der Hand. Wieder streckte sie den Kopf und sah gerade noch, wie er, die Hände auf die Hüften gestützt, stehen blieb und erschöpft nach Luft rang. Vielleicht sollte ich mal besser mein Handy aufladen gehen, dachte Rosa. Nicht, dass es sich am Ende tatsächlich um Ritchie handelte, weil irgendwas mit dem Baby oder mit Titch los war.

Nachdem sie Hot in die Transportkiste gesetzt hatte, fragte sie die Dame gegenüber, ob sie für ein paar Minuten ein Auge auf ihn werfen könne. Während der Zug langsamer wurde, weil er gleich den letzten Halt in Devon erreichte, bevor er dann ohne weitere Stopps nach London fahren würde, stand Rosa auf, um in der ersten Klasse das Handy aufzuladen. Da sah sie wieder den großen, dünnen Mann. Und tatsächlich. Es war Ritchie! Jetzt hielt der Zug, er sah sie und wirkte immens erleichtert. Keuchend wie ein Hund hielt er das Papier zum Fenster.

Triff mich, wo der Himmel das Meer berührt. Morgen um 10.00 Uhr.

Kapitel 64

Die sieben Lektionen
Lektion 7: Liebe

Als Rosa zu den West Cliffs hinaufstieg, pochte ihr Herz so schnell wie das eines ängstlichen Vögleins. Der Frühling hatte definitiv Einzug gehalten, die Morgensonne spiegelte sich im topasblauen Meer und ließ die Schaumkronen auf den Wellen wie Diamanten glitzern. Die Möwen segelten zusammen mit anderen Meeresvögeln in der leichten Brise und bekundeten mit Gekreische ihre Freude über diesen schönen Tag.

Es gab nur einen, der genau wusste, wo der Himmel das Meer berührte. Und der Gedanke, ihn endlich wiederzusehen, ließ Rosas Herz aufgehen, wenngleich es sich schon im nächsten Augenblick vor Aufregung und Angst zusammenzog. Ob sich damals Queenie und Ned, ihre Urgroßeltern, bei ihren heimlichen Treffen genauso gefühlt hatten? Wie sich ihr Leben doch verändert hatte! Sie hatte den Eckladen geerbt, ihre Mutter gefunden und Josh geheiratet. Alles Leid der Vergangenheit war weggeblasen worden und jetzt hätte sie genauso unbeschwert in eine glückliche Zukunft segeln können wie die Möwen am Himmel, wenn ihr nicht ihre eigene Dummheit in die Quere gekommen wäre.

Als sie den schmalen Küstenpfad entlangwanderte, kamen die Erinnerungen an die letzten Monate hoch. Voller Selbstvertrauen lief sie an der Stelle vorbei, wo sie und Hot hinuntergefallen waren. Seit einem knappen Monat trank sie keinen Alkohol mehr und fühlte sich sowohl physisch als auch psychisch viel besser. Irgendwie hatte sie jetzt mehr Stunden für all die Dinge, die ihr Spaß machten, zur Verfügung. Statt abends mit einem Glas Wein auf dem Sofa zu hocken, hatte sie sogar Zeit gehabt, ihre Blumentöpfe für die Dachterrasse zu bemalen. Und Raff hatte ihr ein paar Italienischstunden gegeben.

Sie hatte neue Freundschaften geschlossen. Die mit Vicki Cliss hatte zwar auf tragische Weise begonnen, aber durch den Vorfall war eine starke Verbindung zwischen ihnen entstanden. Durch Vickis Ansichten hatte sich auch Rosas Einstellung zum Thema Familie sehr verändert. Es hatte Rosa auch sehr geholfen, sich mit dem Thema Eifersucht auseinanderzusetzen. Sie hatte darüber nachgedacht, wie sie sich früher in manchen Situationen verhalten hatte, und ihr war klar geworden, wie viel reicher das Leben wurde, wenn sie es schaffte, ihre Wut in positive Energie umzuwandeln. Saras tragische Geschichte von ihr und ihrem verstorbenen Partner Steve würde Rosa stets eine Warnung sein, ihre Eifersucht im Zaum zu halten. Rosa wusste nun, dass auch sie es verdient hatte, glücklich zu sein. Und dass es Menschen gab, die sie schätzten und liebten und die sie nicht verlassen würden.

Etwas außer Atem kam sie zur Wiese, wo sie und Josh so oft gesessen hatten.

Bevor sie ihn sah, hörte sie schon die Musik. Sie wusste nicht, wie das Lied hieß, aber es war eindeutig die samtige Stimme der Jazzsängerin Etta James. Ihre Lieder waren oft im Hintergrund gelaufen, wenn Rosa zum Sonntagsbraten im Seaspray Cottage eingeladen war. Als sie den Refrain hörte, wusste sie wieder, wie das Lied hieß. »Trust In Me« – Vertrau mir. Vielleicht war es genau das, was ihr Mary und Queenie mit dem Lied hatten sagen wollen.

Würde das, was Josh ihr nun zu sagen hatte, die Welt zum Einstürzen bringen? Rosa blieb einen Moment stehen und hörte zu. Die Musik und die Worte ergriffen sie sehr. Und als der Refrain über die Klippen schallte und Etta James sang »Die Liebe wird uns helfen«, da wusste Rosa plötzlich, dass alles gut werden würde.

Sie bewegte sich zur Musik und schließlich fasste sie sich ein Herz und ging um die Ecke. Dort saß er an ihrem alten Platz. Tränen stiegen auf und liefen ihr über die Wangen. Mit Blick aufs Meer saß Josh mit dem kleinen Lautsprecher auf einer weißen Decke umgeben von Rosenblättern. Als das Lied von Etta James zu Ende ging, schallte »Happy Birthday« von Altered Images durch die Lüfte.

Rosa wusste genau, dass er ihre Anwesenheit spürte. Trotzdem schlich sie sich an ihn heran. Als sie ihm gerade die Hände über die Augen legen wollte, drehte er sich um und packte sie.

Vor Freude und Schreck quietschte sie auf und trommelte mit den Fäusten auf seinen Rücken. »Lass mich los!«

Sie blickte ihren Mann mit großen Augen an. »Weißt du eigentlich, wie viele Nachrichten ich dir hinterlassen habe? Wie sehr ich auf ein Zeichen von dir gewartet habe? Ja, ich hätte mich nicht mit Lucas treffen dürfen, aber ich weiß jetzt sicher, dass ich nicht mit ihm geschlafen habe, und ich finde, dass ich dein Schweigen nicht verdient habe. Im Laden hat es gebrannt, ich bin von den Klippen gestürzt, Theo war sterbenskrank. Es ist so viel passiert! Und dir war das ganz egal!«

»Nein, meine Liebste. Es war mir alles andere als egal. Ich habe mich mehr gesorgt, als du jemals ahnen könntest.«

Josh sah seine bezaubernde Frau an. »Ach, Rosa, meinst du wirklich, ich könnte für fast vier Monate verschwinden und dabei nicht jede einzelne Sekunde an dich denken? Ich habe dich so vermisst! Ich will dich … nur dich, ganz und gar. Bedingungslos.«

»Warum sagst du mir das jetzt erst?«, entgegnete Rosa. »Ich verstehe das nicht. Wenn es wirklich so ist, warum bist du weggeblieben? Warum war es dir egal, dass es mir so schlecht ging? Das war grausam von dir – und Liebe sollte doch alles andere als grausam sein.«

Josh stand auf und schloss Rosa in die Arme. »Ich musste das machen.«

Sie drückte ihn von sich fort. »Du musstest das machen? Ich weiß, ich hatte meine Probleme, aber ich habe das Ruder rumgerissen, als du weg warst, Josh.«

»Inwiefern, Geburtstagskind?«

»Das ist jetzt nicht wichtig.«

»Doch, das ist sehr wichtig.« Josh zog sie an sich.

Rosa blickte zu ihm auf. »Du siehst unglaublich gut aus. Und ich habe dich so vermisst.«

Josh küsste sie zärtlich. »Ich will, dass du verstehst, wie wundervoll du bist. Ich habe *dich* gewählt und ich würde immer wieder nur dich wählen. Ohne Zögern, ohne Zweifel. Als ich ganz allein in London saß, war es so still ohne dich und Hot. Ich habe gemerkt, dass sich mein Herz nur für dich interessiert.«

Er ließ Rosa los. »Komm, setz dich. In meinem Rucksack habe ich kalte Limo und ein noch warmes Bacon-Sandwich mit Rührei, was du so magst. Und zwei Stück Sahnetorte. Heute ist schließlich dein Geburtstag.« Josh holte alles heraus und breitete es auf der Decke aus. »Herzlichen Glückwunsch, meine Liebste.«

»Limo statt Sekt?«

»Ein Vöglein hat mir gezwitschert, dass du keinen Alkohol mehr trinkst.«

»Dann gibt es hier wohl Vögel mit ziemlich großen Schnäbeln«, gab Rosa zurück, bevor sie herzhaft ins Sandwich biss.

»Erzähl, was hat dazu geführt, dass du das Ruder rumgerissen hast, wie du sagst? Ich bin sehr gespannt.«

»Ach, es ist so viel passiert. Weißt du, normalerweise treffe ich Raff nie allein, aber er hat mir sehr geholfen und Sara Jenkins auch. Wegen ihnen sehe ich jetzt alles aus einer anderen Perspektive. Ich habe Selbstvertrauen gewonnen. Auch Alec Burton hat mir geholfen, er ist so ein wunderbarer Mensch.« Rosa lehnte sich zurück und reckte das Gesicht zur Sonne. »Du hast mir gar nicht erzählt, dass er keinen Alkohol trinkt.«

»Das ist mir, ehrlich gesagt, gar nicht aufgefallen.«

Rosa trank von der Limo, dann setzte sie den Becher ab und blickte Josh mit ihren leuchtend grünen Augen an. Der Blick drang bis zu seiner Seele vor.

»Das warst du, stimmt's?«

»Was meinst du?«

Rosas Stimme überschlug sich. »Als das alles passiert ist, hatte ich gar keine Zeit, darüber nachzudenken. Aber plötzlich fällt es mir wie Schuppen von den Augen. All diese Nachrichten, die mit ›Triff mich‹ angefangen haben – plötzlich wird mir alles klar. Raff, Vicki, Alec. Sogar Sara – du hast sie auf mich angesetzt, stimmt's?« Sie schüttelte ungläubig den Kopf. »Diese Lektionen, die ich durch sie gelernt habe, die so wichtig waren. Für dich und mich … Oh, Josh!«

Josh war sehr bewegt. »Als ich dich kennengelernt habe, fand ich dich perfekt und ich liebte dich, so wie du warst. Dann habe ich gemerkt, dass du gar nicht perfekt bist – so wie ich selbst auch nicht perfekt bin –, und da habe ich dich nur noch mehr geliebt. Aber wegen allem, was du in deiner Vergangenheit erlebt hast, hast du eine Art Intervention gebraucht, sonst hättest du für immer und ewig Angst gehabt, wieder verlassen zu werden. Angst, nicht gut genug zu sein. Und du hättest weiterhin niemandem Vertrauen schenken können. Ich musste das tun, sonst hätten wir beide keine Chance gehabt.«

»›Ich komme erst zurück, wenn du dich selbst magst.‹ Das hast du zwar gesagt, als du wütend warst, aber trotzdem hattest du so recht.«

»Es tut mir leid, Rosa. Ich habe dir an diesem Tag ziemlich verletzende Sachen gesagt. Da war mein Herz gebrochen. Der Gedanke, dass du mit einem anderen Mann zusammen warst, war zu viel für mich. Auch ich habe diese Auszeit gebraucht, um zu verstehen, dass dein Hass nicht gegen mich gerichtet war, sondern gegen dich selbst.«

»Heißt das, du hast auch die Therapiesitzung bei Alec arrangiert?«

»Ja. Aber du hast dich ganz nach Rosa-Art dagegen gewehrt und das respektiere ich völlig.« Josh lachte. »So bin ich darauf gekommen, dass dir vielleicht andere Leute, die selbst etwas Schwieriges durchgemacht haben, helfen konnten, ohne dass du dich unter Druck gesetzt fühltest.«

»Und du hast auch mit Darren von der Küstenwache geredet?«

»Ja.«

»Ich fand es tatsächlich ein bisschen merkwürdig, dass er genau zur richtigen Zeit an der richtigen Stelle war.«

»Der Gedanke, dass du vielleicht nie wieder wagen würdest, hier hochzugehen, hätte mir das Herz gebrochen. Das durfte ich einfach nicht zulassen. Deine Familie ist nämlich hier … hier, wo der Himmel das Meer berührt.«

»Das war sehr bedachtsam von dir.«

»Ich versuche mein Bestes.« Josh beugte sich vor, um ihr einen Kuss auf die Nase zu geben.

»Die Geschichte, wie Sara damals ihren Freund verloren hat, war furchtbar traurig. Und dass Vicki ihr Baby verloren hat, hat dir Jacob sicher auch erzählt.«

»Ja, und ich habe gehört, dass du ihr in ihrer schweren Stunde zur Seite gestanden hast.«

»Das war doch selbstverständlich.«

»Du hast wirklich viel durchgemacht.«

»Josh, ich wollte dir noch etwas sagen. Ich hatte selbst auch eine Fehlgeburt.«

»Was?« Josh wurde blass vor Entsetzen. So etwas hatte er nicht erwartet. »Meine Kleine, wann war das?«

»Kurz nach der Hochzeit.«

»Warum in aller Welt hast du mir nichts gesagt? Ich kann gar nicht glauben, dass ich nichts gemerkt habe!«

»Es war wie eine sehr heftige Periode. Es war noch sehr früh und …«

»Bitte, verschweig mir nie wieder so etwas Wichtiges, okay?« Er umarmte sie fest.

Rosas Stimme wurde leise. »Okay. Und Josh?«

»Ja, mein Schatz?«

»Ich bin ja nicht so gut, wenn es um Emotionen geht … Ich liebe dich. Weißt du, ich liebe dich mehr, als ich es überhaupt ausdrücken kann. Und was auch immer ich Dummes in meinem Leben angestellt habe, so habe ich doch eine Sache richtig gemacht. Nämlich dir mein Herz zu schenken. Es tut mir so leid, dass ich dir nicht vertraut habe. Dass ich so verrückt war. Und dass ich mich gegen deine Familienplanung gewehrt habe.«

Josh legte ihr einen Finger auf die Lippen. »Es ist alles gut. Man kann etwas, das für immer bleiben soll, nicht übereilt entscheiden. Ich musste gehen, um uns wieder zusammenzubringen. Jetzt sind wir hier, wo wir hingehören.« Er stellte noch einmal das Lied von Etta James an, bevor er Rosa an sich zog und zärtlich küsste. Sein heißer Atem kitzelte sie, als er ihr ins Ohr flüsterte:

»Eines sollst du immer wissen, Rosa Smith: Ich liebe dich bis zu der Stelle, wo der Himmel das Meer berührt.«

Epilog

»Ich will jetzt nicht ins Café gehen«, protestierte Rosa. »Ich will heim, damit du mir ein richtiges Geburtstagsgeschenk machen kannst.«

Auch Josh hätte sich nichts Besseres vorstellen können, doch er sagte nur: »Sei nicht so widerspenstig, Rosa Smith. Komm schon, ein heißer Kaffee mit Meeresblick macht unseren Morgen perfekt.« Damit stieß er die Tür zum Café auf.

»ÜBERRASCHUNG!« Rosa zuckte zusammen, als ein Partyknaller über ihr explodierte. Eine Torte in Form eines lebensgroßen Dackels mit siebenundzwanzig Kerzen stand auf der Theke. Hot, der einen Partyhut schief auf den Kopf gesetzt bekommen hatte, kam angewetzt und sprang an Joshs Beinen hoch, völlig außer sich vor Freude, sein Herrchen wiederzusehen.

»Herzlichen Glückwunsch zum Geburtstag, mein Entlein. Und unzählige weitere, die wir zusammen feiern werden!« Mary gab ihrer Tochter einen Kuss auf die Wange und überreichte ihr ein Geschenk. Rosa umarmte ihre Mum glücklich.

Das Café war voller Leute. Jacob und Raff waren mit ihren drei Hunden da, Vicki und Stuart mit ihren Buben. Titch und Ritchie hatten sogar Titchs Mum mitgebracht, an deren Rollstuhl ein Heliumballon schwebte. Theo schlief in der Ecke in seinem Kinderwagen. Rosa winkte Darren, der mit einer attraktiven Lady, wahrscheinlich seiner Frau, gekommen war. Alec war ebenfalls da. Er half Sara bei der Kaffeezubereitung und unterhielt sich ganz angeregt mit ihr. Wie es aussieht, ist ein Blind Date gar nicht mehr nötig, dachte Rosa grinsend. Der Raum sprudelte förmlich vor lauter Liebe über.

»Wir wollen eine Rede!«, rief Jacob.

»Lasst mich zuerst etwas sagen. Dafür bitte ich alle, kurz mit nach draußen zu kommen.« Josh ging wie ein Touristenführer mit erhobener Hand zur Tür.

»Macht euch keine Umstände. Ich bleibe einfach hier«, meinte Titchs Mum.

»Kommt gar nicht infrage. Ich fahre dich raus«, entgegnete Ritchie.

Die Möwen kreischten am blauen Himmel, als Josh Rosa das Ende einer Schnur, an der ein Herz befestigt war, in die Hand drückte. »Zieh mal.«

Mit sicherem Abstand zog sie daran und als die grüne Plane zu Boden fiel, wurde das Schild sichtbar. Darauf stand in roten Lettern ROSA, und dahinter war Hot mit Würstchenkette in der Schnauze abgebildet. Es sah wunderschön aus.

Alle applaudierten, doch Rosa sah verwirrt zu Josh und Sara. »Aber Sara … will doch bleiben«, stammelte sie.

»Das weiß ich«, gab Josh zurück. »Das RO steht für Rosa und das SA für Saras Hälfte.«

In dem Moment trat Sara zu ihnen. »Ich bleibe in der Bay, die ich so liebe und ich führe das Café, das ich ebenso sehr liebe, eine Weile lang weiter. Ihr seid jetzt zur Hälfte Teilhaber, Rosa. Und du spielst die Rolle, die du spielen willst. Wenn du magst, kannst du mitmachen, und wir führen das Café zusammen. So hätten wir beide noch genug andere Zeit, du für deinen Eckladen und ich für die dringend benötigte Erholung, nach der ich mich schon länger sehne.«

Nachdem alle Gäste wieder zurück ins Café gegangen waren, blieben Rosa und Josh noch einen Moment lang draußen stehen. Sie schmiegte sich an ihn und sagte: »Das ist das beste Geburtstagsgeschenk, das ich je bekommen habe.«

»Nicht meine Rückkehr?«

Hot kam mit der Duchess angerannt, die schon ein bisschen dicker geworden war. »Ach, ich habe ganz vergessen, dir zu sagen, dass diese Dame hier trächtig ist. Und zwar von unserem Jungen!«

Josh begann zu lachen. »Das ist ja großartig. Wie toll! Was für ein Spaß das wird, wenn die kleinen Welpen auf der Welt sind. Aber Jacob ist entsetzt, oder?«

»Er tut zumindest so.« Die beiden Zwergdackel wackelten wieder davon. »Ich habe in letzter Zeit viel über Babys nachgedacht.« Rosa lächelte. »Und ich glaube, du wirst mal ein ganz toller Dad sein.«

Josh hatte Tränen in den Augen. »Und ich habe mir als Mutter meiner zukünftigen Kinder auch nicht einfach irgendeinen Straßenköter ausgesucht.«

»Hey.« Rosa stieß ihm in die Rippen. »Aber ich will trotzdem noch warten, bis du mit dem Job in London aufhörst, damit ich mich nicht ganz allein um das Baby kümmern muss – vor allem jetzt, da ich auch noch ein Café habe.«

»Also, damit wollte ich dich später noch überraschen.«

»Mit was?« Rosa blieb der Mund offen stehen. »Du willst mir jetzt aber nicht sagen, dass du in London aufhörst, oder?«

Josh nickte.

Rosa kreischte auf und begann vor Freude auf und ab zu hüpfen. »Das ist ja die allerbeste Nachricht überhaupt. Ich freue mich so!«

»Abgesehen von zwei Tagen im Monat, in denen ich als Berater arbeite. Aber sonst werde ich bei dir sein. Durch das Café haben wir ein kleines Grundeinkommen, egal ob wir darin arbeiten oder nicht. Mein Leben mit dir ist so wichtig, dass ich nicht länger in London bleiben will. Das Finanzielle habe ich in der Zwischenzeit geklärt. Ich wollte erst alles unter Dach und Fach haben, bevor ich es dir sage. Fürs Haus gibt es schon Mieter, ein Pärchen, das unserer neugierigen Nachbarin Ethel Beanacre hoffentlich genug Zündstoff liefern wird. Es hat sich alles wunderbar gefügt.«

Josh küsste seine Frau, dann ließ er sie los und gab ihr einen Klaps auf den Hintern. »Also«, sagte er, durch den Kuss etwas außer Atem geraten, »dann geh lieber mal rein, Madam, und schneid die Torte an.«

»Josh?«

»Was?«

»Danke, dass du mir geholfen hast, mich selbst zu mögen.«

Er zerzauste ihre wilden Locken und strahlte sie an.

»Meine wunderbare Frau, das hast du dir ganz allein zu verdanken.«

Made in the USA
Coppell, TX
10 November 2023

24024314R00194